緑の魔法と
香りの使い手 1

兎希メグ

Megu Toki

レジーナ文庫

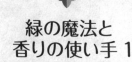

登場人物紹介
アレックス
メタリックグリーンの髪に緑の瞳の青年。呪いにより、利き腕が動かなくなっている。
シルバーウルフマザー
ぽちの母親。“女神の森”と呼ばれるダンジョンのボスでもある。
ぽち
青い瞳と銀の被毛を持つ、シルバーウルフの子供。炎を出したり水を出したりと、魔法が使える。
ベル(水木美鈴)
ハーブ好きな、20歳の女子大生。“ハーブの魔法”を授けられ、異世界に転生した。ハーブを使ったお茶や料理などに、規格外な効果を宿らせることができる。

ヒルベルト
冒険者ギルドのマスター。
隻眼に黒革のアイパッチの、
渋い中年男性。
オババ様
薬師の師匠。苦くて不味いが、
非常によく効く
ポーションを作る名人。
ロヴィー
青髪の魔術師。
シルケの侍従で、
平民の水の魔術師。
ギョブ
Bランク冒険者。
粗暴で、多くの
舎弟を抱えている。
シルケ
赤髪の、火の魔術師。
貴族のお嬢様でもある。

目次

緑の魔法と香りの使い手1

プロローグ

ゆらゆら、ゆらゆら。

水の中を漂《ただよ》うように、私はどこかに運ばれていた。

――あれ、私はどうしていたんだっけ？

確か、大学が休講中の夏の間、畑の一部を借りてハーブを植えさせてもらう代わりに、腰を痛めたおじいちゃんの畑仕事を手伝うことになっていて……

それから、どうしたっけ？

目を開けようとしても何故《なぜ》か開けられない。なんだか暗い水の中を移動しているように感じる。身体は妙に不安定で、上下も分からない。

ここはどこ？　私は今どうなっているの。少し、怖くなってきた。

そんなときだ。

不思議な声が聞こえてきたのは。

『……水木美鈴《みずきみすず》さん。貴女《あなた》は農作業中に熱中症でお亡くなりになりました……。お若いのに残念です』

耳元に囁《ささや》くような麗《うるわ》しい声が届く。けれどそのしっとりとした大人の女性の声が告げたのは、残酷な内容だ。

『残念ながら、わたくしには、貴女《あなた》を元の世界で生き返らせる力はありません。ですが、若く善良な貴女《あなた》の死を惜しんだ神によって、貴女《あなた》はチャンスを与えられました。貴女《あなた》には、私の世界で……をしてほしいのです』

私、死んだ、の……？

ショックというか、驚きというか、頭がまっしろになる。

そんな状態のまま、私は相変わらず、水の流れの中のような場所にいた。

さらさら、さらさら。不思議な流れに身体を委《ゆだ》ねて、どこかへと流されているようだ。

きっとこれは夢だ。だというのに、ひどく香《かぐわ》しい香りがした。

柔らかく香るキンモクセイのような、甘くもすがすがしい香り。

声の主によると、これは異世界に適応させるための儀式のようなものだとか。目も開けられず真っ暗だけど、不安になるどころかひどく安心するのは、彼女が側に寄り添ってくれているからだろうか。

『……その世界は、魔力という奇跡の素《もと》が多く、人が生きやすいのですが、同時にモンスターも生きやすく……。モンスターが跋扈《ばっこ》しており、それらとの戦いで、人の心には余裕がありません。……いつしか誰もが、刹那《せつな》的な快楽ばかりを追うようになってしまいました』

ゆらゆらと水の中に漂《ただよ》うような心地のよい感覚の中、美しい声は私に話しかけ続けている。

誰なんだろう？　この声。温かくて優しくて穏やかで、とても慕《した》わしい……

お母さんが幼い私に話しかけてくれているようだ。

ゆらゆらと漂《ただよ》いながら、彼女の優しい声にうっとりしていると、悲しげな声音が耳を擽《くすぐ》った。

『特に近年は、明日をも危ぶむ生活に疲れすぎたゆえか、性的快楽や薬物、暴力といった即物的なものを追い求めるように、彼らは変質してしまいました。その結果、人間達は肉体に縛られやすくなり、魔力への適応力が減り……。モンスターを討伐《とうばつ》する際にも、多くの命を散らすようになりました。今のその世界は彼らにとって生き辛《づら》いところになっています』

なんだろう……その世界、すごく終末期っぽくて、とても適応できる気がしないのですけれど。

『そう、なのですよね……貴女《あなた》には苦労をかけることになるかと思います』

なんと、否定されなかった。

そういった世界観の物語を、映画やマンガで見た覚えがあるけれど、ああいう世界って、女性は男性に食い物にされるオチしか見えないじゃない？

あの、私……辞退……ああ、もう私のデータを異世界に転送中で、この流れを止めることはできないのですか。止めたら大変なことになる、と。

なんてことだ。頭を抱えたい気分になった。

私は満足に動かない身体で身悶《みもだ》える。

『色々、ご迷惑をおかけするかもしれませんが……どうか、貴女《あなた》が助けられたというその香りで、魔物に追われてすっかり余裕をなくした人々の心を助けてあげて下さい』

ゆらゆら、ゆらゆら。

心地よい揺れの中、母性の塊《かたまり》のような、柔らかく豊満な女性の身体が私を抱きしめる。

ひどく安堵《あんど》できるその腕の中、私は大事な何かを譲り渡された感じがした。温かくて心地よく、全てを包み込むような……そんな力を。

人々の心を助ける――

それは確かに、私の夢だ。かつて私が挫折《ざせつ》を味わって引きこもりになりかけたときに、助けてくれたのがハーブの力で。それ以来私は、その香りと自然の持つ素晴らしい力を、他の誰かに伝えたいといつも思っていた。

そのためにこの二年というもの、恩人であるハーブの専門家――ハーバリストのもとに通いつめていたのだ。同時にさまざまな本を読んでは実践し、必死でハーブの勉強をしてきた。

でも、私は何をすればいいの？

『別に、何かをせよとは言いません。しいて言うのならば、貴女《あなた》の真心に従って、他者を助けて差し上げてほしいと願っています。困った人を助ける、そんな当たり前のことすら忘れてしまった、余裕のない世界。きっと困難も多いと思いますが……。その代わりと言ってはなんですが、お礼に、念願だったハーブ園……いえ、わたくしの聖域の森を一つ、貴女《あなた》に差し上げましょう』

ハーブ園？　やった。ずっと欲しかったの。

ハーブでグッズ作りとかすると分かるけど、本格的にやると材料代だけでも大変なことになる。

だから、早期退職して農家を始めたおじいちゃんの畑に、間借りしていたんだけどね。

今回は、それが仇《あだ》になって死んでしまったようだけど……。おじいちゃんの代役で、おばあちゃんと一緒に出荷作業をしていたとはいえ、熱中症で亡くなるとか、完全に自己管理ミスだよ……

それはそれとして、そこでは私のハーブ園が持てるのね。

だとしたら、とても嬉しい。

お礼に私は……貴女《あなた》の世界で人々を助ければいいのね？　ハーブを使って。

『はい。ハーブを使うとき、貴女《あなた》の心を添えて疲れた方に差し出して下さい。それで人々はひとときの安らぎを得ることでしょう。どうか、わたくしの世界で、楽しい日々を……』

そこで、心地よい夢は終わりを告げる。

あとは、暗転――

第一章　女子大生、田舎《いなか》の畑から異世界転生

「ええと……ここはどこ？」

私こと水木美鈴は、鮮烈《せんれつ》なハーブの香りと、頬を撫《な》でる湿った何かの感触に目を覚ました。

気づけば、そこは鬱蒼《うっそう》とした森の中。頭上には、緑の木々の天蓋《てんがい》が広がっている。

私は大木の根元に寄りかかるようにして眠っていたようだ。

「きゅうん」

可愛《かわい》らしい声に目を向ければ、くんくんと鼻を鳴らす小さな子犬が肩まで登ってきていた。

どうやら、この犬に頬を舐《な》められたせいで起きたらしい。

私は銀色の毛色をしたもふもふを撫《な》でた。うん、ふかふかあったかで、気持ちいい。

「君、どこの子？　やたら人なつこいけど」

続いて思い切りわしゃわしゃと撫《な》でてやると、子犬は大喜びだ。

ひょいと持ち上げれば……あ、男の子。

「ぶっとい足にしっかりした胴。これは大物になるね、君。将来が楽しみだよ……じゃなくて、ここってどこよ」

膝上で抱えてもふもふしながら周りを見れば、さっきまで夏の日差しの中だったはずなのに、一転して薄暗い森の中だ。

なんだか、とっても心地いい夢を見ていた気がするんだけどな……

幼い頃、お母さんに抱きしめられたときのような心地のいい……う〜ん、でもよく思い出せない。

いや、それよりも。

「え？　ちょっと。おじいちゃんの畑は？　一緒にいたおばあちゃんはどこ？」

私は確か、大学の夏休み中で。

ハーブを育てる土地を借りさせてもらう代わりに、おじいちゃんの畑の世話をすることになっていて……それで今日は、トウモロコシの収穫のために、近所の人に軽トラックを借りたはず。

トラックのお礼はガソリン代とトウモロコシのお裾分けで済ますらしいけど——って、そうじゃない。とにかく今は現状を把握しよう。

私、どうしてこんな森の中で寝ていたのかな？

「……うーん、全然分からない。誰かに連れ去られでもしたのかしら」

田舎《いなか》とはいえ、おじいちゃんの家があるのは大きなお社《やしろ》のある立派な町だ。そんな場所で、しかも側におばあちゃんもいる状況で人さらいなんて……そんなバカな、とは思うけど。

念のためだ、腰につけたガーデンエプロンを確かめよう。

ギャルソン風のショート丈エプロンには、大容量のポケット二つと各種ツールを納める細めのポケット、物を吊り下げられるナスカンが二つほどついている。

えーっと、自販機でジュースでも買おうと入れておいた小銭入れ、それとハンカチはある。学生証とか身分証はおじいちゃんの家にあるのよね……

大きなフラップつきポケットの中身はっと。

手作りの虫除《むしよ》けハーブスプレーに日焼け止め乳液に、リップにもなる手作り万能軟膏《なんこう》はあるでしょ。

小腹が空いたとき用の、腹持ちのいい堅焼きナッツ入りクッキーもある。水筒は……ああ、そういえば輿に乗って草取りなんてしてたら、入れてきたハーブ水がすぐ空になっちゃったんだっけ。

スコップとかと一緒に、空のボトルは畑にあるのかな。あれ、保冷機能がすごく優秀で、何年か愛用してたんだけどな……

「ええっと、それはいいとして、続き続き」

軽く頭を振って思考を切りかえ、再びポケットを探る。

ハーブ事典や園芸雑誌などを入れたスマホ、一万ミリアンペアのソーラーパネルつきモバイルバッテリーとコードも……

「うん、あった」

ハーブ事典は大事だよね。日常的に使ってるものは覚えてるけど、時々使うのとかは結構効能を忘れたりするし。

ナスカンの一つには、七徳ナイフ——二十のツールが入っているからこの場合二十徳の、ナイフツールが吊り下げられている。ナイロンケース入りの、某スイスのメーカーのやつだ。

ツール入れには、片面がノコギリ状になった山菜《さんさい》掘り用のごついナイフに、よく切れる愛用の園芸ハサミもある。

それと、買ったばかりのカット済み３００本入りビニールタイに、ポケットに入るぐらいの麻紐《ひも》。これは結束用にって持ってたのよね。あと、いつでも薬品を混ぜて使えるようにと持ってる、百均のプラスチックボトルとスプレーボトル、っと。

グローブは当然、手に着けてるし、足元は実用重視の鉄板入り安全靴。

ぱたぱたと身体を確かめる限り、特に痛みもない。誘拐されたとしても、暴力を振るわれたようでもないけど……

「きゅうん？」

「あ、ごめんね。君のこと放っておいちゃって」

子犬は私の膝の横で、撫《な》でてくれないの？　とばかりにこっちを見ている。可愛《かわい》いなあ、なんて人なつっこい子なんだ。

子犬をひょいと抱えて撫《な》で回す。そしてちらりとあたりを窺《うかが》った私は、素晴らしいものに目を留めた。

「うわあ、綺麗な泉。周りに野生のハーブが一杯だ！」

こんこんと湧き出る透明な水で満たされた、美しい泉。澄んだ水独特の匂いがするその脇に、沢山のハーブが生えている。

私は子犬を抱えたまま、ダッシュで泉の方へ向かった。

「あっちで紫色の花をつけているのはラベンダー。こっちで素朴な白い花弁を広げたのがカモミール。あ、あの長細い葉はレモングラスじゃない。あれもこれも、私の知ってるハーブだよ」

そこには不思議なことに、季節や育成条件を問わず、さまざまなハーブが無秩序に生えていた。

よく見れば、周りに生えてる果樹や緑の木々も、リンデンやユーカリ、ビワの木など、ハーブとして利用されている木が多い。

季節感無視ながらも、とにかく元気に生えているハーブ達を見て、私は森の魅力に取り憑《つ》かれてしまった。ハーブを前にすると、いてもたってもいられなくなってしまうんだよね。

「なんって……なんって素敵なの！」

子犬をそっと地面に下ろし、ひと撫《な》でする。そしてガーデンエプロンから剪定《せんてい》バサミを取り出し、さくさくとハーブを摘み取った。

「それにしても、本当になんでこんなとこで目を覚ましたんだろ？」

何か、夢の中で誰かに事情を説明されたような気もするんだけど……うーん？

種類ごとにビニールタイでまとめ上げ、両手一杯のハーブを手に入れた私は、再び今日の出来事を順に思い出す気持ちになる。

おじいちゃんの畑にいたはずが、今私がいるのは、季節が狂ったかのようなさまざまなハーブが生える森の中。

正直、何が起こってるのか分からないよ。

とはいえ、今はとんでもない宝の山が目の前にある。

興奮冷めやらぬ私は、こんな状況だというのに両手一杯の収穫に浮かれていた。すると私のジーンズの裾を、子犬がくいくいと一生懸命引っ張る。

あ、大型犬の子供らしいだけあって、なかなか力強いぞ。

「うん？　何、どうしたの？」

くいくい、くいくいと裾を引っ張っては、子犬はどこかに私を連れていこうとする。

一生懸命くんくんと鳴きながら訴えるそのけなげな姿に負け、私は彼の進む方へと足を向けた。

◆◆◆

弾むような足取りで走る子犬に早歩きでついていくこと十五分ほど。

「うわあ、おっきい……狼《おおかみ》？」

なんとそこには、体長二メートルを超す巨大な狼が、大きな木の幹に背をつけて座り込んでいた。

その圧倒的な迫力に、硬直したかのように足を止める。

よく見ると、その狼は前足に怪我《けが》をしているようだった。

傷口はもう固まってるみたいで、出血こそおさまっている様子だけど、炎症を起こしたりとかしたら怖いかも。

しかし、銀色の体毛に青い瞳とか、どうにも見たことがあるぞ。と、思っていると、子犬がダッシュで狼に突っ込んでいく。

「ちょっと、君、危ないよ！」

平気だよ、とでもいうように彼はひと鳴きすると、大きな狼のお腹に顔を埋めた。

巨大な銀狼が、子犬に顔を寄せる。

「あ、もしかしてお母さん？」

「きゅうん」

子犬が肯定するかのように鳴く。まあ、体毛とか瞳の色とかそっくりだものねぇ……

子犬は母親狼の傷口に近寄ると、遠くから眺めている私を見た。そして、まるで母親の傷の手当てをお願いするみたいに――

「わんっ」

と鳴いた。

「ええー……」

思わず後ずさる。

いや、だって、私は温厚な性質のゴールデンレトリバーとかでも、慣れてなければ結構怖いんだよ。大型犬とか飼ったこともないから、微妙に腰が引けるし。なのに、目の前の相手は野生の狼。しかも、それ以前の問題が。

「手当て、って……。大体、手当てする道具も足りないのに」

手持ちの小さな缶入りの万能軟膏《なんこう》は、残念ながらほとんど量がない。

両手にハーブは山盛り持ってるけど、道具がないから傷の手当てに使えるように加工もできないし……

子犬、いや子狼か。彼は、きゅんきゅんと鳴いて私に必死にお願いしてくるんだけど、普通の女子大生にそれは無理かなー……

母親狼は子の行いにも我関《われかん》せずという様子で、大木の下で寝転がりながらぺろぺろと傷口を舐《な》めている。

「うーん、私にもできそうな手当てねぇ……」

セイヨウノコギリソウ……別名ヤロウの浸出液を清潔な布に浸《ひた》して傷に当てるか、い

やその前に傷口を洗ってやるべきか。

ヤロウなら、さっきの泉の周りから少しばかり拝借してきている。これ、止血効果や殺菌効果もさることながら、エルダーフラワー、ペパーミントとブレンドしたものは、古来から風邪薬として使われてきたりもしたんだよね。私も風邪の初期症状が出たときなどによくお世話になっている。

「でも、ハーブをお湯で温めるにしても機材がないなぁ……」

なんて呟いていたら、またまた子狼が寄ってきて、別の方向に行こうと裾を引っ張る。

「こらこら、ついていくからジーンズに穴を開けないでちょうだい」

「くーん？」

ああ、その可愛《かわい》らしい眼差しに負けますよ、はい。お姉さんは、君についてどこにでも行きましょう。

◆◆◆

たったか走る子狼に連れられ、森の中を歩くこと十数分程度。

「わん！」

ここだ、とばかりに立ち止まった彼の後ろには、二階建てぐらいの高さがあるログハウス風の立派な小屋が建っていた。

「……森の狩り小屋かな？　失礼しまーす」

一応、声がけをしてから扉を開く。人が管理しているのか、中は埃《ほこり》っぽくもなく綺麗なものだ。いや、それどころか――

「まるで今日の朝掃除しました、ってぐらい空気もこもってなきゃ、床も綺麗だね……」

扉の横から、おそるおそる中を覗く。

大きな小屋の隅には暖炉《だんろ》。その暖炉《だんろ》には、重そうな銅の鍋が吊されている。隣にある棚にはケトルが置かれ、茶こしやティーポット、木製の食器にカップ、スプーンやフォークなども置かれていた。

小屋の中央には、大人数でも使えそうな大きなテーブルと数脚の椅子。あ、端の方にスペアの椅子も置いてある。

入り口脇にはハンガーがあり、外套《がいとう》や帽子などをここで脱げとばかりに服用のブラシまで用意してあった。そのすぐ隣の棚には、シーツや毛布、タオルなどのリネン類や、簡素ながらもチュニック風の着替えもある。身体を洗う用だろうか、大きな桶《おけ》などが置かれているのも見えた。奥には小さならせん階段があって、そこからロフトに行けるらしい。上に寝室でもあるのかな。

「うーん……微妙に生活感があるような、ないような」

見通しのいい一階を見回しても、そこに手荷物や、個人を思わせるようなものはない。

なんだか、ホテルのベッドメイクを終えたばかりのあのぴしっとした感じがする。

森の利用者が共有してる建物だとしてもおかしくはないんだけど。

「狩り小屋……にしては、随分《ずいぶん》と用意がいいよね。鍵がかかってないのも不用心だし」

共有の小屋だと、基本、道具は自分で持ち込むものだから何も置いてないというイメージがあるのだけれど。本当にこれ、誰の持ち物なんだろう。

おずおずと中を覗いていた私に、「きゅーん」と足元から催促《さいそく》の声があがった。

「うーん。とりあえず急を要するので、シーツとタオルだけいただきますねー……」

ぱぱっと、ヤロウの浸出液を作って、それで母親狼の傷口を洗ってあげよう。体力はありそうだし、傷口を消毒できればあとは自然治癒力でなんとかなる、よね？

……肝心の、あの大きな狼に近づく方法はあとで考えることにして。

ということで、ヤロウの浸出液を作るために、暖炉《だんろ》に火を起こそう。まずは薪《まき》を積んで……あ。

「しまった。マッチもライターもない……」

私は暖炉《だんろ》の前でしゃがみ込み、頭を抱えた。

今日は特に畑で雑草などを燃やす予定もなかったし、マッチやライターの類《たぐい》は所持してなかったのだ。

……こんなことになるなら、噂のファイアスターターぐらい持っておくべきだったか。あの、マグネシウム棒と鉄片がセットになった火起こしのことね。

薪《まき》をナイフでささくれにし、そこにマグネシウム粉を削り落として火花を散らすと、見事火が点《つ》くという素晴らしいアイテム。キャンプやバーベキューが趣味の従兄弟《いとこ》ならば持ってただろうになぁ……

そんな無駄なことを考えつつ、暖炉《だんろ》の前で座り込んでうーんと悩んでいると、子狼が「わんっ」と鳴いて――

何故《なぜ》か暖炉《だんろ》に火が点《つ》いた。

「えっ……？」

私の目の前で、火が燃えている。

暖炉《だんろ》に積んでおいた薪《まき》に、あかあかとした火が確かに踊っているのだ。完全に火の気はなかったのに、どういうこと？

きょろきょろとあたりを見回すが、当然ながらそこに悪戯《いたずら》を仕込む人影などない。

「うーん……？」

私はしゃがみ込んだ姿勢のまま首を捻《ひね》る。火はない。火起こし器のようなものも周りには見えない。人影も勿論《もちろん》なく。

……もしかして、もしかすると。

「君が、火を点《つ》けたの？」

可愛《かわい》らしいちんまりした姿を見下ろしつつそう聞けば、子狼はそうだよというように目を輝かせて一つ鳴く。ちょっと誇らしそうな感じで胸張ってるのが可愛《かわい》いなぁ。つい、うりうりと撫《な》でてしまう。

今更だけれどこの子、間違いなく私の言葉を理解してるよね？　頭よすぎない？

「ま、まあ、火があるのはありがたいからこのままいきましょう。あとは、お湯を沸《わ》かして……って、水もない」

棚から綺麗に洗ってあるケトルを手に取って、柄杓《ひしゃく》が添えられた水瓶《みずがめ》だろう大きな瓶《かめ》の中を覗いたところでまた固まる。人がいない小屋なんだから、それは当然水だってないだろう。

「きゃんっ」

すると子狼が一声鳴き、後ろ足で立って私の足につかまった。そして、まるでケトルを見せろとばかりに迫ってくる。私はケトルのふたを取って、子狼に見えるようにしてあげる。

するとみるみるうちにケトルは水で満たされた。

「……あ、今度は水が入った」

え……、これもしかして、魔法？　でもってまさか、ここって異世界だったりする？　……いやそんな、ねぇ。

でも……うん、もう、何が起こっても驚かないことにしようかな。

人語を理解する狼がいるんだもん、勝手に火が点《つ》いたり水が溜まったりもするよね？

と思いながら、お手伝いしてくれた子狼の頭を撫《な》でる。若干現実逃避気味だけど。

サイキック狼、あるいはマジカル狼かぁ……なんか格好いいかも？

「水は……よく沸騰させてから使えば問題ないでしょう、うん。あ、もしできたら、桶《おけ》に水を入れてもらえないかな？　手も洗わないとだし」

リネン類が置かれた棚の横にあった桶《おけ》を持ってきて頼むと、こちらも水で満たされた。

それを手洗い用の水とする。うん。ハーブを触るなら手を洗うのは大事だよね。まあ、今更なんだけど……

園芸グローブを脱いでからしっかり手を洗い、清潔なタオルで拭く。

「よし、手は洗った。ケトルは火にかけたから……」

ティーポットと茶こしとカップ、それと綺麗なリネンを拝借し、お湯が沸《わ》くのを待つ。

「その間にヤロウを用意しておこう」

ハーブの束をテーブルに置いて、ヤロウを取り出す。葉と花の部分を使おうかな。よく洗って剪定《せんてい》バサミで丁度いい大きさに切って、と。

「いつも十五グラムぐらい使ってるから、こんなもんかな……」

勘で適量を取り出したあと、子狼に鍋に水を入れてもらい、ハーブとハサミを洗う。

そしてヤロウを切って、ティーポットに入れた。

「ううん、魔法は便利だなあ。私も火とか水とか自由に出せるようになりたい……」

どこでも水と火が出るとか、正直インフラが整ってない森では最強だよね。私一人じゃこうはいかなかったよ。この子に出会えてよかった。

お湯が沸《わ》いたら、ティーポットに熱湯を注いで浸出液を作る。

ドライハーブなら長めに蒸《む》らした方がいいけど、今回は生なので短めでいいはず。ティーコゼ代わりに布を被《かぶ》せ、保温する傍《かたわ》ら、私はポットを両手で包む。

「上手くエキスが出ますように」

初期の頃、私はよくドライハーブでの蒸《む》らしを焦って失敗していた。上手くエキスが出る前に引き上げちゃったりしていたのだ。そのせいか、蒸《む》らしのときはどうも、お祈りのように力を込めてしまう。

……て、うん？　今、自分の中から何かがすうっと出ていったような。そう、キンモクセイの香りと共に夢の中で感じたあの、温かな何かが。

「………？　まあいいか」

お湯に十分エキスが出たら、茶こしを使いカップに注ぐ。冷ましたこれを、消毒と傷の手当てに使う予定だ。

「冷めたエキスはお鍋に入れようかな。お鍋はあとで返しに来よう」

あと、水分補給に湯冷ましを飲んでおこうっと。空いてる瓶か何かがあるなら、ミント水でも作って持ち歩くんだけどなぁ……。あ、桶《おけ》から子狼が水飲んでる。彼も頑張って助手してくれたから、喉《のど》が渇《かわ》いたんだね。

「一杯手伝ってくれてありがとね」

「わんっ」

尻尾を振りながら答える子狼が可愛《かわい》いよ。もふもふと撫《な》でる。ああ小さな生き物って本当に癒《い》やされるな。

「あ、あと、傷口に巻く包帯を作らないと」

早速リネンを裂《さ》いて包帯を作ろう。

せっせと動く私を、子狼がちょこんと座ってじっと見つめている。ちょっとプレッシャーだ。そりゃまあ、大好きなお母さんが怪我《けが》をしたら、子供はびっくりしちゃうよね。

「これが冷めたらお母さんの手当てに行くから、もう少し待っててね」

「きゅーん」

くるくると足元を回る子狼。お母さんの怪我《けが》が心配なんだね。うん、怖いけど、あの大きな狼を助けられるように頑張ろう。

用意が整い、あとは鍋一杯のヤロウ浸出液と包帯を持って母親狼のところに戻るだけ。とはいえ、無断で使わせてもらったのだから、小屋の中はちゃんと片付けないと。

「……あれ？」

ティーセットを暖炉《だんろ》横の棚に戻し、入り口脇の棚に空にした桶《おけ》を戻しに来ると、何故《なぜ》か、私がごっそりともらったリネンの類《たぐい》の数が戻っている。

「どういうこと？」

思わず首を傾《かし》げる。火の番をしてる内に、誰かがこっそり忍び込んで補充したとか？

「なら、流石《さすが》に気がつくよね……特に、君が分からない訳もないし」

野生の狼は気配に聡《さと》いはずだ。私は首を傾《かし》げつつ、手洗いなどで使ったタオルを、使用済みを入れるのだろう蔓草《つるくさ》の籠《かご》に放り込む。

「……消え、た？」

目の前で、ふっと籠《かご》の底からタオルが消えたのだ。

ついでに、消えたと同時に欠品のタオルが棚に戻っている。

「全自動リネン補充機でもどこかについてるのかな……はは」

正直困惑している。

どうやらこの狩り小屋は、子狼と同じく不思議な力が使えるらしい。

◆◆◆

手当ては、大きな狼が怖かったこと以外はスムーズに進んだ。

子狼が私を信頼してるからか、彼の匂いが移ってるからか。母狼は、私が近寄ることを案外簡単に許してくれた。傷がしみても、暴れたりしないで我慢してくれたのもありがたい。

傷口を洗い、ヤロウを浸《ひた》した包帯を巻き付けて手当てを済ませた私に、お礼にか、大きな頭を擦《こす》りつけてくれたのがなんというか……ダイナミックな感じでした。

ぐりぐりされる勢いで倒れるかと思った。

その日私は、母親狼に抱かれるみたいに、お腹に寄りかかっておやすみした。


母親狼の温かなお腹の上で、私は夢を見た。

それは私がハーブ好きになった理由と、よくある挫折《ざせつ》の記憶。

地味な文系女子が大学デビューをした。野暮《やぼ》ったい眼鏡をやめて、コンタクトをつけて。雑誌やネットの特集を読み漁《あさ》ってはトレンドのメイクや服装を真似たあの頃。

見た目ばかりは流行の、いまどきの女子大生を気取った。

だけど見た目だけだから、結局見た目だけいい悪い男に騙《だま》されて、私は彼のお財布係となってしまう。小さな頃から真面目に貯めてたお正月のお年玉貯金が、あっという間に消え……今度はバイト三昧《ざんまい》。それでも一番になれなかった私は本命さんに笑われて、彼に捨てられた。手元に残ったのは……なんだっけ。

自分を失った私は、勉学にも打ち込めず、かといって遊びにも夢中になれなくなって……

最後には、引きこもりのニートみたいな生活をしていた。

そんな荒《すさ》んだ私を助けてくれたのが、ハーブ畑を併設した喫茶店の店長である、ハーバリストさんだった。

その日私は、よく知らないローカル路線に揺られてふらふらとさまよっていた。乗り継いだ先で見かけたのは、花畑……いや、ハーブ畑。

その畑からは、すがすがしい青い草の香りと、花の甘い匂いが漂《ただよ》っていた。

近くには、果樹の実る木。その木陰にある白いベンチと可愛《かわい》い丸テーブルには、ハーブティーを飲みながら読書をする上品なおばあさんがいて——。素敵な光景だった。

おばあさんにハーブティーのお代わりを持ってきた店長さんが、柵《さく》の外から呆然と眺めている私を認めた。手招きする彼女に、ふらふらと引き寄せられる。そして私は、白い壁に緑の屋根の可愛《かわい》い喫茶店で彼女と向き合った。

彼女は言う。

『貴女《あなた》は変わりたかったんだね。新しい世界で輝きたくて頑張って、でもちょっと疲れちゃった。長い人生、そんなこともあるさ』

彼女は私に、優しい香りのハーブティーを出してくれ、試作品だからと甘い甘いお菓子を押しつけてきた。

『まあ、失敗もいい経験さ。それで学ばなかったらただの失敗だけど、貴女《あなた》は知った訳じゃない？　人生って意外と狭くて広くて、ときに甘くてときにハードだって。まだ若いんだ。一度休んで、それで前を向けたら、もう少し賢くなれるんじゃないかな』

おばさんはもう人生失敗だらけさ、と彼女は明るく笑う。

薄化粧にシンプルなシャツとエプロン姿だったけれど、その豪快な笑顔がハーブ園の鮮《あざ》やかな緑に映《は》え、とても綺麗に見えた。

私はそのとき初めて泣いた。自分の浅はかさを恥じ、憧れていた世界の上《うわ》っ面《つら》しか見ていなかった自分の浅薄《せんぱく》さに失望し。私は、何も得ていない大学一年生である今の己《おのれ》を嘆いた。

泣いて、泣き尽くして……。そしたら唐突に、すっきりしたのだ。

それからの私は、彼女に猛烈に弟子入り志願して、同時に独学でもハーブを学んだ。開き直ってハーブに打ち込んだのがよかったのか、引きこもって半年後、私は大学に復帰できた。

まあ、当然休んでばっかりの学生に大学も甘くはなくて、留年しましたけど。

真面目な学生に戻ってからも、ハーブの勉強は欠かさなかった。そして、ハーブを買いまくってたら片手間のバイトなんかじゃ足りなくなって、おじいちゃんの畑の片隅を借りて育ててたんだよね……

そんな、思いっきり過去の現実を夢で見た日の朝は、空腹で目が覚めた。

母親狼は、傷がそう深くなかったのか、今日はもう動けるみたい。

子狼と母親狼のスキンシップから始まる朝は、ちょっと嬉しい感じだね。もふもふとのたわむれが一段落したところで、母親狼の包帯を変えようと思って外したら……傷らしいものはもうなかった。昨日はピンクの生々しい傷跡が見えてたのに、なんとすごい治癒力。

「怪我《けが》が治ってよかったね」

汚れた包帯を片付けながら笑うと、すり、と優しく頬に頭を擦《す》りつけられた。ありがとうと言われた気がする。

この森の野生の動物ってすごい。絶対、私の言葉を理解している。というか、子狼ですら不思議な力を使うんだから、多分銀狼がすごいんだろうなぁ。

昨日の綺麗な泉で、寝ぼけた顔を洗う。さっぱりした私に、水を飲みに来ていた母親狼がじっと視線を向けた。

あ、この水を飲めということ？

泉の水を口に含み、飲みくだす。澄みきった水が喉《のど》を通ると身体まで浄化されるような心地がした。うう、このお水美味《おい》しい。真剣にマイボトルが欲しいなぁ。せめて竹があったら、竹筒作って持ち歩くんだけど。

お腹が空いたから、さあ朝ご飯だとあたりを探したら、母親狼が何やら色々、取ってきてくれた。それらは木の上の果物や、食べられるキノコとか食べられる野草とかで、いい感じに朝ご飯になった。

「しかし、この世界のパンは、木になってるのか……」

驚いたことに、茶色の表皮を剥《は》いだ中身が弾力のあるもっちり白パン、という実があったのだ。

匂いからしてパンだし、ちょっと味見してみたらやっぱりパンとしか思えなかったので、お腹を壊すかもしれないけれどと覚悟して食べたら……なんと、完璧に主食とできるものでした。しかも美味《おい》しい。

小ぶりのパンの実一つと、ハーブとキノコ類の木の葉包み焼きなんかを食べて、お腹を膨らます。あ、火起こしは相変わらず子狼にお願いしていますよ。

狼親子は自分で狩りをして食べるみたい。

お肉いる？　と、シカ肉を差し出されたけど、流石《さすが》に生は無理なので、丁重にお断りしました。というか、食事風景はやっぱりワイルドね。

◆◆◆

そして今日も来ました、泉の脇のハーブ生息地。

まあ、昨日取った分もあるし、ヤロウと食用ハーブを摘《つ》んだらそれでおしまいにするつもりではあるんだけど。

「ハーブを取っても、何かに仕立てるってこともできないしねぇ……。砂糖やアルコールがないと漬け込むこともできないし、蜜蝋《みつろう》やオイルがないと軟膏《なんこう》も作れないし。うーん、ないない尽くしだわ」

まさかまた狩り小屋にお世話になる訳にもいかないだろう。折角の宝の山を前に、私は諦め気味になる。あ、借りてたお鍋は朝ご飯のあとに返しにいきましたよ。

色々考えると、やっぱり前途多難だ。思わず泉のふちに座り込む。

「はあ。早めに人里に下りないとなぁ。ここがどこか確かめて、そして家に戻らなきゃ。大学が始まっちゃうよ。狼ベッドも素敵だけど、屋根のあるところで寝たいし、お風呂にも入りたいし」

まあ、包帯にした残りの布を泉の水に浸《ひた》して身体を拭いてはいるが、それで満足いくかというと、やっぱり違う訳で。考えてみれば、着替えも何もないのだ。幾《いく》ら万能軟膏《なんこう》や便利なツールナイフがあるからといって、それで済むほど人間を捨てている訳ではない。

「スマホは……相変わらず圏外。本当、ここってどこなんだろう？」

「くうん？」

スマホの電源を入れて電波を確認すると、弱いどころか全く電波が届いてない。ため息を吐くと、私の隣に座る彼がまんまるい目をじっとこちらに向けて切なく鳴いた。

「行っちゃうの？　と、子狼が言った気がする。わしゃわしゃと彼を撫《な》でた。

「うーん、森も素敵だし、君のお母さんのお腹も素晴らしいけど、私はひ弱な学生だから、森暮らしは難しいかも」

ごめんね、と言いながら小さな頭を撫《な》でると、子狼は何かを決意したように、後ろで横になっている母親狼の方に走っていく。

二人は視線を合わせて、しばらくじっとしていた。

「きゅうん」

「ぐるる……」

母親狼は、仕方ないとでもいうように頭を上下に動かし、子狼を私の方に押し出した。

彼の青い瞳が、真剣な色を浮かべ私をまっすぐ見つめる。

「きゃんっ！」

彼は連れていって、と言っている。

ボクは君と一緒にいたいんだ。君を一人でほっとくのが心配なんだ――子狼がそう言ってくれているのが、何故《なぜ》か確信をもって理解できた。

「それでいいの？　まだ小さいんだし、お母さんと一緒の方がよくないかな」

精一杯に尻尾を振りたて、後ろ足で立ち上がる彼。私に必死に訴えかける子狼は、それでいいんだと言っていた。

その青い宝石みたいな瞳が、言外に多くを語っている。

私は母親に聞いた。

「ねえ、貴女《あなた》はいいの？　まだこの子は小さいでしょう」

「ぐる……」

その子の決めたことだと言わんばかりに、大きな木にもたれて座る母親狼は、そっぽを向く。

ふさふさの彼女の尻尾は、不規則にぱた、ぱたたと動いて、内心は面白くないのだということを示していた。

「そう。なら、人里に行っても、なるべくこっちに顔を出すようにするね。貴女《あなた》のお腹はとっても気持ちいいから、また一緒に眠りたいな」

「くう……」

いいんじゃないの、と言ってくれた気がした。

子狼を連れ去ってしまう存在であるはずなのに、そんな私がお腹に飛び込むのを待ってくれている母親狼。その寛大さに泣けてくる。

「ありがとう。優しいね」

全身で抱きついて、お別れをする。たった一日だけど、寄り添って過ごしたからかな。すごく別れが辛《つら》いんだ。

「お母さん。ありがとう、またね」

大きくてとてもあったかい母親狼のお腹を離れて、私は行く。

パンの実を数日分と食べやすい木の実、飲み水を入れた竹筒数本――竹は朝ご飯を探すときに見つけた。それらをエプロンやダンガリーシャツのポケットに入れる。あとはハーブを各種朝採りしておいた。

それらの大荷物を布に包んで背負って、私は森を離れることにした。

お供は小さな銀色の狼のみ。それでも、偉大な母がいるこの森をホームのように感じているので、そんなに怖くはない。

歩きながら、あれこれ子狼に聞いてみる。

ちなみにずっと君とか子狼じゃ可哀想なので、昔おじいちゃんが飼ってたっていう賢い犬から取って、ぽちと名付けた。

「ねえぽち、ここから近くの人里ってどれくらい離れてるの？　……ふうん、三時間くらいか」

なんとなくだけど、ぽちの意思が分かる。なので、話し相手には困らない。まあ、他人から見たら独り言に見えるのだろうけど。

「そこって村？　町？　……ああ、君にはまだ分からないよね、ごめん。そうか、森より小さいか」

この森のサイズが分からないから、残念ながらあまり参考にはならないけど、情報として頭に入れておこう。下草をかき分け、足元の根につまずかないよう注意しながら一歩一歩進んでいく。

「ふう、そろそろ疲れてきたな。絶対ふくらはぎが大変なことになってるよ」

野良仕事で多少は体力がついているけど、長く歩くのは余り得意ではないんだよね。

とんとんとふくらはぎのあたりを握った手で叩いて、乳酸が溜まってそうな筋肉を刺激してみる。

そうして休んでいると、何やら蹴爪《けづめ》を立てるような音がした。振り返った私の目に入ってきたのは……

「い、イノシシ⁉」

それはもう、従兄弟《いとこ》の好きな狩りゲーに出てくるような巨大なイノシシが、まさに猪《ちょ》突猛進《とつもうしん》の言葉の通り、襲いかかってくるところだった。

三メートルもありそうな巨体がみるみる近づいてくる。それは恐怖以外の何ものでもない。勧められるままやったあのゲームでは気軽に狩れたけど、現実がゲームのように上手くいくはずもなく。私は身を竦《すく》ませ棒立ちのままだ。

きゃんきゃんと、けなげに私の前に立って吠えるぽちの勇姿が、なんだか救いのようにも、悲しい現実を直面させるようにも見える。

もう、あと僅《わず》か！

思わずぎゅっと目をつぶった。

そこで、ひゅんと風を切る音と共に、何かが飛来する気配がした。そしてズシンという巨体が倒れる音と重い衝撃。

「おーい、お嬢ちゃん大丈夫かい？　この森に入れるなんて、あんた大層信心深いんだなぁ。まさか、オレの代で他の守り手に出会えるとは思わなかったよ」

「た、助かった……の？」

呆然と木の根元に座り込む私に、ぽちが心配そうにきゅんきゅんと鳴いてくる。

まだ動けずにいる私の目の前に、長身の影が木の上から落ちてきた。

片腕をだらりと下げたその青年は、石を拾い上げ、右脇に挟んだ投石器《スリング》――紐《ひも》の間に石を挟んだ、あの原始的な武器――にセットした。これで、彼はイノシシを狩ってしまったというのだろうか。

だが確かに軽い音を立て飛来した一つの石ころが、私達を救ったのだ。改めてイノシシを見ると、眉間に一発。たった一撃で、巨大なイノシシはその命を落としていた。

「貴方が、私を助けてくれたんですか？」

それが、私と、この世界の第一異世界人との初遭遇《そうぐう》だった。

第二章　第一異世界人遭遇《そうぐう》と、奇跡のハーブ魔法

危ういところを狩りの名人に助けてもらった私達。

深緑色のチュニックと茶色の革のパンツにロングブーツという軽装に、投石器《スリング》と解体用ナイフだけ腰に吊った格好のその青年に、お礼を言って頭を下げる。けれど私の休んでいた木の上から落ちて……いえ、下りてきた彼は、ぽちを見て難しい表情をしていた。

「それ、どうする気だ？　シルバーウルフの幼体だろう。奴ら子煩悩《こぼんのう》だから、子供なんて勝手につれていったら報復で集落が滅ぶぞ。できたら森の守り手としてはそういうことはやめてほしいんだがね」

ええと、もしかして私が子狼を無理矢理攫《さら》ってきたと思われてるのかな？

私の心臓は、イノシシに襲われ死にかけた恐怖にばくばくと大きく跳ねたままだけど、なんとか震える手でぽちを抱き上げる。

「え、あの……この子はお母さんにちゃんとお別れしたから、大丈夫ですよ、ね？」

「わん♪」

後半はぽちと目を合わせて聞けば、彼は尻尾を振りご機嫌に答えてくれた。

ああ、あったかい。

子狼の体温に癒《い》やされて、どうにかこうにか私は平常心を取り戻す。

「おお、いいお返事。……うーんそうか、こんなに懐《なつ》いてるってことは、あんたが言う通りなんだろう。普通銀狼は警戒心が強くて、懐《なつ》かない生き物なんだがなあ。若いがお嬢ちゃん、実は高名なテイマーなのか」

彼は仲良しな私達の様子を見て、驚いたようだ。緑の目を瞬《またた》かせて首を捻《ひね》る。

テイマーって、もしかして魔物とかを懐かせたり従わせたりする人のことだろうか。従兄弟《いとこ》がやっていたゲームで、そんな職業を見た気がする。

「まあいいや、とりあえず獲物を解体しよう。これ、オレの獲物にしてもいいか？」

「ええ、勿論《もちろん》。貴方が狩ったものですし」

片腕を負傷しているのか、彼は相変わらず左手をだらりと下げたままだ。右手で投石器《スリング》を腰に吊るしてから腰のナイフを抜き、早速イノシシを解体し始めた。

血抜きをして皮を剥《は》いでと、片手なのに大層手際がいい。

「解体が終わったら、腹減ったし飯にしないか？　森の外に食べに行くにしても、近くの馬車の停留所までででも半時《はんとき》は歩くぞ」

半時《はんとき》……というと、どれぐらいなんだろう。でもとりあえず彼の口調から、そこそこかかることは予想できた。確かに時間的に小腹が空いてきたし、お昼にしたいかも。

イノシシにあうまでにも、数時間ほど森を歩いている。うーん、この森、すごく大きい気がするんだけど。

「じゃあ、お昼は助けていただいたお礼に、私が作りますね」

背中の風呂敷包みにしたものの中には一杯食材を詰めてあるから、火を起こせれば支《し》度《たく》はできるし。また、香草とキノコのなんちゃって包み焼きですけど。

「お、そうか。そりゃ助かるわ。本当は左利きなんだが、ちょっと前にこっちをやっちまってな……全く動かない訳じゃあないんだが、へたに動かすと傷に障《さわ》っちまって……。いてて」

どうしても片手だとな、と自由にならない左手を頼りなく振る彼。私からすれば、あんな大物を片手で倒せるんだからそれだけでもすごいと思うのだけれど。

そんな会話の間に、彼は解体を終えてしまったようだ。さくさくと大物のイノシシをブロックに分けて、皮を巻いて……うーん、器用なものだ。

そうして感心しながら眺めていると、彼は利き手だという左手で苦労してイノシシの解体物に触れ、右手を背から下ろした背嚢《はいのう》の口にやった。

すると、魔法のようにイノシシの解体物が消える。

「えっ……？」

「はは、怪我人が魔法袋《マジックバッグ》なんて持ってて驚いたか？　まあ、魔道具だけあって高価だもんなぁ、これ。これでも、怪我する前は一端《いっぱし》の冒険者だったんだぜ」

「は、はあ。貴方が強いのは、イノシシを一発で倒すところからも分かってますけど……はあ。魔法、袋」

私の驚きを、彼は別の意味で捉えたようだが、驚きのポイントはそこではない。科学の力を上回った魔法の力が、また目の前で展開されてしまった。そろそろ、観念して現実を見つめた方がいいのかな。ここが、私の知る世界じゃないってことを。

と、私が一種の諦めに浸《ひた》っていると、長身の彼は大股でどこかへ向かって歩き始めた。

「ま、待って」

身長が日本人女性の平均に満たない私が、百八十センチ以上はありそうな彼と並んで歩けば、それはまあ当然に小走りとなる。

私が必死なのに気づいた彼は、鮮烈《せんれつ》なメタリックグリーンの髪を揺らしてこちらへ向き直った。

「おっとすまん。どうにも、獲物を狩ると腹が空いてなぁ」

にかっと笑う顔は屈託がない。如何《いか》にも鍛えてます、といった筋肉が乗った右手が、贅肉《ぜいにく》ひとつない腹を撫《な》でるのがユニークだ。

「お昼はちゃんと作りますので、はい。期待にお応えできるかは分かりませんが」

「はっは。可愛《かわい》いお嬢ちゃんに料理してもらえるだけでお兄ちゃんは十分だって」

なかなか口が上手い人だ。お世辞だろうが、一応気持ちは受け取っておこう。

しばらく彼のあとを追っていて分かったのだけど、どうやら彼は、あのログハウスに歩を進めているようだ。

えっ、私が必死に歩いたところをまた戻るの？　と、抗議したいが、この森は人の手が余り加わってない分、大物――すなわち強い動物が多いそうで、煮炊きなどをするならきちんとした設備でやった方が安全だという。まあ確かに、煮炊きをしている無防備なときに、野獣に襲われたりしたら危険だものね。

道中、のんびり狩人《かりうど》さんと会話をする。丸一日ぐらい人と話してなかったから、なんだか新鮮な気がするなぁ。

「ところで、お嬢ちゃんはどうもこの森の重要性を分かってないようだな。この森は古来から女神の森って言われていてな。中に入れる奴が限られてるんだ」

「女神の森、ですか」

へえ、なんだか曰《いわ》く付きみたいな名前の森だったのね、ここ。

「やっぱ、よく分かってないだろ。ここに入れるだけで結構なステータスだってのに、まあ平和な顔で……。お兄さんは、そんなお嬢ちゃんが悪者に拐《かどわ》かされないか心配ですよ」

私の気のない返事に、狩人《かりうど》さんは呆れ顔だ。

「実際、これから向かうコテージの近くには小さな祠《ほこら》があって、そこには女神像が奉《まつ》られてるんだぜ。なかなか見事な像だから、一度お参りに行くといい」

ずれた背嚢《はいのう》の位置を直しながら、そんなことを語る。

「女神の像……確かに、一度は見てみたいですね」

昔からある女神の像の祠《ほこら》とか、ちょっと知られざる観光地的でワクワクするかも。

「そうしとけ。で、話は元に戻るが、オレは親が創世女神の信心深い教徒だったもんだから、なんとなく礼拝とか行ったり毎日の食事のとき祈ったりする癖があってさ。それで多分、森に入れるんだと思うんだが……。そういった、ここに入れる者のことを、この森の守り手と言うんだ。もう、この大陸でも女神信仰は廃《すた》れるばかりでね。同年代でこの森に入れる奴、オレ以外の守り手なんて、聞いたことがないのさ」

「はあ……」

「はは、よく分からんか。まあ、この国もよそと変わらず、あんまり神様に祈るような奴がいなくなったってことさ。だから、この女神の森は一般的にはダンジョンに分類されていても、攻略する奴がほぼいないんだ。もしかしたら別の国から攻略に入る奴もいるかもしれないが、それにしてはもう十年は通っている俺でも、人とすれ違ったこともなくってね。まあ、それで相当少ない人数だろうと見当を付けてる訳だ。だからお嬢ちゃんを見て、お兄さんは驚いてしまったんだよ」

苦笑しながら私に説明する。

ええと……つまり。私はとんでもない秘境に紛れ込んでいた、ということになるのだろうか。

「うーん。格好こそ珍妙だが、その髪の艶《つや》やかさといい、荒れてない綺麗な手といい、どこかの国の深窓の令嬢ってとこかねぇ……。しかも、銀狼を連れたモンスターテイマーって、そんなのが一体どうしたらこの森に迷い込むものやら」

首を捻《ひね》りつつぶつぶつと呟いてる彼に連れられて例の小屋に戻ると、彼はさっさとドアを開け入り込んでしまう。

私は慌てて、彼のあとを追って小屋に入ったのだった。

◆◆◆

「さてっと。じゃあ早速飯にするか」

彼は勝手知ったるという態度で、暖炉《だんろ》脇の水瓶《みずがめ》を軽く指先で叩いた。そして柄杓《ひしゃく》で水を汲《く》み、木製の大きなカップに注いで、ごくごくと水を飲み干している。

「……あれ？」

確か、あの水瓶《みずがめ》は空だったはず、だよね。

「お嬢ちゃんも喉渇《のどかわ》いたろう。魔法の水瓶《みずがめ》に水を汲《く》んどいたから、あんたも飲みな。それから、暖炉《だんろ》に火を起こしといたから」

私が昨日完全に消火したはずの暖炉《だんろ》には、すでに火が燃えている。

「は、はあ。ありがとうございます……？」

私が返事をする間にも、彼はまた水瓶《みずがめ》から水を汲《く》んで飲んでいる。

……うーん、やっぱりこの森の動物も人も、簡単に魔法を使うのねぇ。ま、そういうものとして今は受け入れるしかないか。

「とりあえず、料理始めちゃいますね」

私は彼に断ると暖炉《だんろ》に近づいて、料理の準備を始めた。

「おう、よろしくな……っと、いてて」

そう言うと彼は、左の肘《ひじ》を右手で押さえた。

「どうしたんですか？」

「いやあ、元々こっちが利き手だからかな、神経やっちまってるって分かってても、とっさに動かそうとしてね。そうすると、痛みが出るんだよな」

いやあ参った、と笑う彼の表情は深刻そうでもないけれど、でも痛みが出る、と……

「うーん」

私は怪我人を前に唸《うな》った。そうだな、ここはやっぱり湿布《しっぷ》かな。恩人さんがあんな痛そうにしてて、しかもここにはハーブも揃ってるのに。手当てしないっていうのは、幾《いく》らなんでも非情でしょう。

うん。お料理をぱぱっと済ませて、狩人《かりうど》さんの肘《ひじ》の手当てもしておこう。

「さて、忙しくなりそうだな。ぽちは料理の助手、よろしくね」

「わんっ」

ところで狩人《かりうど》さんに聞いたら、ここはどうも森の狩人《かりうど》の共有財産のようなものだそうで、森に入れる人なら勝手に使っていいのですって。それを聞いてホッとした私は、張り切ってお料理に集中することにしたよ。

そうそう、お待たせしてる間はハーブティーでも飲んでいてもらいましょう。

ケトルにお湯を沸《わ》かし、ティーポットにささっと洗ったカモミールを適量入れてと。

可愛《かわい》い花を咲かせるカモミールは、青リンゴの香りと言われるような爽《さわ》やかな甘い香りがするハーブだ。リラックス効果もあり、寝る前にもおすすめだったりする。

「お料理できるまで、これ飲んでいて下さい」

「お、ありがとうな。いい匂いだ。痛みも和《やわ》らぐようだ、よ……？」

ハーブの香りを吸い込んだ彼は、なんだか不思議そうな顔をした。

「うん？　本当に痛みが消えたような？」

何かぶつぶつ呟いているけど、私は料理を優先せねばならぬのです。

まずはお鍋にキノコとハーブと、母親狼が取ってくれたレモンっぽい果実を入れて、汁物を作ろう。綺麗に葉を洗ってから、キノコとレモンを薄切りに、オレガノ、タイム、バジルを刻んでぱらぱらっと。

「ところでここの棚のお塩とかお砂糖とか、使っていいんですか？」

確認したところ、お皿のある棚にある壺《つぼ》に、基本の調味料が揃っているようなんだよね。使っていいものかどうか判断がつかなくて、とりあえず狩人《かりうど》さんに聞いてみる。

「おう。減ったらオレが森から適当に取ってくるから、気にせず使ってくれ。岩塩なら森の北で掘れるところがあるし、砂糖なら西の方にシュガンの木が生えてる。果樹の類《たぐい》も揃ってるし、食べるだけなら困らないんだよな、この森」

ティーカップ片手に、彼はそう答えてくれた。

ほうほう。それなら気にせず使わせてもらいましょう。

お塩を手の甲にのせ舐《な》めてみたら、うん、岩塩だけあってミネラル豊富。

このお塩なら、キノコのうまみで十分美味《おい》しいお汁ができそうだ。

キノコのスープと、あと何か一品くらいは作らなきゃね。

イノシシ肉を融通《ゆうずう》してくれるとは言われたけれど、残念ながら調理の仕方がよく分からない。ここは無理をせず、私のできる範囲でごちそうしましょう。

うーん、もう一品。

そうだな、酸葉《スイバ》……ソレルを塩もみして、お浸《ひた》しにして出すかな。簡単にできる箸《はし》休め。こういうのがあると鰹節《かつおぶし》が欲しくなるね。あとお醤油《しょうゆ》。

お醤油《しょうゆ》があれば、もしかしたらイノシシ肉も食べられたのだろうか。焼いてお砂糖とお醤油《しょうゆ》で甘辛く味付け、とか。つくづく、お醤油《しょうゆ》がないのが悔やまれる。

幸いパンの実があるからお腹の持ちはいいはずだし、あとはフルーツを添えて……

あ。

「お砂糖が簡単に採《と》れるなら、お母さんに取ってきてもらったベリー系の果実で、コンフィチュールが作れるんじゃないかな」

コンフィチュールは、コンフィ――お酢や砂糖、油など、保存性を高める素材に浸《ひた》して調理したものの総称――という単語がついているだけあって、大量の果実を保存するのに向いてるんだよね。

今回は、果実を砂糖と一緒に煮てレモン汁を搾《しぼ》ったものを作りたいんだ。パンに塗ってもいいし、タルト生地にぎっしり詰めてもいいし。ああ、考えてたらお菓子が食べたくなってきた。

今日このあと、すぐに移動するなら作る時間はそんなにないけど……。ま、まあ、とにかく甘いものに近づけたのはいいことだよ。

一応、シュガンの木という植物の位置を聞いておいて、あとでお砂糖を採《と》りに来ることも考えよう。だって甘味は大事ですから！

それはそれとして、お昼です。

考えごとをしてる内にスープも煮えたので、お皿に盛って、ソレルのお浸《ひた》しを添えて出す。

男性だし、沢山食べるだろうと、パンの実を好きなだけ取れるよう籠《かご》盛りにした。果実も別皿に盛って、テーブルの真ん中へ。足元のぽちには、狩人《かりうど》さんにイノシシ肉を分けてもらって、それをお皿代わりの葉っぱにのせて出す。

「よーし、食うぞぉっ！」

目をらんらんと輝かせた狩人《かりうど》さんが、早速スプーン片手に料理に食らいついた。

「おっ、スープはさっぱりしつつ、キノコがいい味してるなー。オレは好きだぜ。こっちの酸っぱいのもシャキシャキしていい歯ごたえだ」

正直肉が欲しいが……と続いたところは、当人も聞かせるつもりはなかったようだから聞かぬ振り。

ちなみに意外なことに、彼は早食いだけど綺麗な食べ方をしていた。うーんこの人、一見粗野な見た目なんだけど、実は教養がありそう。なかなかに謎な人だな。

狩人《かりうど》さんは、長身で筋肉質な見た目通りに健啖家《けんたんか》で、パンの実を五つ、スープも二杯おかわりしてくれた。

「ふう、食べた食べた」

「お粗末《そまつ》様でした」

食後のお茶の時間って最高だよね。

すっきりした後味になるようレモングラスを利かせつつ、フェンネルを加えた消化促進なお茶を。なかなか爽《さわ》やかな風味だ。お通じが悪いときにも、これにお世話になるんだよね。

ぽちにはお水で我慢してもらうよ。

……さて、お腹もくちたし、あとは狩人《かりうど》さんに湿布《しっぷ》を作らないとね。

「よし、では怪我の手当てですね」

「うん？　お嬢ちゃん怪我《けが》なんてしてたか？」

「いえいえ、狩人《かりうど》さんの左腕のことですよ。痛むのでしょう？」

「え、オレ？」

彼は私の宣言に、お茶のカップを片手に驚いた顔をしていた。

「えーと、狩人《かりうど》さん」

「おう。っていうか、もしかして名前言ってなかったか？　オレはアレックスって言うんだけど」

「いえ、多分聞いてましたが。なんとなく名前を呼ぶ機会もなくて……」

「ははは、なんだそりゃ」

アレックスさんには笑いごとかもしれないけれど、男性関係では大学デビュー失敗したときに色々後悔してるので、妙に気安い人は警戒してしまうんだよね……。まあ、今までの会話の感じからして、彼は悪い人ではないのだろうけど。

「まあ、それはともかく。左腕が痛むのでしょう？　ちょっとハーブで湿布《しっぷ》でもしてみようかと思うんですが、いかがですか」

あるものは使うのだ。というか、折角新鮮なハーブが山盛りであるのだから、できればきちんと役立ててやりたいと思うのが人情でしょう。

「古傷で痛みが出てるってことは、神経痛かなと思いまして。だとするとセントジョーンズワートをメインとした浸出液で湿布《しっぷ》をしようかなと。左手に湿布《しっぷ》とかしても大丈夫ですか？　問題ないなら作業します」

私は自分なりに考えた、古傷の手当ての話をする。

「おいおい、お嬢ちゃん。本当にやる気なのか？　……いやまあ、痛みをなんとかしてくれるならありがたいがね」

右手でメタリックグリーンの髪をかき混ぜるようにして頭をかくお兄さんこと、アレックスさん。

そんな彼を横目に、私は湿布《しっぷ》用にハーブを用意し始めた。

手に取りますはセントジョーンズワート、またの名を、セイヨウオトギリソウ。夏至《げし》の頃に咲く明るい黄色の花は、オイルに浸《ひた》したり、アルコールに漬けハーブチンキにして用いられることもある。

消炎効果や抗ウィルス作用が見込まれるハーブで、古くから湿布《しっぷ》薬に利用されていた由緒《ゆいしょ》あるハーブです。

今日はこれをメインに、浸出液を作ろうと思う。

「あー、時間があればマッサージと湿布《しっぷ》用に、オイル漬けしたいなあ……オリーブの木があるだけあって、オリーブオイルはあるし」

なんだか今日は色々用途が浮かんで、我ながらないものねだりが多い。

再びケトルを火にかけ、お湯が沸《わ》いたらティーポットに適量のセントジョーンズワートを入れて、お湯を注ぐ。

しばらくティーコゼ代わりのリネンに包んで蒸《む》らし、そしておまじない。

「おいしくなーれ……じゃなくて、いい感じにエキスが出ますように」

度々蒸《む》らし時間が足りなくてうっすいハーブ液を作っていたから、どうも癖が抜けない。

そうしてティーポットを両手に包んでお祈りをしてると、またふわっと、キンモクセイの香りと共に、温かな何かが手を伝ってポットの中に吸い込まれていく。

「……うーん。本当にこれってなんなんだろ」

そう言って首を傾《かし》げている私を、ぎょっとした目でアレックスさんが見ていたなんてことを——このときの私は、気づかなかった。

「なんだ、この匂いは。嗅いでいるだけで痛みが安らぐ。それにあの膨大で清い魔力は……まるで女神の祠《ほこら》で感じた、あの……」

続いた囁《ささや》くような彼の呟きも、ティーポットの中のハーブの抽出に集中していた私の耳には入らなかった。

「さて、いい感じに浸出液もできましたので湿布《しっぷ》しちゃいましょう」

幸い、このコテージには清潔なリネンが沢山あるので、また包帯に使わせてもらうことにする。

「左手、ちょっと痛いかもしれませんが頑張ってテーブルにのせて下さいねー。下にタオル敷きます」

「はいよー……あいたた」

テーブルの上にのった腕は、怪我《けが》をして動かないという割には右手と同じく筋肉があって、男性らしい逞《たくま》しさがある。まだ、怪我《けが》をしてから長くは経っていないのかもしれない。だとしたら、湿布《しっぷ》とマッサージで少しはよくなるかも。

これから男の人の腕に触るのか、ちょっと怖いな……なんて今更ながらに思ったけれど、それも後の祭りというもの。

……よし、平常心平常心。この人は患者さん、患者さん。

大きく深呼吸してから、アレックスさんの手当てに移る。

「痛いのは肘《ひじ》ですか？　湿布《しっぷ》当てます。神経に触っちゃって痛いかもしれませんが、ちょっと我慢して下さいね」

「ああ」

冷ましたセントジョーンズワート液をたっぷりと浸《ひた》したリネンを彼の肘《ひじ》に当てる。少しだけ肘《ひじ》を浮かせてもらって、細く裂《さ》いたリネンで湿布《しっぷ》を固定した。

……よし、これであとは安静にしていてもらえば、少しは痛みも和《やわ》らぐはず。あ。

私は重大なことに気づく。

「痛みが引くまで安静にしていると、森を抜ける頃には多分暗くなってしまいますよね」

なんだかんだと、お昼を食べてから湿布《しっぷ》をするまでのんびりやってたら、すでにおやつの時間になっている。まあ、小腹が空いたら母親狼が持たせてくれたフルーツでも嚙《かじ》ればいいのだけれど……いや、そうじゃない。

「そうだなぁ。別に急ぎでないなら、夜の森なんて危険な場所を歩かないでも、今日はコテージに泊まって明朝から移動すればいいんじゃないか」

この流れ、なんとなく嫌な気配がするんですが……！

「幸い肘《ひじ》の痛みも引いてきたし、オレは屋根さえあればどこでも寝られる。ここの二階に寝室があるから、お嬢ちゃんは二階で休んでいくといいよ」

ほらあ、やっぱり！

親切心溢《あふ》れる彼の言葉に、私は顔を引きつらせる。

「い、いえいえ！　私はお母さんとぽちと一緒に寝ればいいので！　で、では明日の朝！」

私は大学デビューに失敗した女。半ば干物の分際で、初対面の男性と同じ屋根の下で休むなんて無理に決まってます。なら、気心知れた母親狼のお腹で休みますよー!!

「は？　お母さん？　お嬢ちゃん、あんた親御さんも森にいるのか、って、おい！」

私は頬を真っ赤に染め、彼の言葉も聞かずに、ぽちを抱き上げてダッシュで逃げ出したのだった。

◆◆◆

次の日のこと。

狩人《かりうど》さんことアレックスさんは、大木の下で母親狼のお腹にもたれて寝る私とぽちを見つけ、引きつった顔をしていた。

「おいおい、本当に女神の使役獣たるシルバーウルフと仲良しなのか。お嬢ちゃんはお兄さんをどこまで驚かすつもりなんだろうな」

昨日、一度はアレックスさんのところから逃げ出した私だったけど、そのあと冷静になって森の小屋へ戻り、彼が心配しないよう、どこで寝ているか告げていたのだ。だから探しに来てくれたのかな。

私はむくりと起き上がり、お母さんにおはようの挨拶《あいさつ》をしつつ、彼に言った。

「言ったじゃないですか。お母さんもいるし大丈夫ですよ？」

「ああ、そうだな。そうだよなぁ……森の主であるマザーと一緒なら、そりゃ心配ないわ」

母親狼のお腹に懐《なつ》きながら笑顔で言う私に、大きなため息を吐《つ》くアレックスさん。そして彼は、嘆くように両手で顔を覆った。

「……って、アレックスさん。腕が……？」

「ああ。お嬢ちゃんのあの真摯《しんし》な祈りと、女神の森の薬草が効いたんだろうな。今朝起きたら動くようになってたんだ。昨日のお嬢ちゃんの祈りは、そりゃすごかったしなぁ」

彼はにっかと笑って、動かなかったはずの左手を振り回して見せる。

ええと……私の祈りって？　湿布《しっぷ》のことなら、いつもの調子でエキスよ出ろーってやっただけだよ。それよりももっと大きな問題が！

「え、ええ？　昨日は動かなかったのに……っていうか、治ったばかりなのに急に動かしちゃダメですよ！」

私は慌てて母親狼のお腹から離れ、ぶんぶん左手を振り回すアレックスさんを止めようとした。

けれど彼は走って近づく私をひょいと両手で抱え上げ、くるくると――まるでそう、バカップルがやるあの感じで、私を抱えてはしゃぎ始めたのだ。

鮮《あざ》やかな緑が萌える森の中、鮮《あざ》やかなメタリックグリーン髪の精悍《せいかん》な青年が私を抱えてくるくる回る……

「ちょ、ちょっと！　アレックスさん左手が！」

「ははは、そう言うなって。これでも元は騎士なんて呼ばれてたからな。鍛え方が違うぜ」

「へ？　アレックスさんって、騎士だったんですか？」

「いや、実は魔術師で、そっちはあだ名っていうか……まあ、そんなのはどっちでもよ

くて。しばらく利き手が動かなくてイライラして参ってたんだよ。あーっ、両手が動くってやっぱり違うわ」

そうして浮かれ騒ぐ彼と、異性に抱え上げられるなどという非日常的シチュエーションに悲鳴が止まらない私がいたのですが……何故《なぜ》か、母親狼もぽちも止めてくれなかった。

結局、三半規管《さんはんきかん》にダメージが加わって「酔いそう」と私が言い出すまで、アレックスさんのくるくるは止まることがなかったのでした。

はあ、朝からひどい目にあった。

くらくらと目を回す私を、アレックスさんは母親狼のお腹に預けた。それから、まるで物語の騎士のように、片膝を地面に突き胸に手を当てる姿勢を取る。

そうして彼は、厳《おごそ》かに言ったのだ。

「お嬢ちゃんはオレの恩人だ。オレの奪われた左手を取り戻してくれたあんたに恩返ししたい。何か、オレができることはないか」

その真剣な顔に、私は慌てる。

「……いえいえ。きっと傷がまだ癒《い》やせる範囲で、たまたま湿布《しっぷ》がよく効いただけでしょう。素人《しろうと》の手当てでそんなによくなるはずもないし！」

私が両手を振って否定するも、彼は意地でも意思を曲げない様子だ。

片膝を突いたまま、こちらを真剣に見つめている。

うう、何これ。ぽち、どうしよう。彼の姿は、まるで王様に剣を捧《ささ》げる騎士のようだ。

堂々として立派なその姿に気圧《けお》され、思わずすぐ隣で寝転がってる子狼を抱き上げてしまう。

「くうん？」

ハッハと舌を出してきょとんとするぽち。まあ子狼だもの、今の私の困惑なんて、分からないよね。

「いいや、あんたのおかげだ。あんたが薬草を扱うときに発する、あの優しくも強大な魔力を込めた癒《い》やしの波動は、女神の祠《ほこら》で感じる気配そのものだしな」

彼はじっと私を見つめて断言する。

え、いやいや。強大な魔力とか、癒《い》やしの波動とか。なんだか大層なことを言われてるけど、私、そんなの使った覚えないんですけれど。

私は必死に頭を振るが、彼は引いてくれない。

「昨日まで、オレの左手は呪われていた。神経は通っているのに、確かに動くはずなのに、動かない。オレは左手を、呪いによって封じられていたんだ。それを動かせるようにするなんてのは、それこそ女神の力しかない――お嬢ちゃん、あんたは女神の薬師《くすし》だな？」

「女神の、薬師《くすし》？」

目を丸くしてなんのことかと訊《たず》ねる私に、アレックスさんはある伝承を語った。

……優しい女神は創世の際、人類が生きやすいようにこの世界に魔法を与えました。

魔法の力は水を湧かし渇《かわ》きを癒《い》やし、火をもって身体を温め、風を呼んで淀《よど》みを吹き払い、土を動かし豊かな大地を耕《たがや》して、人々を助けます。

ですが、魔法という奇跡の力は、人類と共に地上に現れた魔力を持つ動物達……モンスターにも力をつけさせてしまいました。

つまり人類は、最初から天敵を持ってこの地に現れたということになります。

なおも悪いことに、魔力が豊富なダンジョンなどは、モンスターを肥やす土壌となりました。

魔力によって独自に進化したモンスターは、元の動物よりも強大です。

モンスターの中には、人の悪心から派生したかのような、二足歩行の小鬼《ゴブリン》、鬼《オーガ》なども おりました。奴らは集団で街を襲ってくるため、人の開拓心を妨《さまた》げる存在となりました。

モンスターという天敵を有したがゆえに、彼らと戦わざるを得ない人々の心は荒れたのです。

人が荒れると、世の中も荒れます。そんな荒廃した世界で、人は肉欲に溺れました。分かりやすい快感にこそ、重きを置くようになったのです。それは更なる荒廃に繋がります。

強者である戦う男達は暴力に酔い、弱者である老人や女子供達が彼らの犠牲となりました。

強さを誇示すべく、戦士達は美しき者を勝利の杯代わりに奪い取り、苦言を呈す者を暴力にて排しました。

世には暴力が満ち、弱き者達は悲嘆に暮れたのです。

そうして欲に溺れた戦士達のみならず、か弱き人々も、女神が恵みし奇跡を顕《あらわ》す魔法を忘れ、一匹の獣《けもの》へと墜《お》ちていきました。

神話の時代から遠い現代において、魔法とは完全なる奇跡です。

小さな壺《つぼ》一杯の水を呼ぶことすら、彼らには奇跡と呼び称される時代となりました。

そんな時代の悲しさに、女神は救いの手を差し伸べます。

この荒廃した世界に、香《かぐわ》しき魔力を纏《まと》った優しき緑の魔法の使い手、人々を笑顔にする癒《い》やし手――女神のお力をその手に宿した女神の薬師《くすし》を呼んだのです。

「っていうのが、オレの知る女神の薬師《くすし》の伝承だ」

母親狼の寝転がる大きな木の側で、彼は、女神の伝承を話してくれた。流石《さすが》に騎士の礼のような格好はやめ、胡座《あぐら》をかいた体勢でのお話だったけれど……しかし内容がいただけません。

何その、世界を癒《い》やす、すごい救世主みたいなものは。

というかですね、念押しのようにここが異世界だよとねじ込んでくるの、やめて下さいませんかね。私はまだ、森を出てバスや電車、飛行機を乗り継げば家に帰れると信じていたいのだけど……

まあ、そんな逃避が許される場面じゃないことを本当は分かっているので、私は慌てて頭を振った。

「いえ、いえいえ。だから私はそんな大層なものじゃないですって」

ぶんぶん頭を振るけれど、彼は頑固に私を伝説の薬師《くすし》だと言い張る。

「なら、どうして、御典医《ごてんい》や宮廷魔術師にも匙《さじ》を投げられたオレの左手が動くんだ？偶然か？　いいや、あの呪いは強力なものだった。宮廷魔術師も、その幾重《いくえ》にも重ねられたいっそ芸術的とも言える呪いの有様に、解呪の真似事すらできなかった。オレの左手の呪いは、そういうものだった」

血は通っているのに動かない。そんな呪いが彼にはかけられていた、と。

更にここで初めて聞いたのだけど、今や魔法は廃《すた》れて、それを使えるのはごく少数の人だけだそうだ。だからその人達は皆、特権階級である貴族に仕えているらしい。

「呪いなんてのは、実に面倒で厄介な魔法なんだ。相手の私物をずっと携帯して、それに一定以上の魔力を注がねば、たちまち相手に破られてしまう。てことは、魔力豊富な魔術師を何人も囲える奴……貴族しかいない」

そんなにネチネチやられるほど恨まれるって、アレックスさん何したの。

というよりも、もしかしてこのラフな感じのアレックスさんも、貴族か貴族に仕えるお偉い魔術師さんってこと？　遭遇《そうぐう》した第一異世界人が、すごい偉い人みたいですよ。

「そもそも呪いとか解けませんよ！　私はたまたま持ってたハーブを使って、少しは痛みを抑えられたらいいなー……って思って湿布《しっぷ》しただけですから！」

そんなご大層な呪いなら、余計に私の実力じゃないと言いたい！　二年ばかり師匠《ししょう》の下で勉強はしてきたけど、資格も何もない、ただハーブが大好きなだけの私にそんなことできないってば。

「……ならば女神の祠《ほこら》に行こう。あそこなら、あんたも自分の力の拠《よ》り所《どころ》が分かるさ。ただの狩人《かりうど》の倅《せがれ》ですら、女神のお力が分かるのだから」

そう言うと、彼はぐいと私を引っ張った。

「お、お母さぁん……！」

哀れな声で母親狼に助けを求めるも、知らない、勝手にすれば——とばかりに、首を横に向け目を瞑《つむ》る。どうもアレックスさんとは昔から知り合いらしくて、彼が私を傷つけることはないと信用しているようだ。

男の人の、それも元騎士だとかいう人に引っ張られたら、抗《あらが》うことなんてできるはずもない。ぐいぐいと力強い手に引っ張られつつ私は、せめてもの保険と、ぽちを腕の中に抱えた。

「ううう、ぽち、私どうなるのかな……」

「くうん？」

うん、君に聞いても分からないよね。知ってた！

◆◆◆

十数分後。

私は小さな祠《ほこら》に足を踏み入れていた。

そこは白い石灰岩みたいなものを、人の手によって掘り広げた場所のようだった。

可愛《かわい》らしくてちんまりした手彫りらしき女神像が、その中に置かれている。その女神像が浮かべている母性を感じさせる笑みに、何故《なぜ》か見覚えがあるような気がして、私は首を傾《かし》げた。

「これが創世女神の像だ。ここは、特別に女神の力が強いところでな。呪いによる痛みが増すと、よくここへ来て浄化していた」

「そう……ですか」

人が十人も入ったらぎゅうぎゅうになるほど狭いところでありながら、空気は清浄だ。清潔な水の匂いやハーブの匂いもして、思わず胸一杯に息を吸い込んでしまう。

聖域、とでもいうか。そこはすごく、心地のいい空間だった。

こういうところに来ると、思わず日本人って手を合わせてしまうよね……

アレックスさんに合わせ、女神像の前で膝を折って両手を合わせる。

すると……あのキンモクセイの香りがふわりとあたりに漂《ただよ》って、私を抱くように優しく囲い込んだ。

その香りに、私の中の曖昧《あいまい》な夢の記憶がようやく鮮明になったのだ。

「ああ、そっか。私……そういえば農作業中に倒れて、死んじゃったんだ」

涙が一粒頬を伝う。

全て、思い出した。

この世界に身体ごと再生されて転生した私は、そもそも帰る場所なんてない。この世界で新しく生き直さねばならなかったんだ。それはもう、現実逃避していた私も納得するしかなくって――

「そういえば……女神様にハーブ園をもらったときに、何か言われたような……」

思いを込めると、どうなるんだっけ？

思わず、真剣な顔をしてお祈りする隣を見る。もう、昨日のように片手を力なく垂らした狩人《かりうど》はそこにはいない。

凛《りん》として胸を張った素晴らしい居住まいの青年が、一心不乱に女神へ祈りを捧《ささ》げている。

私はふと、動くようになった彼の腕を見て呟く。

「……もしかして、よく効くようにってお祈りしたから力が増した、とか」

それ以外、ないよね。私は昔からの知恵、いわゆる民間療法で痛みを緩和させようとしたたけなのに、呪いを受けた腕が治るとか。

思えば、生々しく開いた母親狼の傷口が一日で塞がるのも、どう考えてもおかしなことだったよね……！　なんで気づかないかな、私。

「女神様……ちょっと、私に力を与えすぎじゃありません？　私は素敵なハーブ園がもらえて、可愛《かわい》いぽちとお母さんに出会えただけで十分な気がするのですけど」

まあ間違いなく、そのままじゃ行き倒れそうな頼りない私に、魔法を使えるおちびさんと、暮らしを支える偉大なる母を寄越してくれたのは女神様の手配だろう。

全く、素晴らしいフォローです女神様、ありがとう。

ただ、少しだけ後悔もする。

……もっと、面倒がらずに従兄弟《いとこ》達と遊んで、キャンプとかにも行っておくべきだったなぁ。なんだかんだと引きこもった私を心配して外に連れ出してくれたりする、すごくいい奴らだったんだよね。当時は、失恋で自分の傷心に一杯一杯だったから、彼らの厚意に気づかなかったけど。

ああ、気づいたら会いたくなってきたよ。ううう。

キャンプも、数回ばかり付き合ったぐらいじゃほんのりした知識しかつかないから、未だに火起こしすらできないんだもの。もっと彼らと一緒にアウトドアに慣れておけばよかった。遊びの場なら一杯あったのに。

おっと、思考が横に逸れた。

再び女神様に苦情を言う。

色々フォローはありがたいです。ハーブ園も素晴らしいです。でも、でもですね。ハーブに加えてお祈りパワーで絶対完治とか、やりすぎだと思います。

過ぎたる力など怖くて使えたもんじゃありませんよ、とうんうん唸《うな》っていると……

まるで、苦笑いを浮かべてごめんねと頭を撫《な》でるように、ふんわりと優しく私を包むキンモクセイの香りが頭上をひと撫《な》でして去っていった。

「いただいた能力、チートが過ぎませんか女神様……」

なんで、御典医《ごてんい》や宮廷魔術師なんていう偉そうな人が匙《さじ》を投げた呪いが完治しちゃったんでしょうね。まあ、治らないよりはいいけれど。

そのとき、まだ熱心に祈りを捧《ささ》げていたアレックスさんが、ふと目を開いた。

「何か言ったか？」

「いえ、大したことではないです。でも私、女神様に会ったことがあるかもしれません」

「何っ？」

アレックスさんは祈りの形に組んでいた手を解き、私の言葉に驚いたように振り向いた。

「いえ、まあ夢の中のことですけど……」

と、今はそう言っておく他ない。一度別世界で死んで、女神様の温情で生き返りましただなんて、幾《いく》ら魔法のある世界でも正気を疑われるだろうから。

「なるほどな。だからあんたに女神の力があるのかもな。というか、夢の中で女神からこの森を譲られたとか？　女神の力に近しいから、シルバーウルフもあんたに懐《なつ》くのかな」

ふむふむと頷くアレックスさんは、物分かりがよすぎないだろうか？

微妙にうさんくさく感じてしまう。その私の気持ちが伝わったのか。彼は私へにっこり笑いかけた。

「この森は特別だ。この森の住人に愛されてるあんたは、間違いなく女神の薬師《くすし》だろう。オレの腕が治ったことがそれを証明している」

彼は腕が治ったことで、まだ浮かれてるのかもしれない。

また抱き上げてくるくるされても嫌だし、ここはええとそう、スルーする方向で……

「ま、まあ。それよりも、今日こそは森を抜けて村へ向かいましょう！　ねー、ぽち？」

「わん？」

ぽちを抱き上げ盾《たて》にするようにぎゅっと胸に抱きしめて、わざとらしいほどに元気に言う。すると彼は苦笑しつつも、頷いてくれた。

「確かに。一日予定が遅れちまったからな」

とはいえ、折角なので砂糖と塩は持っていきます。料理にも使うし、甘味が私を呼んでるんだ。

◆◆◆

アレックスさんに砂糖と塩を持っていきたいと頼むと、彼は私を母親狼のところに置いて、サクッとシュガンの木の樹液と岩塩の塊《かたまり》を持ってきてくれた。

採取方法を聞いたところ、シュガンの木って、要はサトウカエデ的な何からしい。いつも樹液は抽出してるから、今日は溜まった分を取ってきたのだって。

シュガンの木の樹液は、煮詰めると白砂糖のようにさらさらしたものができるんだとか。流石《さすが》は異世界、不思議なものが多い。

「別にこれを樹液のまま売って、店売りの砂糖を買っても大して変わらんよ？　それに女神の森の素材は他より高値がつくから、買った方が安く済むしな」

彼は壺《つぼ》の中の樹液に喜ぶ私を不思議そうに見ている。

「それでも、一度はやってみたいので……！」

ぐっと私は拳《こぶし》を握りしめて訴える。まあ、どうやったら樹液から白砂糖ができるのかという、好奇心のみなんだけれど。

「そうか、なら別に止めないがね」

彼は肩を竦《すく》め、嵩張《かさば》るハーブや樹液の入った壺《つぼ》、岩塩などを魔法袋に入れてくれる。

母親狼がせっせと集めてくれた食材などはいつでも食べられるように私が持ったままだけど、背中の風呂敷包みが随分《ずいぶん》と軽くなったね。

「ああ、そうだ」

彼が荷物を詰めながらぽつりと言った。

「え？　なんですか」

彼の声に振り返りつつも、母親狼とのもふもふは続けながら聞く。

あ、すみませんね。お母さんのお腹が温かくて気持ちよくって。

「その服だがなぁ……仕立てが上等だし、布の質も異様にいい。変わった意匠《デザイン》ってことも相まって確実に目立つから、コテージの着替えの服を着た方がいいかもな」

「ええと、目立ちます？」

ただのダンガリーシャツに、下着代わりのTシャツと穿き古したジーンズ。全て買っても、ファストファッションの店なら、一万円もしないいくらいなんですが。

アレックスさんは重々しく頷いた。

「ああ、目立つな。そんな上質の布でしっかりした縫製のものなど、平民は持ってないよ。貴族の類縁の子供かと思われて、身代金目的で拐《かどわ》かされてもおかしくない」

「拐《かどわ》かす、って……。はは、私のような成人女性をそうほいほい攫《さら》うものですか？」

私が首を傾《かし》げると、彼は何故《なぜ》かぎょっとしたような顔をした。

「成人？　いやいやお嬢ちゃん。お嬢ちゃんの歳ぐらいの女の子は確かに成人に憧れる頃だろうが、嘘はいけないぞ。お兄さんは別にお嬢ちゃんが高貴な家の子供でも誰かに売ったりしないから、安心しなさい」

アレックスさんは妙に温かい瞳で微笑み、猫なで声を出す。

こ、これは。

圧倒的黒歴史を思い出す。

そうだ、確か友人と海外旅行に行ったときに、クラブの入り口で年齢制限で弾かれそうになり、黒服さんと押し問答したことがあった。そのときの黒服さんの生暖かい表情にそっくりだ。

確かに身長は、日本人の標準には満たないですけど！　だからといって、侮《あなど》られるのは嫌なんですが！

「アレックスさん……私達、きっと同い年くらいだと思うんですけれど。やたらお嬢ちゃん、お嬢ちゃんと言うから何かと思えばっ……！」

推定二十歳ぐらいのNBA選手顔負けの長身の青年は、私の怒りにようやく気づいたようだ。

「えっ、本当に……？」

「ええ、もう二十歳ですよっ！」

私はその日、この世界に来て以来一番大きな声を出した。

そうしてようやく、私は森を出る。

お怒りの私を必死に宥《なだ》めるアレックスさんを無視しつつ、愛犬ならぬ愛狼を連れて。

瑞々《みずみず》しい緑と、季節を問わずに逞《たくま》しく育つハーブ。こんこんと湧き出る美しい泉。そして何より、愛情溢《あふ》れる母親狼。

女神様に譲《まも》られた森は、本当に素晴らしいものだった。

ここを出るのは、名残《なごり》惜しいけど……

でも、所詮は文明に毒された女子大生ですので、やっぱり着替えとかお風呂とか、何より甘味が欲しいんだよねぇ。

僅《わず》かな時間しか一緒に過ごしていないにもかかわらず、すっかり大好きになってしまった母親狼を振り返り、振り返り。

その美しい銀の毛並みが、木々の間に消えていく。私はまたねと唇で刻んで。

そして、前を向いて進む……のはいいんだけど。

……余りにも私の足が遅いからと、途中からアレックスさんに抱えられて、やっと日中に脱出したのよね。

第三章　冒険者の村プロロッカ

森から出るのに、アレックスさんの健脚でも二時間。

森を出て、村行きの馬車の停留所までまた一時間。

足が棒になるほど歩いてやっと、近くの集落へ向かう馬車に辿り着いた。

……といっても、行程の半分以上はアレックスさんにお子様よろしく抱き上げられていたんですけども。はあ、ため息出そう。

馬車のステップの位置が高いので抱えてもらって――これは屈辱だった――馬車に乗る。幌《ほろ》馬車の荷台には五人ほどが座れる木製のベンチが二つ並んでいた。十人乗りの馬車には、私達しかいないみたい。

後部座席に座り馬車が出発すると同時に、彼は早速、私達が向かう村のことを説明してくれる。

「これから向かうのはプロロッカっていう村だ。ん？　分からない？　そうか……じゃあもしかしたら、この国の民《たみ》じゃないのかもな」

その言葉に、どきりとする。

なんせ私、未だに彼に異世界から来たことを話していないので。

「ええと……そうですね……」

私はぽちを懐《ふところ》に抱きかかえながら、慎重を期して「気づいたら知らない土地にいた」ことと、「このあたりのことは何も知らない」ことのみを彼に話した。

っていうか。すっかり名乗ったつもりでいたけれど、もしかして私、名前を言ってなかったかもしれない。え、ええと、どうすれば？

私が今更ながら名を告げるか逡巡《しゅんじゅん》していると――

「幾《いく》らなんでも、大陸でも有名なダンジョンの巣と言われるプロロッカを知らないってことはないだろ？　だとしたら、どっかのダンジョンで悪質な転送罠《わな》にでもかかって、記憶がおかしくなってんのかねぇ」

アレックスさんの言葉に、私は目を丸くした。なんだか妙にファンタジーな単語だったよ、今の。

「ダンジョン？」

いや、確か女神の森もダンジョンだ、なんてことを話していた気もするけれど。考えごとをしていたから、軽く流していたんだよね。

怪訝《けげん》に思い、彼の顔を見上げてしまった私は悪くないはず。

「ダンジョンも知らない……ってことはないよな？」

彼の方も私の反応に、なんだか困ったような様子だった。

「ええと……確か……」

私は必死に、従兄弟《いとこ》が遊んでいたゲームのことを思い出そうとする。

「モンスターが一杯いて、迷路状の通路があって、危険な罠《わな》が設置されてたりするところ、かな？　欲張って自分の能力以上のところに挑むと死ぬけど、奥へ進めばいいものが出てくる場所？」

私は必死に記憶を探るべく、馬車の座席にかかってる幌《ほろ》を睨《にら》みつけるようにして呟く。

「うん、まあ、大体合ってる。ってことは、全く記憶がない訳でもなさそうだな。シルバーウルフなんてレアなモンスターを親から公認で連れ出せるくらいだから、モンスターテイマーとしては腕がいいんだろうし。案外お嬢ちゃ……」

「美鈴でいいです」

「ミスジュ？　ミシュジュ？」

「美鈴ですって」

「ミシュズ？　……なんだか、変わった名だな」

またお嬢ちゃんと言われそうになったから咄嗟《とっさ》に名を出したら、今度は言葉の壁に阻《はば》まれた。

どさくさ紛れで名前を告げられたのはいいけど、あー……美鈴ってこちらでは言いにくいのね。一生懸命言い直してくれるのはありがたいが、これでは話が進まない。

「……ベルでお願いします」

それはSNSやゲームなどで使っていたニックネームだ。美鈴の鈴を取ってベルね。まさか、異世界でもこれを使うとは。

彼は一つ頷き、今度は明瞭に発音した。

「これはあくまで推測だが、ベルは、モンスターテイマーと薬師《くすし》の腕を買われて誰かに雇われ、他国の高位ダンジョンの罠《わな》にかかって、おかしな場所に転送されたんじゃないかと思う」

うんうん、と納得したように頷いている彼の言っていることが、これまたよく分からない。そもそも私、モンスターテイマーなんかじゃないんですけど。でもまあこの際、そこは置いておこう。

「罠《わな》で転送って、そういうことってダンジョンで頻繁《ひんぱん》に起こるんですか？」

起こるんだったら明らかに欠陥のある機能だと思うんですが。

「まさか。そう頻繁《ひんぱん》にはないさ。ただ、二、三十年に一度ぐらい、通常のテレポーターでも転送ミスは起こるからな。なくはない、という事故かな」

妙に似合った肩を竦《すく》めるポーズを取りつつ、彼はからからと笑う。

「それは怖いですね」

まあ、私が森にいたのは女神様によるものだから、その該当者ではないんだけど。ちなみにテレポーターって、あれだよね？　SF映画とかで出てくる転移装置。この世界のものがイメージと同じものとは限らないけど、でもそれが事故を起こすとか、なんだか恐ろしい。テレポーターなんて地球の科学でも空想の域のものだし、私にとって完全に未知の領域だ。

怪談話を聞いたあとのように背がぞわりとして、思わず膝の上のぽちをぎゅっと抱きしめた。

「くうん？」

彼は私が動揺しているのに気づいたのか、手をぺろりと舐《な》めて慰《なぐさ》めてくれる。ああ、うちの子はいい子だよぉ……

「まあ、確かに怖いが。しかしそのリスクを承知で使わないと、とんでもなく不便になるからなぁ。ダンジョンボスを倒してから入り口まで逆戻りとか、そうそうやりたいものじゃないだろ」

「……なるほど」

確かに、全力を振り絞ってボスと戦ったあとに、もう一度罠《わな》やモンスター一杯のダンジョンを戻りたくはないだろうな、と、数少ないゲーム体験を思い出す。

世界規模で有名な、あの髭《ひげ》の配管工のおじさんのゲームでも、コースをクリアすれば自動で次のコースのスタート地点とかに行くし。

「ええと、女神の森もダンジョンだから、その関連の転送ミス、ということでしょうか。でもあの森に入る人って、ほとんどいないんですよね？　それでも起きるんですか」

「まあ、あそこは特殊条件で入れる者が制限されてるだけで、ダンジョンであることに変わりはないからな。当然領域を支配するボスがいて、ボスを倒すとテレポーターが出現する。フロアマスターといわれるボスの類《たぐい》を倒しても同様だ。他と連動して転送事故が起こる可能性はどうしたって潰せないだろう。……しかし、ボスのシルバーウルフマザーは確かにいたし、代替わりもしてなかったんだよな。これはどういうことか……」

「はあ……よく分からないけど、起こるんですね」

そんな、ためになるかならないのか分からない話をしながら、彼が暮らしているという村へ向かったのだけど……

問題は、むしろその先に待っていたのだった。

◆◆◆

殆《ほとん》ど日が落ちきった頃。

村の門の前に、馬車が到着した。村は、全体が頑丈な木製の柵《さく》に囲まれているらしい。

門の横で降り、門番にチェックを受けるんだけど——

「うわあ、巨人の国だ……」

改めて見ると、この国の人は皆大きい。

あっちにも巨人、こっちにも巨人。私は日本人としては標準より少し小さいくらいなので、別に、相手の顎《あご》先しか見えてないとしても、決して子供レベルの小ささではないはずなのです、ええ、決して。

髪の色も、平凡な茶髪もあれば、明らかに染めたのではなさそうな自然な色合いの、薄いピンクがかった髪や淡いオレンジ。更には赤紫色といったカラフルなものがあって、余計に不安な気持ちになる。

ぷるぷるしている私をよそに、アレックスさんは私の分も入村チェックをしてくれている。

革の兜《かぶと》――ヘルムとでもいうのだろうか――の下から覗く兵士さんの髪は素朴な色合いで、なんとなく安心する。

「この子、どうやら転送ミスでよそから送られてきたらしい。記憶がちょっとあやふやだが、かなりの上級モンスターテイマーっぽいから、うちのマスターに見せたい」

「……へえ。そりゃまた珍しいですね。まあ、アレックスさんがモノ拾ってくるのはいつものことですし、いいですよ。あんたの拾ってくるものは、大抵面白い結果になりますしね。通って下さい」

門番が呆れるように言ってるあたり、彼の拾いものは私だけではないようだ。

気安いやり取りのあと、村に入る。そこには随分と立派な繁華街があった。

これまでのアレックスさんとのやりとりから、てっきり日が落ちたら仕事終《じま》いで、村の中は薄暗く閑散《かんさん》としているものだと思っていた。

けれど実際は、もう夜になるというのに、村の辻、酒場や飲み屋の軒先には、篝火《かがりび》にしては随分《ずいぶん》と光量の安定した光が灯《とも》されている。店の中も結構明るい。

あれかな、今までの流れからすると、魔法の灯《あか》りってやつかな。

そんな、意外にも明るい通りを、仕事の報告に行くというアレックスさんについていく。

……なんだろう、通りかかる人達がジロジロと不躾《ぶしつけ》に見てくる。居心地悪いな。私、そんなに浮いているのだろうか。

しばし歩いたあと、繁華街のちょっとだけ奥まった場所に、洞窟《どうくつ》みたいなものを背景に剣と杖がデザインされた看板がかかっている大きな建物があった。

どうやらここが冒険者ギルドのようだ。

……そういえば、冒険者ってなんだろう。正確な定義をアレックスさんに聞いてなかったかも。まあ、ダンジョンが当たってるなら、冒険者も、私のおぼろげなゲーム知識でいうところの、危険な場所に赴《おもむ》く傭兵的な職業の人のことでいいんだろうけど。

「おっ、今日は子連れかアレックス」

西部劇で見るようなスイングドアを両腕で押し開け、アレックスさんが店に入っていくと、途端に声がかかった。酒を過ごしたのだろう禿頭《はげあたま》の大男が座ったまま、ニヤニヤしている。

アレックスさんがその言葉に片眉をぴくりと跳ね上げた。

余り……仲はよくなさそうだね。

険悪な二人をさておき、私は店内を見回す。

どうやらここは、店内の半分が依頼受付や売店などのカウンターで、もう半分は食事処《どころ》となっているらしい。

食事処《どころ》の厨房《ちゅうぼう》には、大きな寸胴鍋が見える。店長らしき人が、臓物煮込みっぽいものに、ザワークラウトに見えるものと、ドイツの黒パン風なものを出している。肉体労働者のご飯だけあって、量がすごい。私なら半分以上残すだろう。

ウェイトレスさんらしき人はいない。基本はカウンターで受け取りのようだ。

店内には、六人掛けの大きな木製テーブルが十台ほど並んでいた。

夕飯時には少し早いぐらいの時間だと思うのだけど、戦士っぽい人達が、ジョッキ片手にできあがってる様子でくだを巻いている。聞こえてくる内容は、依頼の成果だとか、そろそろ昇級試験を受けようか、などというもの。

無秩序ながらもそれなりに平和な感じで店は賑《にぎ》わってるのに、大男とアレックスさんの二人だけが互いを睨《にら》み据え、嫌な緊張を醸し出している。

「どうしたんですか、アレックスさん」

「こいつは、まあ……とんでもなく手癖が悪い男でね。こいつのせいで不幸になった女は枚挙《まいきょ》に暇《いとま》がない。ベルは目を合わさないようにして、オレの後ろに隠れてな」

「ええ……」

こそっと、アレックスさんの後ろに隠れたが、男は不躾《ぶしつけ》に見てくる。

「うーん、顔はまあまあだが、肉も足りないしガキすぎてダメだな。あと数年したら俺様に回せ。中古女は好かんが、まあ三日は可愛《かわい》がってやるよ」

失礼な大男は筋肉で膨れあがった太い手で大きな木製ジョッキを掴んで、黄ばんだ歯を見せ嗤《わら》う。

同じテーブルにいる男達はどうやらご同輩らしく、ギャハハと下品に嗤《わら》っていた。な、何この人。私に対してのいきなりなこの発言。

腕の中のぽちが、私の内心の声に合わせたかのように大男に牙《きば》を剥《む》く。そして、威嚇《いかく》の声を出した。

すると、大男以外の周りの人達が、何故《なぜ》か一気に青くなって震え始めた。

「……？　ぽち、私のために怒ってくれてるの？　いい子だね」

ぽちをわしわし撫《な》でる。

「紳士なシルバーウルフの足元にも及ばない野獣が。寝言でも言ったか？」

アレックスさんが挑発ぎみに笑う。

「なんだとぉ」

ガタッと筋肉太りが立ち上がって、細身のアレックスさんを押す。けれど、彼は全く揺るがず、むしろ筋肉太りの方が自らの勢いにふらついた。

うん。酔っ払いって、最高に格好悪い。

「チッ、今日のところはこれで勘弁してやらぁ。アレックスもガキも、覚えてろよっ！」

押し負けたのが恥ずかしかったのか、筋肉太りは食べかけの料理を置いて捨て台詞《ぜりふ》を吐き、ご同輩と共に逃げていった。

「利き手をなくしたアレックスなんて怖くねぇんだよっ！　無双のアレックスは、今じゃ駄馬《だば》のアレックスと呼ばれてるんだからなっ！　今度は右腕も壊してやる！」

うわぁ、本当に格好悪いよ。

あ、食事とお酒はこういうときのために前払いなんだ？　よくできているね。

「はあ、お前のことなんて覚えてる訳ないだろう。こっちは忙しいんだ」

アレックスさんの悪口を喚《わめ》きながら逃げていった男達は、分かっていないんだろうか。

彼の手はとっくに治ってるっていうのに。

「やれやれ……」

ため息を吐《つ》き、左手で頭をかくアレックスさん。うん、気持ちは分かります。ああいう逆恨《さかうら》みって本当に困りますよね。

「ヒュー、流石《さすが》はギョブだぜ。まだ大して酒も入ってない夕時に、ＡＡランクの冒険者のツレにかかっていくとは、大物だな」

「それも、Sランクに手がかかったアレックスをなぁ。Bマイナーのギョブが大物面《づら》するのはいつものことだろ。あいつの頭にゃ肉欲しかねぇ。だからAランクにも届かず、ひたすら足踏みだ」

「違いねぇや」

別のテーブルから、男臭い感じの武装集団が、口笛吹いたり囃《はや》し立てたりしている。

周りは下世話な話題で大盛り上がりだし、すごく雰囲気の悪い人達ばかりだ。

……アレックスさんから聞いた伝承通りに、この世界には暴力や肉欲が渦巻いているの？　だとしたら、すごく嫌な世界に転生したことになるんだけど。

筋肉太りの禿頭《はげあたま》男、Bマイナーのギョブ、とかいう粗野な男が逃げ去ったあとも、食事処《どころ》は嫌なムードで盛り上がっていた。

しかし、AAランクとかSランクとか、アルファベットのような記号は、一体何を指してるんだろう。

などと考えている間も、食事処《どころ》のテーブルでは下世話な話が続いていた。

「アレックス、またおかしな拾いモノしてきたな。今度は女かよ」

「しかし、あの黒髪娘。よく見れば可愛《かわい》くないか？　こっちにも回してくれないかな」

そばかす顔の少年がひそひそと隣に話しかけると、赤ら顔の小太りの酔っ払いが私にいやらしい目を投げかけてきた。さっとアレックスさんの陰に隠れ直す。

……そういえば、この冒険者ギルドの中には、殆《ほとん》ど女性の姿がない。

途中ですれ違った女戦士風の人も、騒ぎの間にちらほらと入ってきた女性達も、カウンターで用事を済ませるとすぐに店から出ていってたっけ。

確かに、ここは女性にとって長くいたい場所ではない。

私もできることなら、さっさとここから出ていきたいよ。

「それにあの白い肌、艶《つや》やかな髪……良家の娘かもしれないぞ。アレックスから掠《さら》ってあの娘に今のうちに恩を売って、貴族に成り上がるのもアリだろ。正直、冒険者なんて危険な職業、一生やるもんじゃないぜ」

「バァカ。お前が思いつくことならとっくにアレックスがやってるだろ。一年前、腕を壊す前は、あいつは首都で魔法騎士なんていう希少な職に就いてたんだからよ」

バカ話をしている彼らは、私や、私を善意で助けてくれたアレックスさんを侮辱していることを分かってないんだろうか。

下世話な会話なんて放っておけばいいって分かってる。でも、ひどくイライラする。

「ぐるる」

私がしかめっ面《つら》をしていると、腕の中のぽちが盛大に唸《うな》り始めた。私の気持ちに触れて、周りの人達に怒りを覚えたのか。

「ぽちも気分悪いんだ。そうだよねぇ。なんか嫌な感じだよね」

なでなで、と頭を撫《な》でると、腕の中のぽちが尻尾を振る。ふさふさだ。ああ、間違いなくここに癒《い》やしがある。

私がアレックスさんの背後で和《なご》んだところで、ぴたりと喧噪《けんそう》が止《や》んだ。

「あの黒髪娘の抱えてるの、伝説のシルバーウルフだろ!? 女神の森にしかいないっていう。幼体でもAランクのモンスター、親ならSに近いAAランクのモンスターじゃないか！」

「うちのギルドじゃあ、それこそアレックスぐらいしか歯が立たんぞ！」

「なんて恐ろしいものを持ち込んだ……」

騒ぎが収まったかと思ったら、今度は倍もうるさくなった。おや、不快な話から、今度は深刻な話に移行したのかな？

さっきまで騒いでいた失礼な男達は、なんで今こっちを見て、そんなに怯《おび》えた顔してるんだろう。思わず首を傾《かし》げる。ぽちはこんなにいい子で、とても可愛《かわい》いのに。

「ええと……可愛《かわい》い子狼ですよ？　怖くないですよ。そんな怪物みたいな扱い、可哀想じゃないですか」

「くぅーん」

私がぽちを撫《な》でるたびに、何故《なぜ》かどよめきが広がる。

「モンスターが懐《なつ》いているだと⁉　この娘、モンスターテイマーか！」

モンスターテイマー。

ああ、そういえば。アレックスさんが何度か言ってたな。きちんと聞くタイミングをずっと逃していたけど、本当のところ、結局なんなのかな。

なんて、のんきに考えてたら、冒険者ギルドの受付カウンターから、渋いおじさんが出てきた。

その人は、見るからに上質の服を着ている。白シャツに革のベスト、茶色の革パンツにロングブーツ。ベストもパンツも紐《ひも》で調整できるようになってて、身体にピッタリしていることで筋肉質な分厚い肉体が誇張されてる感じ。

まあ、筋肉太りな酔っ払いと違って、こちらは実用的みたいだし、身軽に動けそうだけど。

オレンジゴールドのざんばら髪をライオンみたいに踊らせた、隻眼《せきがん》に黒革のアイパッチの渋いおじさんは、如何《いか》にも迷惑してますって顔をして、食事処《どころ》へと足を向ける。

「あー、なんなんだ今日は。少しはおとなしく……って」

と、その途中で彼は足をぴたりと止めた。ぐるりと踵《かかと》だけで方向を変え、私の方を見る。

素晴らしいターンねおじさん、ダンスもお上手そう。

「なっ、シルバーウルフの幼体⁉」

彼は隠されていない方の目を、ぎょっとしたように大きく見開いた。

「あ、はい。可愛《かわい》いですよ？」

前足を摘まんでふりふりとぽちに手を振らせたら、おじさんは静かに距離を詰めつつ、まじまじとぽちを見た。

ぽちは近づいてくるおじさんに対し、不機嫌そうに唸《うな》っているんだけど。

やがて凝視するのをやめたおじさんは、ぽちが嫌がらないぐらいの距離を取って、納得したように頷いた。

「……うん、その威圧《プレッシャー》は、やっぱりシルバーウルフだな。お嬢ちゃん、それどうやって捕獲してきたんだ？　正直、親からの復讐で村を壊滅させられるのは困るんだが」

「いえいえ、捕獲なんてひどいこと、こんな可愛《かわい》い子にしませんよ。自由意志で彼はここにいるんですけど。お母さんとはちゃんと朝方にお別れしてきましたし。そのあたりはアレックスさんが知ってますので、疑うなら聞いて下さい。お母さんも、とっても優しい狼さんでしたよ」

「は？　親と……お別れしたぁ？」

私が説明すると、また目を丸くしてる。

このおじさん、渋いお顔がさっきから百面相だ。折角洋画の名優ばりの渋親父に会えたのに、ちょっと残念だなぁ。

「ねー、お母さんとちゃんとお別れしてきたもんね」

「きゃん」

だっこしたぽちに鼻面《はなづら》を合わせて聞くと、元気なお返事が返ってくる。

するとまた、お酒を飲んでる人達がザワザワした。

「え、AAランクの銀狼の口に……いくら幼体とはいえ、あんな顔を近づけるだと？　本当にあの娘、銀狼を飼い慣らしているのか」

ボソボソ言ってるの、聞こえてるし。こっち見て怯《おび》えたような目をするのやめてほしいな。ぽちが傷つくよ。

「飼い慣らすだなんてぽちに失礼ですよ。ぽちはあくまで、私についてきてくれたお友達ですっ」

「はあぁ？」

結局、ギルドマスターだという渋いおじさんには理解してもらえなかったよ。こんなに可愛《かわい》いぽちを猛獣扱いするなんて、なんて人達だろうか。

憤懣《ふんまん》やるかたないけど、村でぽちを自由にするためと、身分証にも使えるということから、私は一応冒険者登録をすることにした。アレックスさんにもそう勧められたしね。

冒険者の初歩の仕事なら、こちらの子供ならばそれこそ十歳ぐらいからやるものらしい。少年達がやっているという、家事手伝いとか雑草取りぐらいならまあ、できるだろうって思ったんだよね。

ということで、カウンターで登録作業。

名前は普通に水木美鈴で。……え、字が読めない？　日本語、だめなんですか？　っていうか、この登録証の文字、なんで私読めるんだろう。明らかに未知の言語で書かれてるよね？

お姉さん、ミシュジュじゃないです、ミスズ。ミシューージュ？　どうしてもっと遠ざかったんですか。まあいいや、登録名以外に、ニックネームをベルでお願いします。

年齢は二十。ええ、嘘じゃないです。

職業欄は……ハーバリストと書きたいところだけど、ぽちを連れるためにモンスターテイマーとして登録すべきと言われた。

モンスターテイマーとは、モンスターを捕らえて飼い慣らし、自らの手足のように扱うことのできる人のことだそうだ。大体、予想の通りかな。

まあ、そのあたりは冒険者の先輩であるアレックスさんの言う通りにしよう。

「ほんと、なんで文字がわかるんだろう……」

どう見ても知らない言語なのに、現地語を読めることに首を傾《かし》げる。

そういえば、アレックスさんとも普通に話していたことに今更ながら気づく。

「まあ、便利だしいいか」

私は、細かいことは気にしない女なのです。

冒険者登録を終えると、アレックスさんも自分の用事が終わったらしく、私がいるカウンターの方へと歩いてきた。

「お待たせ。ベルも終わったのか？」

「ええ。私もぽちも、登録できました」

私は仮登録証として木札をもらい、ぽちにはペット登録証代わりのメダルを首から下げさせる。これで、村の中で誰かに害されたりしなくなるのだそうだ。

「ぽちー、可愛《かわい》いね。なかなか似合ってるよ」

「わんっ」

メダルには、私の木札に焼き印されているギルドのマークと同じものが刻印されている。それが嬉しいのか、ぽちはご機嫌だ。

もふもふと抱きしめていると、フロアにいたギルドマスターが私達の方に来て、ぽんと肩を叩いた。

「このお嬢ちゃんの件は俺が預かる。皆は気にせず酒でも飯でもやってくれ」

隻眼《せきがん》のマスターが、食事処《どころ》の誰にともなくそう宣言した。そして「お前らはこっちに来い」と、カウンターの奥へ私達を誘う。

向かった先は、ちょっとした小部屋だった。アレックスさんによると、ここは、防音の効果のある魔法の道具が使われた会議室だそうで。

ギルドマスターはテーブルの奥に、私達はドアの前の椅子に並んで座る。受付嬢だろう美人さんが持ってきてくれたお茶らしきもの――なんだかすごい濃い緑で怪しいそれ――がテーブルに置かれた。私は青汁みたいなその液体を前に、冷や汗をかいている。

お、おもてなしだし、飲んどくべきだよね？　身体にはよさそうだし……

おそるおそるカップを手に取り、どろりとした緑色の液体をじっと眺める。

勇者なマスターは、思い切りよく、ぐびりといっていた。彼は口をぬぐいながら、アレックスさんをじとりと隻眼《せきがん》で睨《にら》み口火を切る。

「で、どういうことだ、アレックス。なんで、宮廷魔術師にも御用薬師《くすし》にも完治しないと言われていたお前の左腕が動いている？　このシルバーウルフの幼体を連れたお嬢ちゃんとの関係は？　いいか、誤魔化すなよ。俺はプロロッカギルドのマスターとして、お前に事情を聞かなければならない」

なんだか真剣そのものな質問だけど、私には向けられていないよね。ここはおとなしく黙っているところだろうか。

アレックスさんとマスターの関係も、よく分からないしね。

アレックスさんも青汁らしきその液体を、一気にあおった。……男だ、男がいる。

「うわー、相変わらず不味《まず》い」

あ、やっぱり不味《まず》いのか。飲むのに余計に勇気がいるよ。

「左腕のこと、と言ってもな……。肝心のお嬢――ベルが、どうも記憶喪失のようだから。彼女がどうして森にいて、オレの腕を治せたかなんてことは分からないままだし」

「何っ！　この子供がお前の腕を治したというのか」

ガタンと大きな音を立てて椅子を倒しながら、マスターは片方の目を大きく見開く。

マスターまで子供扱いとか、正直泣けてきたんですけど……

「ああ。そうだな、とりあえず順を追って話すか。オレはいつものように女神の森の様子を見に、森に入った。獲物を探そうと木に登っていたら、丁度通りかかった黒髪の女の子がビッグボアに殺されそうになっていて」

「なんだその、妙にタイミングがいい話は」

二人の男気に敬意を表しつつ、おそるおそるカップに口をつけようとしていた私は、マスターの呆れ声に内心に頷く。そうですね。なんだか女神様あたりに引き寄せられでもしたかのような絶妙のタイミングですよね……!!

今更ながらに女神様の関与を疑ってしまう。

そのまま、アレックスさんの話を私がところどころ補完する形で、村までの経緯をまるっと話す。ああ、女神の薬師《くすし》疑惑だとか、女神の力を私がどうも無自覚に使ってるってあたりは流石《さすが》に省いたけど。だって、すごい薬師《くすし》と勘違いされるのって嫌じゃない？

小一時間ほどで聴取を終えたマスターは、お代わりのお茶——今度は普通の、ドクダミ茶みたいな健康茶を飲みながら、呆れた声で言った。

「つまり、このお嬢ちゃん……」

「ベルです」

ちらりと隻眼《せきがん》で見られた私は、すかさず訂正する。ここ大事。

「あー、ベル——このモンスターテイマーとたまたま出会って話をしている内に、アレックスは自身の負傷を彼女に伝え、彼女が善意の治療を施《ほどこ》したところ、誰もが匙《さじ》を投げていたアレックスの腕が治ったと」

「ああ。それで間違いない」

マスターのざっくりしたまとめに、アレックスさんもお茶を飲みつつ頷く。

「ついでに、お嬢っ——ベルは、あの女神の森にも入れるってぇのか。更にはその、シルバーウルフの幼体の飼い主で、森のボス、シルバーウルフマザーの公認と」

頭を抱えるマスター。

「とんだ地雷案件だ」

あ、この世界にも、魔法の道具で地雷っぽいのはあるんだそうです。人間って業《ごう》が深いね。

それはそれとして、失礼な言い方をされた私はむっとした。

「地雷ってなんですか、地雷って。私はごく普通のハーブ好きな女子大生なだけですけれど」

まあ、超絶可愛《かわい》い上に魔法が使えるすごい狼のぽちも一緒にいますけどね。ぽちはといえば、小腹が空いただろうということで、アレックスさんからもらったお肉をテーブルの下でもぐもぐしている。

マスターは、はあーっと大きくため息を吐《つ》いてから捲《まく》し立てた。

「ジョシダイセイ？　なんだそりゃ。いいかお嬢……いやベルさんよ。まず、アレックスの腕を治したってところから本来なら眉唾《まゆつば》だ。実際、こうしてアレックスが利き手を使ってることから嘘じゃないとは分かるが……中央の人間に報告を上げたら、きっと誰もが悪い冗談だと思い、信じることはないだろうさ」

そこで私をじろりと睨《にら》む。

「そもそも、希少な魔法を使える素養のある人間が、剣術も修め、魔法騎士なんていう本当に希少すぎる職に就いていて……そいつが、だ。冒険者落ちになるような不祥事を、陛下がどうして許したかってぇ話だ。それはまあ、中央でゴタゴタがあったからなんだよ。胸糞《むなくそ》悪い話だがな。たとえ魔法騎士の道が閉ざされても魔術師としての道があったのに、こいつはその話を蹴った。それが許されたのは、アレックスに今後魔法騎士復帰の道がないからだ」

眉間に深く皺《しわ》を刻んだ彼は、疲れたように視線を落として、ついに黙ってしまう。おそらく、なんと続ければいいのか分からないのだろう。

「へえ、本当にアレックスさんってお偉い方だったんですね」

「別に、オレなんて、ただ器用貧乏なだけだけどな」

そんなマスターの苦悩を前にして、のほほんと健康茶っぽいお茶を飲みつつ笑顔で話す私達。今度こそマスターは、がっくりとテーブルに突っ伏した。あ、ちなみに先程意を決して飲んだ青汁は、普通に不味《まず》かったです。

彼は頭を抱えてぼやく。

「俺ぁ、どうしたらいいんだ。なんて中央に伝えたらいいんだよ、とても宰相閣下に上奏《じょうそう》なんてできないわ。王国でも五指に入る実力の魔法騎士を、治る怪我《けが》なのにまんまと政敵の流言《りゅうげん》に引っかかって野に放り出しましたー、なんて。とんだ失態だ、恐ろしい戦力流出だ。一体どれだけの首が飛ぶか分からん!!」

首って……もしかしてこの場合、物理的に飛ぶのだろうか。

というか、王国で五指だの宰相閣下だの、すごい言葉が出てくるんだけど。もしかしてアレックスさん、本当にすごい人なんじゃないの？

私は隣でのほほんと笑う元魔法騎士さんの顔を、思わず窺《うかが》った。

「うん？　どうした」

「いえ……あの、本当にアレックスさんってすごいんだな、と」

微妙な言い回しになったのは仕方ないと思ってほしい。だって、本物の騎士様をなんて褒《ほ》めるべきかなんて、平凡な身分である私の頭にはインプットされていないんだよ。

アレックスさんは、そこでしれっと笑った上、マスターへ視線を戻す。

「まあ、とにかく。マスターは中央に報告なんぞしなくてもいい。オレはもう魔法騎士に戻る気はない。折角、魑魅魍魎《ちみもうりょう》渦巻く中央を辞し、女神の森の守り手に復帰できたんだ。正直、このまま放っておいてくれるのが一番嬉しい。それに、オレはこれから隣の恩人にお礼をする必要があるからな」

それって……当然私のことですよね。私がおそるおそる隣を見ると、元騎士様は精悍《せいかん》な笑顔でこちらを見ている。ああ、すっごくいい笑顔だぁ……

あのところで、マスターがさっきからこっちを睨《にら》んでるんですけど。

「えっと、本当に私は大したことしてませんし。アレックスさんはそれほど高名な騎士さんなら、元の職場に戻った方がよいかと！　きっと、職場の皆さんもアレックスさんの復帰を待っておられますよ！」

怖いおじさまの視線に怯《おび》える私は、慌ててそう言った。アイパッチも似合う歴戦の戦士って感じで渋かっこいいおじさんだからこそ、睨《にら》むと迫力がすごいんだよ。

「いいや。オレはただの狩人《かりうど》の息子だ。魔法の適性なんて余計なものがあったせいで、貴族だらけの魔術学校に放り込まれ、その流れで中央で働いていただけだ」

「おい、お前……魔法の適性のない奴が聞いたら刺されるぞ」

「知るものか。そんな力のせいで余計な恨みを買い、利き手も封じられたんだぞ」

いい迷惑だと、今や希少な才能となったという魔法を悪し様《あざま》に言うアレックスさん。

その表情は渋い。

「オレの願いは、ガキの頃からずっと同じだ。ここで森を守ること。オレの父や母がそうだったように、オレもそうしてここに骨を埋めるつもりだったんだ。だから今のこの状況は、オレにとっては願ってもない幸運なんだよ」

アレックスさんはまるで、積年の鬱屈《うっくつ》を取り払ったかのようなすっきりした笑顔で言った。

その言葉には、揺るぎない意思が表れている。マスターが再びがっくりとテーブルに突っ伏した。

「止《よ》してくれよぉ……。幼女を連れて帰ってきたかと思えば、元からこんな田舎《いなか》に骨を埋めるつもりだったとか。お前本当にありえないだろ……。地方に飛ばされたおっさんを、今度はどこに飛ばす気だよぉ……」

幼女言うな。

それはともかく、左遷《させん》でもされたのか。なんだかだんだん、マスターが不憫《ふびん》になってきたかも。

「はあ……。とにかく、そこのお嬢ちゃんとシルバーウルフの幼体は、現状のお前のギルドへの貢献程度だと、お前をやっかむ野郎共に好事家《こうずか》に売り飛ばされるか、無体を働かれそうだ。だから、名目上は俺預かりな。お前が腕を封じられる前にSランク試験に挑んでおけば、もっと話は楽だったんだが……」

マスターは片手で目を覆って、ため息まじりに言う。

「Sランクからは、国家資格だからな。護衛依頼は妹が可哀想だからとかバカなこと抜かさずに、さっさとノルマこなしてればよかったんだよ。本当にお前は身内に甘い」

「それは……。でも、妹にはオレしかいないし」

「うるせぇ。どこの世界に英雄資格より子守りを優先する男がいるってんだ。お前は本当にバカだ！」

マスターはがしがしと頭をかいて、今度はじろりと私を見る。

「さっきの食事処《どころ》のさわぎだけでもすでに、希少なモンスターテイマーがいるって悪目立ちしてんだ。ベルはとりあえず、ギルドの職員に指名する。明日からは臨時の名目で職場に入ってもらうが、本決まりになるかは今後の動き次第だ。ギルドの職員なら、そうそう売り飛ばされることもないだろう。何があっても、俺名義で色々と融通《ゆうずう》が利きやすい。なんせ、ギルド職員は、国の文官相当の地位だ。陛下の直接の部下と言っても過言ではない。そんな貴重な人材が売られれば、違法奴隷《どれい》売買の名目で調査できるってもんだ」

「奴隷《どれい》、売買……⁉」

なんだか今、恐ろしい言葉が飛び出したよ？

「ああ、そりゃ恐ろしいよな。ご存じの通り、この国じゃもう三十年以上前に犯罪奴隷《どれい》以外の奴隷《どれい》売買は許可されなくなったんだが、最近また、陛下の目を盗んで隣国に民《たみ》を売り飛ばす阿呆が増えてるんだよな。一応の用心だ」

マスターは簡単に言ってくれるけれど、そういうこと言うとフラグが立ちそうで嫌です。

「アレックス。お前の腕のことは……しばらく伏せる。できれば、俺の栄達のためにも中央に戻って――」

「お断りだ」

すっぱりと言葉をぶった切るアレックスさん。容赦《ようしゃ》ない。

「はは、そうか……まあとにかく、お嬢ちゃん」

「ベルです」

まあ、私も譲れないところがあるんですけれどね。

「ベルは、そうだな、シルバーウルフがある程度大きくなるまでは、危険なところに行かないでくれ。ギルドか、街中でも安全なところだけにして、俺かアレックスの目の届く範囲にいるように。そいつはモンスターだけあって成長が早いから、まあ村暮らしも一ヶ月ってところか。その程度の期間なら、見たとこお嬢さん暮らしの長そうなあんたなら楽勝だろう。貴族の娘なんて、嫁入りまではほぼ家の中で過ごすもんだからな」

また謎のお嬢様扱いきました。

「はあ、まあ……本やハーブがあれば、別に一ヶ月くらい平気で時間は潰せますけれど。元々インドア派ですし。暇ならぽちと遊んでればいいですし」

ご飯を食べ終わったぽちを抱き上げつつ、私は頷く。

一ヶ月かぁ。まあ、それぐらいなら、沢山取ってきたハーブの研究にあてればいいよね。アレックスさんの魔法袋に頼って、山ほど刈ってきてよかったぁ。

「で、アレックスが依頼で遠くに行くときは俺が預かる、でいいな？」

「ああ。……マスター、余計なことを考えてくれるなよ」

アレックスさんがマスターを鋭い目で見る。

「バカ言え。この年でシルバーウルフとお前を相手にどう立ち回れっていうんだよ。俺は、お前が気分を変えて、中央に戻って俺を中央のギルドに推挙してくれる夢を見ることにしたんだ」

「それはまた、女神の薬師《くすし》の降臨ぐらいに儚《はかな》い夢だな」

どきり。

私は聞き覚えのある単語に思わず鼓動を速くしたけれど、それは単にこの地方で言う「ありえないこと」に対するたとえのようなものだと、あとでアレックスさんに聞いた。

まあ、そうだよね。ほら私も、女神の薬師《くすし》なんて大層なものではないし。うん。

それからしばらく、マスターとアレックスさんは、私の保護に関する詳細をまとめていた。そうして私は、明日から臨時の職員として、ギルドで働くことになったのでした。

マスターが隻眼《せきがん》を向けて、私に言う。

「明日からは職員宿舎に部屋を用意するんだが……。色々用意が足りないし、今日中には書類の決裁が終わらん。今日はそうだな、アレックスのところにでも泊めてもらってくれ」

「ええっ⁉」

ま、まさかまた、アレックスさんとのお泊まりが決定⁉　私は思わず椅子の上でのけぞった。

「いや、そう警戒せずとも家には妹がいるし、妹の部屋に泊まらせるよ。ご婦人におかしな真似はしない」

そうだね、アレックスさんは紳士だったよ。私はほっと胸を撫《な》で下ろし、彼と一緒に彼の家があるという、冒険者の宿泊区画へと足を向けた。

このプロロッカという村は、三つの区画に分かれているという。

五つのダンジョンと隣接するために、訪れる冒険者が年々増え、今では冒険者が利用する繁華街と、それに付随した宿泊区画ができあがってしまったんだとか。

冒険者は荒くれ者が多いからと、元々の農村は壁で仕切られた先にある。領主が騒動を嫌った結果だそうな。

壁向こうにある本来の農村は、五十戸ほどとかなり小さめらしい。

さて、今夜のお宿、アレックスさんの家。

出会って二日目だというのに、お泊まりかぁ……干物な私でもこういうシチュエーションはドキドキしてしまうよ。でも、妹さんがいるというから大丈夫だよ、ね？

◆◆◆

「もー、お兄ちゃんまた後先考えず拾ってきて！」

扉を開いて、開口一番。妹君はそう言い放った。

「す、すまん。けどな、彼女は明日からギルドで働くから。今日だけ我慢してくれ」

赤茶の髪をお下げにし、茶色の瞳を吊り上げている妹さんは、カロリーネさんというらしい。年齢は、十代半ばか後半ぐらいかな。

素朴なエプロンドレスが似合う、そばかすが浮いたお顔も可愛《かわい》らしいお嬢さんだ。お兄さんと違って、全体的におとなしめの色彩が目に優しい。

お兄ちゃんが余程大好きなのか、扉が開くなりアレックスさんに抱きついてきたのに……おまけがいてすみません、はい。

しかし、カロリーネさんの態度からして、彼が色々なモノを拾うことは、やっぱりよくあることみたいだね。村の門を守る兵士さんも言っていたしね……。

「あのう、明日には必ず、ギルド宿舎に移りますので、今日のところはよろしくお願いします。邪魔でしたら、それこそリビングのソファで寝ますので……」

「あら、そう。ところで汚い犬とか連れ込まないで。それは外に置いてね」

私がぺこりと頭を下げると、ギロリと睨《にら》まれた。うーん、お兄ちゃんから離れないところを見るとブラコン？　だとしたら家族団らんを邪魔して悪かったかなぁ。

余程他人にいつかれることに警戒しているんだろう。彼女は、こちらを完全に敵視している。ほとほと困りながらも、私の返事はこれしかない。

「はあ。でしたら私も外で寝ます」

うんだって、ぽちだけ外とか絶対に嫌なので。ぽちは私の癒《い》やしだし。

「あら、よく分かってるわね。そうよ、そうしなさいよ。馬小屋があるからそこでわらでも被《かぶ》って寝たらぁ？」

アレックスさんの逞《たくま》しい腕に抱きつきながらクスクスと笑う彼女。なんとなく学生時代に見たことがあるタイプだ。クラスのリーダー格のいじめっ子、って感じかな。まあ、二十も過ぎたら、そんな態度も若いなぁとしか思えないけどね。

後数年もするとその行為、黒歴史になるよ、お嬢さん。

私が生暖かい目で見ていると、アレックスさんが妹さんの頭を軽く小突いた。

「こら。予定より一日遅れたのは悪かったが、お客にそう突っかかるものじゃない。ギルドマスターから預かったお客を馬小屋に泊めるなんてことを、本気でするつもりか？オレに恥をかかせないでくれ」

「だってぇ……」

兄に叱られ、グズグズと泣き出すお嬢さん。あー。お兄ちゃん大好きっ子なんだねぇ。

うん。お邪魔だし、本当に今日は馬小屋泊まりでいいかなぁ……

「いえいえ、家族団らんに割り込んですみません。私、本当に馬小屋でいいですよ。それはそれとして、一晩お邪魔しますのでお夕飯ぐらい作らせて下さい。不味《まず》くはないはずなので」

私は何か言いたげなアレックスさんを視線で止めて、にこやかにカロリーネさんに返す。

いやあ、だって明日には宿舎も決まるのに、わざわざ付き合いの長くなりそうなアレックスさんのご家族と揉めたくないじゃない？

私はもう二日も狼のお腹で寝ましたからね、図太くなりました。

さてさて、では料理しましょう。

とりあえず家には入れてもらったので、ちゃっちゃと作ってしまおう。

素材は、アレックスさんの魔法袋の中にあった、依頼品の残りだという野生の鶏で。素材剥《は》ぎ名人のアレックスさんの手により綺麗にブロック分けされたものだから、これなら私にも調理できると思うのよ。

「……チキンのハーブ焼き、かな。ローズマリーとオレガノがあるし、美味《おい》しい岩塩もあるから、火加減すら間違えなければいい感じになるはずよね」

昔ながらのかまどを前にして、腕組みをする。

ええと確か、キッチンストーブとかいわれる構造のやつだよね、これ。

下段に薪《まき》を入れて火を燃やして、その上はオーブン室で、天板にケトルとかのせるやつ。

うーん、全体が熱そうだし、やけどに注意しよう。

「あの、カロリーネさん」

「なあに。私はお兄ちゃんの話を聞くので忙しいんだけど」

ジロリと睨《にら》まれた。

「いえ、あの……オーブン料理がしたいので、火加減の調節の仕方を教えていただきたいんですが」

「はあ？　何お嬢さんぶってるの？　そんなのどこにでもあるでしょう。さっさと料理しなさいよ！」

「カロリン！　いい加減にしなさい！」

「何よお兄ちゃん、あんな子供の味方して!!　あたしの方が可愛《かわい》いのに！」

アレックスさんに怒られて、カロリーネさんが涙目で抗議した。

うわあ、リビングのソファで兄妹喧嘩が始まってしまった。これはもう、火の調整方法を聞き出すのは無理だね。こうなったら、鉄串で中の温度を確かめたり、焼き色を目で確かめながら地道にやるしかないかな、うん。

キッチン台はなさそうだから、テーブルの端をお借りして、と。

まずは下ごしらえ。ももの部分に塩を振り、よく揉み込んで少し置く。コショウがないので今日はお塩だけだ。

ハーブは洗って、葉をちぎっておく。

塩がなじんだところに、ローズマリーとオレガノを揉み込んだあと、冷暗所があるらしいので、そこに少し寝かせることにした。

「寝かせる間は、生ハーブでお茶でもしていよう」

家主のアレックスとカロリーネさんにお茶を入れて、少しお話だ。

とはいえ、カロリーネさんには嫌われてるので、私とアレックスさん、カロリーネさんとアレックスさん、という不毛な感じの会話になりそうなんだけど。はっ、これだとカロリーネさんの体調が確かめられない。

ハーブを正しく美味《おい》しく摂《と》るためにも、生活習慣とか聞いておきたいんだよね。それ以上に、今日一日とはいえお世話になる相手なんだから、きちんと感謝しておかないといけないと思う。だから会話を、とは思うんだけど……

「あの、カロリーネさん。普段はどういった生活を……」

あ、つーんと横を向かれた。

「ねえお兄ちゃん。それよりお土産《みやげ》は？　いつもの、フォレストビーの蜂蜜《はちみつ》や、季節外れの果物があたし楽しみなんだけどぉ」

べたべた、一心にお兄ちゃんにまとわりつくのがなんとも……こう。もう少し小さい子だったら微笑ましかったんだろうけど、高校生ぐらいの子がすると、ちょっと違和感というかなんというか……。悪いと思いつつも、恥ずかしさに横を向いてしまう。恋人同士のいちゃいちゃを端から眺めるようで気まずいんだもの。

兄は幼い頃からの習い性なのか、妹を止めないし。おそらく周りからどう見られてるか分からないんだろうなあ。

うーん、家族って難しいね。

「カロリン！　どうしてさっきからベルを無視するんだ。お兄ちゃんはお前をそんな子に育てた覚えはないぞ」

「またあたしのこと怒った！　どうしてこの子供の味方するのよ！」

ああ、またこうなった。

「あ、あの。私は本当に空気でいいんで、どうか喧嘩はしないで下さい……」

やっぱり恋人同士のいちゃつきにしか見えない。

ああ、もう本当にどうしよ。一応二人には、鎮静効果のあるハーブを使うとして、私は胃に優しいハーブでお茶を淹《い》れることにするよ。

レモンバームは、メリッサ、あるいはセイヨウヤマハッカと呼ばれるシソ科の植物。南ヨーロッパが原産の白い花を咲かせるこの植物は、抗うつ効果があるとされ、ストレス性胃炎に効くという話もある。

今日は、このハーブに決めたっ……！　どうか私の胃を守ってね、レモンバーム！

ハーブティーが効いたのか、それとも喧嘩はいつものことなのか。

しばらくして落ち着いた二人は、そっぽを向きつつも同じ食卓でお茶を飲んでいる。

私もレモンのようでフローラル調でもある、レモンバームの爽《さわ》やかな香りに癒《い》やされて、大分胃の痛みが楽になったよ。

それはともかくとして、食材を無駄にしないためにも料理を進める。

折角、映画やアニメで見た、憧れのキッチンストーブが使えるのだ。ここは張り切っていきましょう！

私はぐっと拳《こぶし》を握る。

いざ焼く段になって、カロリーネさんが、かまどの使い方を教えてくれた。先程の自身の振る舞いを、大人げないとでも思ったのかもしれない。

「焚《た》き付けはこれでやるの。火加減が分からないなら、あたしがするわよ。でも、それ以外は一切手伝わないから！」

「いえ、十分助かります。よろしくお願いします」

火の用意はね、まあ、ぽちにお願いすればいいし。

「ぽち、今日もお願いね」

「わんっ」

元気に火を点《つ》けるぽちを見て、彼女はなんだか驚いた顔した。

「ふん。珍しいの飼ってるわね。役に立つ生き物なら引き取ってやってもいいわよ」

そんな妙な調子でぽちを認めていたけど、うちの子なんであげません。

「ぐるる」

あ、こら。ぽちは威嚇《いかく》しないの。

「さて、焼くか」

女神の森にもあったけど、どうやらこのあたりはオリーブが生えるようだ。オリーブオイルが棚の壺《つぼ》の中に、たっぷり入っている。

そのオイルをフライパンのような器具に敷く。

「にんにくっぽい香味野菜があったのはありがたいね」

弱火でにんにくの香りを出したら、鳥もも肉を入れる。

皮目をカリッとさせるのがポイントだよね。

あとはふたをして焼き上げるっと。

「できましたよー」

テーブルにはアレックスさんの晩酌《ばんしゃく》にするのか、お酒の壺《つぼ》がある。アルコールの匂いがぷんと香ったから分かったのだ。うーん、少しくらいお相伴《しょうばん》できないかな。いや、相変わらず子供扱いだから無理か。

仕方ない、私とカロリーネさんはお茶ね。まだ喧嘩のせいか、不機嫌そうな顔のカロリーネさんのためにも、清涼感のあるミントを入れたお茶にしておきましょう。

さて、いただきます。

二人は神様にお祈りをしてから食べ始める。祈る相手はやっぱり創世女神様かな。私も祈っておこう……

可愛《かわい》いぽちやお母さん、気のいいアレックスさんに会わせてくれてありがとうございます、と。あ、食事のお祈りには向かなかったね。

さて、ではいよいよいただきますか。鶏肉を切り分けて口に運ぶと、野生の鶏だけあって、やや野性味のあるお肉だった。

でもハーブとお塩をなじませたからか、そんなにくどさは感じない。

パンはドイツ風の酸味のある黒いパンを食べるようだ。大きな丸いパンから切り出して食べるのだけど、これはこれで味がある。

料理が鶏肉だけなのも寂しいので、ハーブサラダを添えた。ワインビネガーらしい酢と岩塩、それにオリーブオイルを加えたものを、ドレッシングに仕立ててかけてある。

わりとよくできたと思うんだけど……

ちらりと見ると、アレックスさんは美味《おい》しそうにかぶりついている。カロリーネさんは不機嫌そうな眉間の皺《しわ》はそのままだけど、もくもくとナイフで切り分けながら食べていた。

うん……まあ、嫌いでないならいいかな。

「いやー、鶏が美味《うま》かった！　ベルはいい嫁さんになれそうだな」

にっかと笑うアレックスさんにまた、カロリーネさんの怒りが……‼

「い、いや、お家を綺麗に整えてるカロリーネさんの方が偉いですよ！」

「あんたに何が分かるのよ‼　いっつもお兄ちゃんは犬猫拾ってきてはあたしに世話させて！　媚《こび》売ったたって、あんたは私の敵だからね！」

うわー、何故《なぜ》かこっちに怒りが飛び火したんですけど？

そんな感じで、あんまり会話の弾まない食事が終わったので食器を洗うことにする。

どうやらこのあたりでは、わらの束子《たわし》で汚れを落とすらしい。

木皿の食器の脂《あぶら》を落としていると、カロリーネさんが寄ってきて「ごめん」と言った。

「あんたが悪い訳じゃないのは分かってる。でも、いつもいろんなものを拾ってきては、お兄ちゃんは冒険に行っちゃうし。世話するあたしもいい加減、頭にきてて……」

「今度は人間ですものね、あはは。うん、分かりますよー。拾ってきた責任は本人に取ってほしいですよね」

「そう、そうなの!! あんたは分かってくれるのね……!!」

「それに、よそ様より妹を大事にしてほしいですよね……」

「それよ！　お兄ちゃんは肝心なところであたしを大事にしないの！」

「私も、昔は従兄弟《いとこ》によく振り回されたからよく分かります」

その日はカロリーネさんのベッドで、夜通しガールズトークしました。ぽち？　役立つペットということで、籠《かご》に柔らかい古布を敷いてベッドを作ってくれましたよ。カロリーネさん、兄の気まぐれに余程ストレスを溜めていたようで……

っていうか、アレックスさんは恩人ではあるけど、お兄ちゃんとしてはダメダメだね……

すっきりと目覚めた翌朝、二人で仲良く朝食の用意をしていると、またアレックスさんがカロリーネさんの怒りを誘う発言をつるっと零した。

「なんだ、結局仲良くなったんじゃないか」

「あのねえ……！　あたしが怒ってた理由、分かってないでしょ！」

このお兄ちゃん本当にダメダメだ。なんで怒ったか全然分かってないし……アレックスさんはこの際、乙女心を学んだ方がいいと思う。

◆◆◆

夜通しのお話で、カロリーネさんとはなんだかんだと仲良くなった。

ちょっとブラコンが過ぎるところが困りものだけど、根は明るく闊達《かったつ》で、しっかり者のいい娘さんだ。この世界に来て初めての同性の友人だし、大事にしたい。

今度お茶でもしよう、ということになっている。

それに比べ……妹可愛《かわい》さに、ダメダメお兄ちゃんのアレックスさんはどうしたものか。

彼女の超がつくブラコンも、どうやら要因は彼にありそうなんだ。

国家試験のSランク、だっけ？　それの試験を蹴っちゃったのも、護衛仕事だと長く家を空けて妹が可哀想だからとか……。まあ、よそ様のお家のことだし深くは突っ込まないけども。

三人で仲良く朝食を食べてから、私とぽち、アレックスさんはギルドに移動した。カロリーネさんはお年頃のお嬢さんということで、お家で縫い物仕事とかしながらお留守番とのこと。

この村、というかこの国では、女性の働き口がとても少ないらしい。あっても酒場の酌婦や街角の娼婦といった、少女が夢を持てないものばかりだ。

花売りさん？　それは娼婦の隠語らしいんだなぁ……

じゃあ冒険者ギルドには受付嬢とかいるでしょ、となるところだけど「あそここそ、女を色欲でしか見ない男の巣窟《そうくつ》だもの。普通のお宅では働き先になんて勧めないわよ」とはカロリーネさんの言。お願いだから、売られる子牛をあわれむような目で私を見るのはやめて。

ちなみにこれが良家の娘なら、王宮や貴族の家にメイドや家庭教師、あるいは乳母などとして働く道もあるそうだけど。

そんな訳で、嫁入り前の娘さんは、家事手伝いと内職仕事が日々の基本になるらしい。なんてことだ。女性には夢のない世界だね……

アレックスさん達の家は、家族で長期滞在する者向けに売りに出された住宅だったらしい。けれど、それは一般的なものではないようだ。彼の家のごく近隣を除けば、このあたりも大小さまざまな宿が軒を連ねていて、場所によっては迷路のような細道を作っている。

周辺にある宿泊施設にもグレードがあるらしい。それは外観からして分かる。あっちの通りの路地は整然としているし、建物も木の梁《はり》がしっかりした立派なもの。白い壁も塗り立てのように綺麗だ。それに対してこっちの通りはごみごみしていて、道も汚い。わら屋根は腐りかけ、壁も薄汚れてる、なんて感じだ。

明るくなって初めて目にした冒険者達の区画を通り抜け、そのまま繁華街へ足を踏み入れる。

夜にはよく見えなかったけれど、繁華街はしっかりした石造りの店が並んでいた。路面はきちんと踏み固められていて、整然としている。その町並みからは、ここがもとは戸数五十ほどの小村であることを忘れるほどだ。

一階建てが多いものの、中には二階建ての石積みの店もある。その軒先には、文字の読めない平民向けにか、木彫《きぼ》りの分かりやすい看板がかかっているようだ。

酒場、雑貨屋、武器防具屋や金物屋など、色々な店を横目に歩いていくと、やがて冒険者ギルドが見えてくる。あ、ここは珍しく三階建てなのね。

近隣の村から来たばかりの少年達は、このギルドの看板を目指して歩いてくるのかなあ、なんて思いつつドアを潜《くぐ》ると、人もまばらな店内が見えた。

「朝は静かなものね」

ちゃんとぽちがついてきているのを確認しつつ、呟いた。

「まあ、いるとしても雑用を回すつもりの子供達の朝の依頼書漁《あさ》りか、暇を潰しに来たベテランぐらいだからな」

アレックスさんも落ち着いた口調だ。昨日の夜のような、下世話な男達がいないだけでもほっとするよ。

カウンターに行くと、今日も渋いマスターがカウンター奥からやってきてギロリとこちらを睨《にら》んだ。

だからそれ、怖いですって。

「よし、ベルはこっちに入れ。アレックスは護衛ご苦労さん。お前はいつも通りに仕事しててくれ」

くいくいと指で招かれて、私はぽちを抱え、依頼カウンターの横から職員達の働く中へ進む。そして、ギルドマスターへ近づく。

それを静かに見送るアレックスさん。

「ええと……今日からよろしくお願いします？」

何事も礼儀は大事ということで、ぽちを抱えたままぺこりと頭を下げると、彼はその鋭い隻眼《せきがん》で私を見下ろした。

え、何？　おかしなことしたかな。

「……まあ、いいだろう。今日はとりあえず、午前は部屋を整えて、午後から適性を見る。アレックス、お嬢ちゃんの荷物をこっちの袋に入れ替えろ」

マスターは一つため息を吐《つ》くと、小ぶりな肩下げ鞄を彼に放った。

そういえば、昨日から殆《ほとん》どの荷物をアレックスさんに預けたままだったね。危ない危ない。

アレックスさんは慣れた様子で、ばさりと乱暴に投げ渡された鞄を空中で引っ掴んだ。

そしてカウンターにそれを置き、次いで背中から魔法袋を下ろして並べる。

何をしてるんだろう？　私が首を傾《かし》げる中、アレックスさんは魔法袋の口と、肩下げ鞄のフラップを開き、それぞれに手を翳《かざ》す。じっと目を閉じ、集中するような様子を見せた。

やがて彼が目を開く。

「……よし、ベルから預かったものは全て移したぞ。ベルはこちらへ」

「はい、どうしました？」

私がカウンター越しに近寄ると、アレックスさんは肩下げ鞄の紐《ひも》を手に取り、それをぐっと突き出す。

「この鞄はマスターからの貸与品だ。といっても、ギルド職員は大抵この魔法の小袋を持っているから、そう大げさに感謝する必要はないが」

「おい、俺の前でそんな生意気な口を利くな」

アレックスさんの軽口に、マスターが口をへの字にする。

それをしれっと無視しながら、彼は真顔で続けた。

「とにかく、お忙しいマスターの代わりに、オレが魔法袋の使い方を教えるから覚えておいてくれ」

「は、はあ……」

私は頷いてレクチャーを受けることに。

しかしなんだか昨日から、アレックスさんはマスターに当たりが強い気がする。この二人の関係って……？　いや、今は触れないでおこう。

レクチャーといっても、魔法袋の使い方は単純なものだった。

袋の口を開けると、袋の中身が頭の中に浮かぶ。その中から自分が取り出したいものを「取り出す」と強く意識すると、袋から取り出せる。入れるときはその逆で、袋に入れたいものが入ったイメージを強く思い描き、袋の口に手を当て「入れる」と意識する——で、いいらしい。

うーん、なんだか不思議な感じだけど、商品サンプルを見て自販機のボタンを押すとお目当てのものが出てくる、みたいな感じで考えておけばいいだろう。入れるときは……うーん、まあ普通に大きな袋に詰めたとこでもイメージしようか。魔法袋って当人のイメージ次第でどれだけ入るか決まるらしい。とりあえず、かなり余裕のある鞄とでも考えておこう。

真面目にどこからやって出てくるかとか考えると、頭痛くなりそうだし。

カウンターの端で何度か練習させてもらい、自信がついたところでアレックスさんにお礼を言う。

「うん、ちゃんと取り出せるみたいです」

「そうか、それはよかった。イメージして取り出す、というのがよく分からなくて、なかなか上手くいかない奴もいるんだが、ベルは筋《すじ》がいいみたいだな」

上手く魔法袋を扱えたことに安堵《あんど》して、にっこり笑い合う私達。

それを見ていたマスターが、「ふむ、そろそろいいか」と呟いた。

「丁度いい、アレックスも聞いてくれ。今俺が考えているベルの仕事候補は四つ。受付補助の書類仕事か、売店の販売員か、買い取りカウンターの補佐か、食事処《どころ》の調理の助手かだ。ベル、どれか希望はあるか」

マスターは四本の指を立て、言葉と共に一本ずつ折り曲げていく。

アレックスさんは両手を組んで首を捻《ひね》った。

「うーん、なんで薬の仕事がないんだ？　ベルには薬師《くすし》としての才能があるんだから、そっちに使った方がいいと思うんだが」

「あん？　こいつ、薬師《くすし》の免許持ってるのかよ」

うろんげなマスターの言葉に、アレックスさんがこっちを向いた。

「いや……どうなんだ？」

「私ですか？　薬師《くすし》の免許なんて持ってませんよ」

私は首を振る。一昨日こっちに生まれ直したばかりなのに、免許なんて持っていたらむしろびっくりだ。

「ならダメだ。うちの国では薬師《くすし》は免許制だからな」

マスター曰《いわ》く、きちんと国指定の試験を受かった者しか、薬を売ってはいけないそうだ。私は納得して頷く。それはまあ、そうでしょう。怪しい薬を売られたら、どんな健康被害が出るか分からないし。

「なら、免許を取ればいいだろう」

そこでアレックスさん、おかしなことを言い出した。

「はぁ？」

「ええっ」

驚くマスターと私。

「こんな子供が？　通常、薬師《くすし》に弟子入りして独り立ちするまで十年かかるんだぞ？　そんな簡単に免許なんて取れるものか。まあ、本人にやる気があるなら薬師《くすし》を紹介せんでもないが、とにかく今は話にならんな」

憤然《ふんぜん》として言い放つマスターに、私も頷く。

「そうですよ、お薬を処方するには薬品に関する膨大な知識が必要なんですよ？　試験だって簡単な訳ないじゃないですか」

「ベル、そう言うならば、なんで素人《しろうと》がオレの腕を治せたかって話に戻るんだが……」

うわあ、この流れはよくない。また女神の薬師《くすし》だなんだとか、アレックスさんが言い出すタイミングだ。ここは一旦話を流さねば！

「それよりあの、マスター、個人的に厨房《ちゅうぼう》使っちゃダメですか⁉」

私は声を大にして言う。

私の突然の言葉に、マスター並びにアレックスさんが目を瞬《またた》いた。

「……なんだか強引に話が逸らされた気もするが、まあいい。で、厨房《ちゅうぼう》を使う理由はなんだ」

マスターはオレンジゴールドの髪を乱暴にかきながら聞く。

話が切り替わったことにほっとしつつ、私は言い募る。

「お母さんが持たせてくれたベリー類や果実の処理をして、腐らせる前にコンフィチュールを作ったり、果実酒を作りたいです」

「おい、お母さんって誰だ」

マスターが何か言ってますが、まだまだ話の続きがあるので、まずは聞いてください。

「それは今度説明しますね。休憩時間にはハーブでお茶を淹《い》れたいので、ドライハーブを用意したいんです。ハーブやフルーツがあるなら、それを生のままシロップに漬け込んでコーディアルも作りたいですし。飲んでもよし、傷の手当てにもよし、化粧水にもよしとマルチに使えるチンキも作りたいと思っています。マッサージ用のオイルなんかも用意したいし……。勿論《もちろん》仕事に差し支えない範囲内ではありますが、色々やりたいことがあってですね。ということで、隙間時間に厨房《ちゅうぼう》をお借りしたいんです！」

よし、言い切った！　私は満足して、にっこり笑顔で頭を下げる。

誤魔化しもありつつの言葉だけど、実際やりたいことは一杯あった。

ハーバリスト見習いとして二年間勉強してきた身としては、使い切れないほどのハーブを前にして興奮しない訳がないのです。

限られた機材しかなくても、それでも出てくるアイディアがある。順にやっていけば、引きこもり期間の一ヶ月なんてあっという間だろう。

途中で素材がなくなったら……アレックスさんに女神の森に取りに行ってもらいましょうかね！

キラキラというか、ギラギラした私を前に、マスターはしばし呆然としていた。

「……やっぱりお前、薬師《くすし》だろ？　薬草の扱いをほいほい言い出しやがって……」

頭が痛いとばかりに額《ひたい》に手を当て、マスターが低い声で呟く。

「え？　いえ、趣味であって薬師《くすし》じゃないです。ハーブ好きなら、食用にしたり加工したりなんて、趣味の範囲でやるのは、珍しくもないことですよ」

きょとんと目を丸めて私が言えば、彼はオーバーリアクション気味に頭を振った。

「いやいや、薬酒やら何やら作ろうとしておいて、それはないだろう」

なんでも、コーディアル、あるいは薬酒の類《たぐい》は、この世界では薬師《くすし》がそのレシピを独占しているもので、自家製のものを作るのは禁じられているのだとか。

「えっ……薬酒は作れないんですか」

それはショックです。

「まあ、薬草を加工したもので、口に入れることになるものは基本なぁ。果物だの花だの、他のものなら別に作っても怒られないだろうが」

「ええー、それはちょっと。できることがすごく限られちゃうじゃないですか」

花の部分だけだと、葉や茎を使うハーブが使えない。それはとても苦しいんですが、と私が困った顔で言えば……

「なら、紹介してやるからオババに弟子入りしとけ。薬師《くすし》の弟子なら、自分用に作っても怒られん、っと。それよりもベル、職員宿舎の準備はいいのか？　言っておくが午後からは仕事に入ってもらうからな」

マスターがぐいと指差す先に目をやる。そこ――ギルドの前の通りには、日時計があった。時間は午前十時くらいを指している。

「わっ。もう後一刻しかないです、では失礼して片付けてきますねっ。ぽちも行くよっ」

「お、おい、ベル……！」

職員通用口から宿舎へ向かう私に、アレックスさんが声をかけてきた。けれど――

「お話ならあとで聞きますので！　今は時間がないんです」

私はダッシュでその場を去ったのだった。

第四章　冒険者ギルドで働きます

私は今日も朝から厨房《ちゅうぼう》で、大量の野菜を切ったり剥《む》いたりしていた。

ギルドマスターから提案された仕事の中から、私は多少自信のある食事処《どころ》の調理助手を選んだのだ。

私の上司であるヴィボさんは、夕刻から提供する臓物煮込みの仕上げに忙しい。

「そういえば、臨時職員とはいえ、ベルも冒険者の概要は聞いているんだよな」

「えーと、どうなんでしょう……？　確か、冒険者ギルドが互助《ごじょ》組合で、冒険者にはランク付けがある、という話は聞いてるんですが。それくらいですかね。ランクの分け方や、自分が今何ランクかも、よく知らないです」

とんとんと香味野菜を刻みながら、私は首を傾《かし》げた。足元のぽちも一緒に首を傾《かし》げている。

「そこからか……」

彼は寸胴鍋をかき回しながら、片手で目を覆った。

ヴィボさん曰《いわ》く。

冒険者ギルドには、冒険者のランク制度というものがある。これは大陸国家に連なる冒険者ギルドの共通の基準らしい。

大凡《おおよそ》、依頼の内容と達成率により昇格するもので、前職、例えば兵士での経験などが加味されても、昇級スピードに手を加えられるだけで、ランクが最初から高いという訳ではない。真面目に下積みから始めないといけないという、なかなか厳しい制度であるそうな。

「最初はEランクからで、上はSランクまで。Sランクともなれば名誉男爵相当の栄誉をもらえるため、平民の夢の一つとなっている」

ヴィボさんは料理の手を休めずに言う。今度はパンの焼き上がりを見てオーブンから引き出した。冷ましておくための棚にそのパンを置く。

どんどん棚に増えていく黒パン……。こう見ると、パンの実というファンタジックアイテムはあの森特有の謎植物だったんだな、ということが現実に見えてくる。

おっと、私もヴィボさんに負けずに仕込みを頑張るぞ。皮剥《かわむ》き皮剥《かわむ》き。

それにしても、Sランクは名誉男爵……貴族相当の資格か。

「SSランクというのも以前は存在していたらしいが、今は名誉の死亡でしか昇格しないものだな。つまり現在は、Sランクが冒険者の最高位となる」

「なるほど、そうなんですか。アレックスさんはSランクに手が届くところにいるんですよね。つまり彼は、その気になればお貴族様……」

改めて、すごい人と知り合いになったなぁ……

そして当然、ギルドに入りたての私はEランクな訳だね。なんたる格差。

ちなみに、それぞれのランクの仕事内容はというと——

Eランク。子守りやお使いといった、十歳くらいの子供でもできるような村の雑用や、商店街の清掃、ゴミ拾いなどボランティアっぽい作業が中心。これは大凡《おおよそ》、受けた仕事を文句を言わず真面目に完遂できるかを見るだけのランクであるらしい。まあ、研修期間みたいなものだね。

あ、仕事の流れは、現場に赴《おもむ》き冒険者証と依頼書を依頼者に渡すと仕事開始。仕事のあとに「確かに○ランク冒険者○○が仕事を完遂しました」という依頼者のサインを受け取り、それをギルドの依頼カウンターに持っていく。そこで受付嬢が仕事内容を査定し、報酬がもらえる……といった感じ。私も一度は練習しないとね。

Dランク。若干の野外活動が許されるようになる。村近くの野草類を採取したり、魔力を持たない野犬の類《たぐい》、あるいは「はぐれ」と言われるダンジョンから漏れた小物のモンスターで狩りの練習をする。冒険の基礎を磨くところだ。

モンスター狩りのときは、証明部位をギルドに持っていくことで依頼を達成できるそうだ。持っていった素材の質で、報酬が減ったり増えたりするらしい。

……私も冒険者するなら、素材の剥《は》ぎ取りの練習をすべきなのかしら。うう、戦うとか嫌なんですが。

Cランク。ようやくダンジョンデビュー。そろそろ単独での行動も終わりで、彼らは仲間を募ることとなる。五、六人程度で固まって、ダンジョンの浅いところを探索し、経験を積んでいく。

フィールドでは、一際自然の険しい場所での希少素材採集。……なお、女神の森のハーブや果実などは、基本このランクの素材と見なされるらしい。ええー、鞄に一杯持ってるんですが。まあ、お金に困ったときは頼りにしよう……

なお、ここからは昇格しづらくなるラインだからか、上がったばかりの経験の浅い者はCマイナー、そろそろ昇格できそうな古強者《ふるつわもの》はCメジャーなどと言われて区別されることになるんだそうで。

このCランクが一番数が多いらしく、村の冒険者全体の四割は占めるという。中には昇格できずに、Cランクのままで一生を過ごす者もいるとか。

Bランク。ダンジョンでも、フロアマスター、ダンジョンボスなどと言われる縄張り持ちに挑戦する頃合い。

縄張り持ちがいると、周辺のモンスターが活性化するらしく、素材取りや討伐《とうばつ》依頼などの危険度が増すこともあり、ギルドも無理しない程度に狩ることを推奨しているとか。

「ここまでざっと話してきたが、Bランクは一般的冒険者のある意味での頂点だ。上等な武器防具、上質の薬、魔法を使える仲間のバックアップなどが要求されるから、固定のグループでもない限り人集めにも時間がかかる。狩りに失敗したら準備資金で破産した、なんてパターンすらあるのが、Bランクだ。まあその分、狩りが成功さえすれば膨大な金も栄誉も得られるんだが」

「ハイリスク、ハイリターンという訳ですね」

ニンジンっぽい赤い野菜を切り終えた私はカウンター裏のキッチンスペースに籠《かご》を置いて、ヴィボさんの横顔を窺《うかが》う。彼は静かに頷いた。

「そうだ。狩りも、標的の性質や行動パターンなどを数日かけて偵察し、必要な罠《わな》などを準備し、鋭気を養ってから臨《のぞ》むというサイクルになる。とにかく、この頃になるとちょっとの油断が死に繋がる。力の源である魔力を蓄え、変異したモンスター、その中でも首領格を相手にするのだから当然だが。一級の戦士と言われた男も、一発もらってその傷で引退しちまうようなリスクと戦いながら大物を狩る訳だから、その危険性はCランクまでのそれとは一線を画する」

彼は僅《わず》かに眉を顰《ひそ》めて言った。

……なんとなく実感がこもってる気がするのは、ヴィボさんが宿舎に上がるときに、少し右足を引きずるところを見たからかもしれない。

全身から漲《みなぎ》る圧倒的なパワーで、中身入りの巨大な寸胴鍋や子供ほどの重さがある大きな野菜袋を軽々と扱うヴィボさん。どう見ても歴戦の勇士って感じだし、きっと彼の過去は、高ランクの冒険者だったんだろうなぁ。

お話ししながら仕込んでいたら、私の作業分も、ヴィボさんの仕事も大方片付いてしまった。うん、楽しい会話と、割と好きなこまごました作業。これは私に向いている仕事だ。まだ二日目だけれど、私はこの職場を好きになりかけている。

マスターには、いい職場を紹介してもらえたね。

喉《のど》が渇《かわ》いただろうヴィボさんに、お茶を淹《い》れる。と言っても、現在の私はハーブ類を使用することを禁止されている。だから普通にこの村で愛飲されているという紅茶……にしては雑味がありすぎる薄い黄色のお茶に、リンゴに似た果実を皮ごと薄切りにして浮かべて、アップルティーとしゃれ込むぐらいだが。

あ、ぽちにはお水をあげとかないと。

「ぽち、ここ熱くないの？」

「きゅうん？」

ちょっと熱いけどここにいるー、だそうだ。私の側を離れたくないという。うーん、けなげ。思わずわしゃわしゃ撫《な》でまくってしまうよ。

そうしてほっこりしていると。

「なかなか、いい香りだな……」

アップルティーを気に入ってくれたらしく、うっすら笑みを浮かべたヴィボさんの話は続く。

ここからは上位のマニアックな話。

Bマイナーと Bメジャーの境界線は、倒したボスの評価ランクとその数によって決まるらしい。

ボスの評価ランクというのは、「五人組の平均的なグループで、安定して狩れるかどうか」が指標となる。Bランクからはグループ狩りが基本らしいから、当然だね。

ちなみに、森で私を襲ってきたビッグボアの評価ランクはB。女神の森自体をAAランクのボスが率いているせいか、この周辺のダンジョンにしては女神の森は比較的強敵ダンジョンが多いのだそう。私をひき殺すところだったあの巨大なビッグボアは、周辺ダンジョンではボス相当だという。

「このあたりは、ボスがB評価、取り巻きがC評価、ダンジョンをうろついてるのはDからEという狩りやすい環境だからこそ、若い奴が多いんだよ」

「確かにそれなら、Cランクになりたての子供でも練習できそうですものね」

「そうだ。まあ、Cランクなのにボスフロアなんぞに突入するバカな奴が、年に一度は出るんだがな……」

キッチンカウンターに肘《ひじ》を突き、ふうとため息を吐《つ》く彼。どうやら年若い者達の無謀《むぼう》をよく思っていないらしい。

「命なんぞ、誰だって一つしかない財産だ。それをはたいてまで、夢を見なくともいいのにな」

「……そうですね」

私は頷く。頷ける。

でもきっと、この世界の向上心に溢《あふ》れた子供なら、反抗するところなのだろうな。

この世界では、命の価値は軽いそうだ。

塀を巡らせ、防御を固めた村。その外に一歩出れば、野犬やはぐれに襲われて死ぬかもしれない。そんな世界だ。

この魔力が溢《あふ》れる世界には、人類が生存できる場所がきわめて少ない。溢《あふ》れた魔力は強力なモンスターを作り、モンスターが増えていくとそこはダンジョンと言われる場所になっていく。

一方で、資源も無限に溢《あふ》れ出す。木々の育成や鉱石の形成、何もかもが魔力により成長を早めるからだ。

かつてはそれは、創生女神の贈り物だった。人は身一つで生まれて、その恵みだけで生きていけたのだ。豊かな資源があれば、人は身を守り、腹を満たし、生きることができる。

だが、モンスターという存在が、人々をその楽園から追い払ってしまった。

人の歴史は、モンスターとの戦いだ。

この村は今、成長限界にあるという。もう、使える土地がないのだ。

この世界に、フロンティアスピリットに当たる言葉はない。あるとしたら、ダンジョンアタックがそれに該当するらしいが、そこにはなんでも眠っている。だから彼らは命懸けで危険なダンジョンに赴《おもむ》くのだ。

「でもきっと、ヴィボさんの気持ちは届きますよ。だって、ヴィボさんのお料理はいつも温かくて美味《おい》しいもの。ここに帰ってこよう、そう思って皆、冒険に行くんです」

そう、信じたい。誰かのために鍋をかき混ぜる人が、ここには確かにいるのだから。

「だと、いいがな……。この大陸で、一度も剣を握らず生きていける者は少ない。だがそれでも……命を粗末《そまつ》にする奴は好かない」

優しい巨人は、そう言うとカップの中のお茶を飲み干して作業に戻る。

私も彼に倣《なら》ってカップを洗い、残った仕事に取りかかることにした。

◆◆◆

いい上司に恵まれ、素敵な職場のお友達もでき、厨房《ちゅうぼう》での作業にも慣れた頃。

とはいっても、勤め始めて三日後ぐらいなんだけど……

食事処《どころ》の片隅で、私はお昼のまかないを食べていた。

食事のお相手は、受付嬢のヒセラさん。彼女は、私がギルドに初めて来て冒険者登録した時の担当者で、そしてすこぶる美人さんだ。そこへ隻眼《せきがん》の、貫禄《かんろく》あるおじさんがずかずかとやってきた。

「今日からオババのところで修業してもらう」

「はい？」

「まあっ、なんですかいきなり」

社長、じゃないマスターからの無茶ぶりが来ました。

あの、ちょっと、聞いてないんですけど。


ということで、今日から私は薬師《くすし》のオババ様に弟子入りすることになった。

修業は午後からなので、今私は、昼の繁華街を歩いている。

街はそれなりに活気があった。消耗品や保存食などを買っている者がいれば、酒場でエールを酌《く》み交わしている者達もいる。

思い思いに武装した冒険者達の顔ぶれは、若い子で十三くらいから、三十代後半ぐらいまでと幅広い。

気になるところは、それがほぼ男性のみだということだけれど……

私は、あちこちから飛び交うひやかしの声や不躾《ぶしつけ》な視線を躱《かわ》しながら、どんどん進む。

「すみません。マスターが無茶ぶりを……」

「気分転換にもなるし、気にするな」

マスター曰《いわ》く、シルバーウルフの幼体を連れた貴族っぽい子供である私はいい標的らしいので、ヴィボさんが用心棒代わりについてきてくれたのだ。けれど、これが大変申し訳ない感じだ。

マスターは、厨房《ちゅうぼう》の責任者を、私の子守りと勘違いしてやしないだろうか？

「それにしても、賑《にぎ》やかですねー」

二時間も馬車で走ればダンジョンに着くというアクセス性から、この商店街は結構動き始めの時間が遅いそうだ。

特に、お金のない冒険者は馬車の代金を払うのも苦しいため、そういった者は幾《いく》つかの討伐《とうばつ》・素材採取依頼を一度に受けるという。そして彼らはダンジョンに数日滞在して、仕事をこなすらしい。

ゆえに、朝一で焦って出掛けるのではなく、雑貨屋で投げ売りしている獣臭溢《あふ》れる干し肉や、微妙なできのポーションなどを見繕《みつくろ》ってから出発するとのこと。

……ヴィボさんが言っていた、中間層が詰まってるってこういうことなのかな。

恐縮しつつ歩くこと十数分ほど。

繁華街と宿泊施設の境目にひっそりとある緑の切妻《きりづま》屋根の小屋が、ギルドの人々にオババと呼ばれている薬師《くすし》の仕事場だった。

「ほお、お前さんか。確かにこりゃあ、ちんくしゃだ。もう弟子は取らないと決めていたが、ギルドから先払いされちまったからねぇ。仕方ないから、今日からアンタはワシの弟子よ。せいぜいよく働きな」

目の前にいる、淡い水色が白髪にまばらに紛れた腰の曲がった老婆が、私のお師匠《ししょう》さんのようだ。

彼女はしわくちゃな顔でこちらを見ると、意外な強さで腕を引いた。店の中へ引き込まれる。

「あっ、ヴィボさんここまでありがとうございました」

「おう、気をつけてな」

優しい巨人さんはそう言うと軽く手を上げ、ギルドの方へ戻っていく。

その背を見送っていると、「ほら、何をぐずぐずしているのじゃ」と、オババ様に怒られた。

そしてすぐ、オババ様の実践的指導が始まった。ようは、彼女の仕事の下準備だ。

レシピ通りにハーブを分けたり、ドライハーブを切り刻んだり、砕いたり、アルコールに漬けエキスを出したりする。

冒険者区画で一番の薬師《くすし》だというオババ様が使うハーブの量は、相当なものだ。

とはいっても、ナイフだのすり鉢だのは自宅でよく使ってたし、別に苦労とも思わない。仕事でハーブに触れるんだから、ある意味役得だ。

「最後にそれを鍋に投入じゃ」

「はい」

一連の流れをじっと見ていた彼女は、しわがれた声でぽつりと言った。

「ふん……基礎はできておるの。まだまだ洗練されているとは言えんが、準備くらいは任せられよう」

「はあ、ありがとうございます？」

褒《ほ》められたのだろうか。一応お礼を言っておく。

「それじゃ、次に成分を煮出してもらおうかの」

「はい、お師匠《ししょう》様」

今度は魔女の大鍋のようなもので、ハーブを煮出す。大きな木のスプーンでぐるぐる。

これはなかなかに力仕事……！

「ふん。火はそこまででよかろう」

すたすたと鍋横の台に登ってきた彼女は、おもむろに袋を逆さにし、白い粉をどっさり投入した。この甘い匂い……砂糖だ。え、なんで。

「苦み消しじゃ。そして、ここからはワシの仕事じゃ。こうやって、昔ながらに呪文を唱えるのよ。『精神に癒《い》やしを。心に平穏を。女神の恵みに感謝し、ここに香りを奉納《ほうのう》す』。こう唱えてから己《おのれ》の魔力を移して……」

そう言うと、オババ様は鍋に手を翳《かざ》した。

すると、私がいつもお祈りするときみたいに、何かの力がそこからハーブ汁に移っていく。

これか。ここをなんとか技術として習得すれば、私も薬師《くすし》見習いです、と言える気がする……

「おうおう、なんだい随分《ずいぶん》と熱心だね。……まあ、ワシの呪いを盗みたいなら、毎日通ってワシの仕事を見ることだね。あんたはそこいらの木偶《でく》の坊《ぼう》よりは役に立ちそうだから、歓迎してやろうぞ」

オババ様曰《いわ》く、呪い——祈りと同義らしい——を込めたらあとは冷まして、瓶に詰めれば魔法の秘薬のできあがりだそうだ。

ちなみに今作ったこれは、健康を促進する効果があるとか。

うーん、やっぱり、この世界ではあの魔力を移すところが大事なのかな。今のところ、お祈りしたら何かある、としか分かってないけど……

大きな鍋には私が計量した、カモミールにセントジョーンズワート、マテ、クコ、レ

モンピール、それにこの世界の特有の野草などなど、二十種類ほどのハーブが入っている。確かにハーブが色々入ってどろどろに煮詰まっているものは、良薬は口に苦し的な効果がありそうだ。それを柄杓《ひしゃく》とじょうごで瓶に詰める過程も、また私の仕事。

ただ一つ疑問がある。なんで成分が出きってから漉《こ》さないの……？　丸ごとだと、あの青汁のお茶が思い出されて苦しいんですけど。

いや、まあ、習いに来ていて文句は言えないか。

「今日はこれで上がりでいいよ。だが、早めにギルドの薬を作れるようにさせろとあの隻眼坊《せきがんぼう》やに言われているからね。明日からはきっちり仕込むから、覚悟おし」

「……なんですと」

今日だけでも初日とは思えない仕事量だったのに、明日はもっと厳しくなる、ですって？

マスター、あなたなんてこと言うんですか。どんどん私の中で、マスターの株が下がっていきますよ……!!

◆◆◆

午前中はギルドの食事処《どころ》、午後はオババ様のところで指導、という生活が始まって少し過ぎた頃。

私はその日、オババ様が薬草採取で午後の弟子仕事が休みとなったため、ギルドで食事処《どころ》の厨房《ちゅうぼう》の片隅をお借りして、果物のコンフィチュールを作っていた。

最近はキッチンストーブの火加減もようやく分かってきたので、お料理が捗《はかど》るよ。

ぽちは今日は眠そうだったので、火を点《つ》けてもらったあと、宿舎の私の部屋で睡眠中。

最近、すくすくと成長してきているから、そのせいだったりするのかな。

ぽちは出会った頃の倍くらいになって、抱っこするとずっしりとしてきたんだよね。

そうだな、たとえるならば、小型犬と中型犬の中間くらいのサイズ？

そのせいか近頃、冒険者の人達からはちょっと恐れられている。私はまだまだ可愛《かわい》いと思うんだけどなぁ。

と、危ない。コンフィチュールを見張らなきゃ。鍋をちゃんと見てないと焦げちゃう。

森を出る際にお母さん――母親狼にどっさりともらった果物は、魔法袋に入っているから邪魔にはならない。けれど、腐ったり悪くなったりして食べられなくなっても悲しいから、砂糖で煮て保存食にしてしまおうと思ったのだ。リンゴに似たもの、洋梨っぽいもの、レモンにオレンジ、木イチゴやブルーベリーっぽいベリー系。色々とあるから、パイにしたりクレープにのせたりパンに塗ったりと、幾《いく》らでも用途はある。

鍋をのせたキッチンストーブで、薪《まき》があかあかと燃えている。私はその前に立ち、額《ひたい》にうっすら汗をかきながら、お鍋の中身を見ていた。

ベリーのコンフィチュール……ようは砂糖煮をぐつぐつ煮ている間、私はここのところ取り組んでいる薬師《くすし》修業について考える。

「はあ、前作業のところは問題ないけど、なかなかお祈りのところが難しいなぁ」

オババ様の宣言通り、二日目からビシビシとしごかれて、私は新しいレシピをどんどん詰め込まれているのだ。それを忘れないように、宿舎のキッチンを借りて毎日復習をしている。

それで分かったことがある。どうも、私の祈りの力は自身の想いに反応するからか、むらがあるらしいのだ。

ある日はヴィボさんに淹《い》れたただのハーブティーがとんでもない力を発揮したり、逆に、ぼんやりと考えごとなんかして作ったものだと、ほんのりしか力が入ってなかったり。

「丁度いい感じで力を込めるって、どうやるの……」

薬師《くすし》は弟子入りして独り立ちするのに十年かかるらしいから、まだ半月で成果が出ていなくても問題ないといえばない。でも、アレックスさんみたいな人がいたらやっぱり助けてあげたいと思うし……かといって、普段はむやみに効きすぎるほどの力はいらない。

自然治癒力って、大事だと思うんですよね。

「うー、魔力操作とかいうの、難しい。まあ、数をこなして勘を掴むしかないかな……頑張れ、私」

幸い、週に一度はギルドに顔を出すアレックスさんがハーブを取ってきてくれるので、練習用の在庫はたっぷりある。そういえば、ギルドで働き始めてから、午前も午後もぎっちり仕事が詰まっているので、まだカロリーネさんとのお茶の約束は果たせていない。

っていうか、冒険者ギルドには、決まった休みとかないんだよね。そもそも冒険者は自営業みたいなもので……。身体が動くなら稼げるだけ稼ぐ、だから休んでられるかという考えの下、皆休みを取らない。だからギルドも休めない。

おそらく、買い出しだの服を作りたいだのといった用事があるからと言えば、休ませてはくれるんだろうけど……でも、ヴィボさんも休んでないのに休めるかといえば……うーん。首を傾《かし》げる。

あ、この考え方はブラック企業っぽいな、やめやめ。私は頭を振る。休みはきちんと取れるよう交渉しよう。

この食事処《どころ》はヴィボさん一人で切り盛りしてるけど、ヴィボさんだって休んだ方がい い。人間、きちんと休むときは休むべきなのだ。

かくいう私も、そんなに休んでいないけど。

ただ、ここ半月のオババ様のところでの修業で、確かにハーブの扱いについては向上していると思う。オババ様のレシピは、流石《さすが》はベテランだけあり勘所は押さえられていて勉強になるし、毎日ハーブを刻んだり、砕いたり、アルコール抽出したりと、数をこなすことで、手際も格段によくなった。

オババ様がギルドや雑貨屋に卸してる薬は、体力回復剤のスタミナポーション、魔力回復剤のマジックポーション、毒消し、それからオババ様の趣味と実益を兼ねた香草茶、このあたりが主流だ。

それぞれ上級、中級、下級とあるのだけど、それらはエキスの含有率や、魔力の込め具合で変わる。上級だと、結構な魔力の持ち主であるはずのオババ様ですら、一日に数本しか作れない。かなり大変な魔力を込めて作られていることは間違いないだろう。

私？　未だに自分が魔力を使ってることすらよく分かってないからなぁ……。マスター曰《いわ》く、むらっ気が出ない限りは、常に上級クラスのポーションになってるらしいんだけど、それも含めて自分では全然分からない。

うーん、本当になんとか魔力の扱いを覚えなければ。

……とか、ぼんやり物思いに耽《ふけ》っていると。

「甘い匂いがするー。あぁー食べたいわー」

いつの間にか、食事処《どころ》のカウンター前の床に布の塊《かたまり》が蹲《うずくま》っていた。それが、綺麗な女性の声で喋《しゃべ》る。

「ひいっ」

私は思わず悲鳴を上げた。お、お化けかな？　あ、やばい。火を止めないと、コンフィチュールが煮詰まっちゃう……

「あ、ごめんあそばせ。ゴーストでなく人ですわ。ちょっと、薬の苦さにめげていまして……」

よいしょのかけ声と共に起き上がってきた人は、鮮烈《せんれつ》な赤い髪にルビーレッドの瞳の、美しい女性だった。

歳の頃は、二十半ばぐらいに見える。細眉に形のいい鼻梁《びりょう》、ぽってりした赤い唇が色っぽいお姉さんだ。私の目の前に立ち、何故《なぜ》かつらつらと身の上について話し始める。なんでも彼女は、宮廷魔術師団に勤めているエリートさんで、現在は訳ありでこの辺鄙《へんぴ》な初級冒険者御用達《ごようたし》の村に長期出張中だという。

「決してあたくしが無能上司のミスを指摘したからではないのです。彼の名誉のためにもそう言っておきます」

この言い方は確実に私怨で飛ばされたな……

「で、その甘い匂いは何かしら？　あたくしにも下さらない？」

と、これまでとは一転、彼女はつんと顎《あご》を反《そ》らして、そう宣《のたま》った。

「……はい？」

「ですから、その甘い匂いのものが欲しいんですの」

「まあ、ただの果実の砂糖煮ですし、保存用に煮てただけですから別にいいですが……。あ、どうせなら、クレープにして食べましょうか」

「え？　クレープって、お食事用のパンのようなものでしょう？　甘いものと一緒に食べたりするの？」

彼女は赤い目をぱちぱちと瞬《またた》かせた。

ヴィボさんに聞いたところ、プロロッカ村周辺ではないものの、この世界でも、そば粉のクレープを焼き、玉子やハムなどをのせて食べる食文化をもつ地域があるらしい。

彼女はそのことを知っているのだろう。

たまに冒険者の中に郷土料理が食べたいと言う者がいるため、この食事処《どころ》にもそば粉は置いてあった。今回はそれで、甘いクレープを作ろう。

赤髪の美人さんが興味しんしんでカウンター前に張りつくので、慌てて平鍋でクレープ生地を焼く。そして、できたてのベリーのコンフィチュールをたっぷりのせて、お皿に盛った。

うーん、生クリームものせたいなぁ。チーズはあるんだけど、生クリームがあるかは聞いてない。今度乳製品について、ヴィボさんに聞いてみよう。

カトラリーを付けてカウンター越しに渡すと、彼女はそれを持ってさっとテーブルに着く。そしてとても綺麗な所作で食べ始めた。

「美味《おい》しいわ！　大変美味《びみ》です！」

なんでか、美人さんはクレープをお上品に食べながら泣く。

「あたくしが求めてるのはこういうものなのよ。なのにっなのにっ！」

クレープだけじゃ喉《のど》が渇《かわ》くかなと、私がよく飲んでる湯冷ましをそっと出す。

ハーブティーは、自分の魔力のコントロールが効くまでは他人に出せないのだ。

この店では、水の石と言われる水道代わりの魔石を使って水を出している。魔石というのは、魔力を含んでいる石らしい。その水の魔石から、飲用可能な水が出ているそうだ。けれど、私はお腹が弱いから、沸《わ》かして飲んでいる。

水より酒の方が安いここでは、昼でも薄めたエールを飲む人が多い。けれど甘味にエールってどうなの、と私は思っていたりして。まあ、お酒でも、フルーツ割りは、現地の人的にほぼほぼジュースみたいな感覚らしいのだけど。

彼女は湯冷ましを飲んで少し落ち着いたのか、今度は恨めしげな声を上げながら、どこからか取り出したらしい、空の瓶を睨《にら》んだ。

あれ、なんだかその瓶、毎日見てるもののような気がする。

「え、ど、どうしたんですか……？」

なんで親の敵《かたき》のように薬瓶を睨《にら》んでるのでしょう？ そのラベルからすると、上級魔力回復剤ですよね、それ。買うと大変お高い。

「あら、あたくしがどうして薬瓶を睨《にら》むか、それを聞いているの？ いいの？ 貴女《あなた》も巻き込んでしまうわよ……」

なんだかおどろおどろしい口調でそう言われたけど、自分もかかわってそうなことだから放っておけないしねぇ。

「はい。是非とも聞かせて下さい」

私は覚悟を決めて、彼女に頷いた。

そうして理由を聞いたのだけど……それはなんとも、お気の毒な内容だった。

彼女は、炎に適性を持つ魔術師さんで、今回はとあるダンジョンで高位ランクモンスターが増えすぎたため、その数を減らすという依頼を受けていたという。

Bランクモンスターであるビッグモスと、その取り巻き。飛び回る蛾《が》は素早く、三つのグループで協力してことに当たったけれど、飛び回る標的に対応できたのが、彼女とその友人の魔術師のみだったそうだ。結局その殆《ほとん》どを、二人だけでたたき落とすことになった。当然だけど、彼女はそれで魔力を使い果たしてしまう。

それで、依頼が終わって覚悟をして薬を飲んだのだけれど……不味《まず》すぎて倒れたと。

「この村の薬師《くすし》の腕は確かだわ。……あたくし、これでもかなりの魔力を持っているのだけれど、彼女の上級魔力回復剤を使えば、一日安静にしているだけで魔力が回復するのだもの。こんな素晴らしい薬を作れる薬師《くすし》は、大陸広しといえどそう多くはないでしょう。……でも、不味《まず》いの」

彼女は優美な眉を顰《ひそ》めた。

「まあ、どなたが作っても大抵、お薬は苦いものですけれどね。緊急に回復を要しないときは薬の服用をひかえるという理由でも、不味《まず》くあるべきなのかもしれませんし」

かといって、Bクラス以上の依頼で魔力を惜しんでいては、同行者を危険に晒すだけだ。だから、彼女は魔力が尽きることを恐れず、全力で戦い、誰一人欠けることなく依頼を完遂した。

そしてあまりの不味《まず》さに倒れた、と。

すみません。それ、うちの師匠《ししょう》のものですね。確かにあれは破壊力があるものですよねぇ。青汁をもっとくどくしたというか、何故《なぜ》か苦みのあとにくる甘みが恐ろしいというか……

「ううー、あたくしや友人は甘いものに目がないのですけれど、だからこそあのくどい苦みの中の甘みに、甘味を冒瀆《ぼうとく》されたような気分になるのよ……！　甘味とは幸福、甘味とは癒《い》やしであるはずなのに、くどくて苦い後味が残る。そんなのありえません」

彼女は口をへの字にし、きゅうっと眉根を寄せる。

そうして……色々溜まっていたんだろう。まあ愚痴《ぐち》が出てくる出てくる。

いつも突っ込んでばかりの前衛に落ち着いて周りを見てほしいとか、とりあえず殴れば倒れるとばかりに、斥候《せっこう》の情報を忘れて毒持ちにうかつに触るのはやめてほしいとか、隠れて倒す機会を狙っていたのになんで叫ぶんだとか。

苦いお薬だけでなく脳筋にも悩まされているんですね。お気の毒に……

「まあ、そんな者でもベテランですから、致命傷は上手く回避しますの。それに彼らが敵を引きつけてくれませんと、あたくしみたいな紙装甲の魔術師は役に立ちませんし。

ですからそこはもう仕方がないとして。でもそれでも、もう少しクレバーに動いてほしいと願うばかりですわ」

そう言って完食。

口元をハンカチで押さえ、美味《おい》しかったわと微笑む彼女の食事のスピードは、冒険者だからか、なかなかの速度だった。

「ねえっ貴女《あなた》！　ここであたくしや友人のために甘味を出して下さらない？　毎日とは言わないから、せめて週に二度ほど。前々より思っていたのだけど、この村には甘味が足りないのよ！」

魔術師のお姉さんは必死な顔をして言う。ああ、まあ確かに、繁華街の目立つところにあるのは、酒場のような豪快な肉ー！　酒ー！　ってとこばかりだし、小さな裏道の店もやっぱりお酒がからむ店だしね。

ここに来てもう半月ほど経つけれど、この繁華街で洒落《しゃれ》たカフェスペースなんて見たことない。

同じ甘味好きのこと、助けてあげたいのはやまやまだけれど、私はあくまで調理補助だ。しかもその契約は、一ヶ月と短い。

ここで気軽に受けたとしても、途中で放り出すことになるよね……

うーん……

「ええと……私はただの臨時職員なもので。一応、対応可能かどうかをギルドマスターとヴィボさん——食事処《どころ》の店主に聞いておきますね。これはお土産《みやげ》です。お友達の方と食べて下さい」

とりあえず、手頃なサイズの瓶に詰めたコンフィチュールを渡す。彼女は宝物を抱くかのように、両手でそっと受け取って、金貨一枚を私の手に握らせた。

「ありがとう、これはお代よ。いい返事を期待しているわ」

「え、ちょっと！　これはもらいすぎです！」

ものの価値がいまいち分からない私でも、これは分かる。

普段使いでは銀貨か鉄貨が基本で、金貨なんて滅多に見ないことを知ってるんだもの。

「いいのよ。それでちょっと素敵なティーセットを買いなさい。知っていて？　この村のすぐ近くのウェッピという町は、陶器で有名なの。なかなか素敵なものがあるから、手に入れたらきっとお茶の時間が楽しくなるわ。この村の木工芸《もっこうげい》も悪くはないけど、どうも田舎《いなか》臭くて。今度は、貴女《あなた》の淹《い》れた香草茶でも飲みたいわね」

おそらくティーセットは言い訳で、この大金は、なんとか甘味をこの食事処《どころ》に並ばせたい旨の付け届けであろう。彼女は優雅な所作で立ち上がると、ローブの裾をひらめかせてギルドを出ていった。

「……これ、ヴィボさんやマスターに押しつければいいのかしら」

この世界において初の自分で稼いだお金は、裏がありそうな、危険な予感に満ちたものだった。

◆◆◆

その夕方。冒険者ギルド会議室に、私とマスターとヴィボさんが詰めていた。

「……という訳で、赤毛の綺麗なお嬢様に金貨をもらってしまったのですが」

そう言って金貨をマスターに渡したら、彼は頭が痛いとばかりに額《ひたい》を押さえた。

「あー、シルケ様か。如何《いか》にもやりそうな」

「シルケ様？」

「赤髪の魔術師、シルケ・マルチェ・ボンネフェルト。魔法学校を女ながらに首席で卒業し、宮廷魔術師団でも指折りの火の魔術師。そして西の名門、ボンネフェルト伯爵家のお嬢様でもある。その領地に高位ダンジョンを持つ家だけあって、軍隊も精強で……まあ、王国を代表する貴族だよ。本人は、魔術に人生を捧《ささ》げた変わり者だがね」

マスターは肩を竦《すく》める。

ほほう、本物のお嬢様だったのか。なるほど、それなら金貨をぽんと渡してきたのも分かる。

「で、どうしましょう？　彼女はそのお金で陶器のティーカップを買ってきて、お茶を淹《い》れてくれと言ってたんですけど……」

精神安定剤代わりにぽちを抱っこして、その背を撫《な》でつつマスターに聞く。

ぽちは私の狼狽《ろうばい》ぶりを可哀想に思ったのか、おとなしく抱っこされてくれた。ああ、温かくて癒《い》やされるよー。

「……シルケ様が相手じゃなぁ。しかもお仲間が期待していると。それって絶対彼女の参謀《さんぼう》役、水のロヴィー様のことだよなぁ。益々《ますます》断れねぇ」

そう言って、マスターが顔をしかめた。

また、知らない人の名前が出てきたよ？

「ベル、ロヴィー氏はシルケ様と同じく宮廷魔術師で、水の魔法が得意な方だ。冷静《れいせい》沈着《ちんちゃく》だが、平民出でシルケ様の家の後援を受けているため、基本的に彼女の意思を汲《く》んだ行動をする。まあ……つまり、こんな辺鄙《へんぴ》な田舎《いなか》にいる高位の魔術師様二人が、お前の甘味をご所望なさっているということになる」

私の疑問に答えるよう、ヴィボさんが詳しく説明してくれたけれど……なんだろう、とてもこう、追い詰められている気がする。

「……ええと、つまり？」

「まあ、どうあっても逃れられないだろうな」

ヴィボさんにきっぱりと言われ、今度は私が額《ひたい》を押さえる番になった。

「しかしですね、臨時職員の契約はあと半月もないですよね？」

「それこそ、延長するしかあるまいよ。俺には、伯爵令嬢様を敵に回すような胆力《たんりょく》はない」

「私の意見は聞き入れられないんですか」

「お前も命が惜しいなら流されとけって。平民の命なんて、この羊皮紙《ようひし》より薄いぞ」

その手でぺらぺらと振るのは、何度も表面を削られ再利用されたぺらっぺらの羊皮紙《ようひし》。

平民の命は、裏が透けてる羊皮紙《ようひし》よりも軽いのですか！

「はあ、分かりました。私も可愛《かわい》いぽちを残して死にたくないですから、シルケ様のお気持ちに沿うことにします」

「賢明な判断だ」

ぎゅむぎゅむとぽちを抱きしめながら半泣きの私を前に、うむ、とマスターは重々しく頷いた。

次の日からは、午前は仕込みもそこそこに、お偉い魔術師様にお出しする甘味の選定に入る。

最近ようやっと針を持つ気分になって作った、汚れ防止目的の簡単なエプロンをかけ、厨房《ちゅうぼう》に立つ。

仕事着は職場の友人である美人受付嬢ヒセラさんに作ってもらった、ポケット付きの膝丈ワンピースだ。手縫いだというのに、売り物のようにしっかりしている。この世界の家庭的な女性って、レベル高い。

ポケットがあると、小銭や、ナイフツールや万能軟膏《なんこう》などを入れておくのに便利だよね。

「……まあ、見た通りに自分は甘いものなんて作れないからな」

「ですよねー。まあ、故郷のレシピを思い出しつつ、ヴィボさんから合格をいただけるよう頑張ります」

ぺこりと頭を下げると、ヴィボさんは微妙に困ったような顔をした。

「自分は甘いものなんぞ大して食わんから、品評はアレックスあたりに頼んだ方がいいと思うが……」

ああー分かる。ヴィボさんはどちらかというと、肉の口ですよね。うんうんと内心頷く私。

「アレックスさんは甘いものお好きなんですか？」

「魔法を使ったあとは、結構食ってるな。あいつは剣を持たせても大したものだが、追い風で加速したりだの、相手の動きを突風で封じるだの、風魔法を器用に使うからな」

「ふむふむ。魔術師さんって本当に甘いもの好きなんですね」

試作中に運よく顔を出したら、試食はアレックスさんにお任せしよう。

さて、お菓子を本格的に作る段となる訳だけど……お偉い魔術師様だしなぁ。やっぱり見た目が豪華な方がいいのだろうか。見た目が豪華……クレープはこの前出したでしょ。

なら、仕込んだコンフィチュールをタルトに仕立てるか……卵と牛乳を取り寄せてもらってプリン――いやプリンだけだとどうにも地味だから、プリンアラモード？　ということは生クリームが欲しい。うーん、森にあるものだけじゃ材料が色々厳しいなぁ。

つるんとした感じで連想すると、クコがあることは分かっているから杏仁《あんにん》豆腐とか。アマレットか杏仁《あんにん》――杏《あんず》の種の中身の部分があればいいんだけど。なかったらそれはそれで仕方ない。牛乳をアーモンドエッセンスで香り付けして、ゼラチンで固めてみるか。

マスターからもらった、表面を削りすぎてそろそろ穴が空きそうな羊皮紙《ようひし》に、木炭で思いつくかぎりのレシピを書く。

うーんそれから……

別紙には、森で入手不可能なものを書き出して、っと。

カウンター裏でぽちを素足でうりうり転がしながら唸《うな》っていると、マスターがひょいとメモ書きを覗き込んできた。

「お、色々出てくるもんだな」

マスター、いつも思うんだけど結構暇人だよね……

私はひとつため息を吐《つ》く。

「宮廷魔術師ということは、シルケ様ってお偉い方ですよねぇ。先日、ものすごい粗末《そまつ》なものを出してしまったんで反省してるんです」

クレープに果物の砂糖煮をのせただけのものとか。

喜んで食べてはくれたけど、貴族のお嬢様に出すものじゃなかったと今更震えているのだ。

「いや。あの方は冒険者としての経験も長いから、粗食には慣れてるんだ。別にお前のおやつを分けたところで、無礼だなんだとは言わんよ」

「なら、いいんですが……。あ、それで、ティーセットの方はどうしましょう？」

「そうだなぁ。そろそろヴィボの買い出しもあるし、一緒に町に出掛けて買ってきたらどうだ？」

　意外な言葉に私はぽかんと口を開けた。

「え、出掛けてもいいんですか？　確か一ヶ月こもってろって……ぽちが育つまでは外出ダメだって言ってたのに。」

「いや、最近ヴィボも膝の調子がいいって話だし、元Aランクの男が一緒なら大丈夫だろう」

「ヒルベルト、自分の過去などどうでもいい。お前の口が軽いところが昔から好かん。だがまあ、そろそろぽちも体格がよくなってきたし、自分も多少の覚えはある。なるべく馬車で移動することにして、降りた際に十分に用心すれば問題なかろう」

　ああ、やっぱり。ヴィボさん強かったんだ。

　私は納得し、ヴィボさんの言葉にはうんうんと頷きながら買い物リストをもう一度整理する。

　指先が木炭で黒ずんでしまうのも、お買い物というワードのお陰で気にならないぐらいに心は弾んだ。

ええと、森から採取してもらう方のリストはアレックスさんに預けて……あ。

「そういえば、最近アレックスさん余りお見かけしませんね？」

「ああ、あいつか。あいつは今、Sランク昇格に向けて実績作り中だからな。あちこち商隊について回っているから村にいないんだ」

「……へえ」

あのシスコンお兄ちゃんが妹離れ？　それはすごい。どんな心境の変化だろうか。

「だとすると、今度はフルーツの在庫が怪しいかも……これも追加と」

ああ、結構な量を買うことになりそうだ。前借りしたお金で足りるかなぁ。

しかし、異世界の町かあ。どんなところだろう？

「ぽち、町に買い出しだって。楽しみだねー」

「わふん」

抱き上げて顔を寄せると、ぺろりと鼻を舐《な》められた。ハッハと息をつく彼も、新しい景色を見れるのが楽しみのようだ。

ぽちと一緒の遠出って、そういえば初めてじゃない？　そう思うと、ただの買い出しがとても楽しみになった。

第五章　初めてのお出掛けと、お菓子係

翌朝、ヴィボさんと一緒に荷馬車に乗ってウェッヒの町へ向かった。

村の囲いを抜けるとモンスターが現れることもあるそうだから、他の馬車や冒険者のグループと共に、一つの群れとして移動する。これは生活の知恵だそうだ。

単独行動したかったり、急いでる人は、護衛を雇う。でも、ウェッヒとプロロッカの間は常に人が通っているので、大凡《おおよそ》の野獣は狩られ、基本は安全なそうな。

御者《ぎょしゃ》席の隣にぽちを乗せ、「お前にも働いてもらうぞ」とヴィボさん。ぽちは私と一緒にしばらく厨房《ちゅうぼう》にいたことで、ヴィボさんにも懐《なつ》いており、わんと元気にお返事していた。やる気満々だ。

私はといえば、変に顔を出すと冒険者を刺激するということで、幌《ほろ》付きの荷台に体育座りで隠れるように乗っている。

結構揺れるし、お尻がいたい。これ、三日続くのは難行《なんぎょう》だなぁ……

ついにぽちも狩りデビューか、なんて思っての出発だったけど、行きは平和なものだっ

た。冒険者のグループが前に数組ほどいたから、先に狩られてたみたいなんだよね。

順調に進み、荷馬車は予定の三日で町に着いた。今日から二日ほど買い物に当てる予定だ。

ウェッヒは交通の要所ということだけあって、とても大きな町だった。周りはプロロッカ村と同じく、高い塀に囲まれている。こういった造りは、この大陸の町や村の基本のようだ。

大きな町の東端には港があるそうで、風の中に潮の香りが僅《わず》かに漂《ただよ》っている。なるほど、主要道路だけでなく、港まで整備されているのか。人々も集まる訳だ。港、海……。これは魚介を食べなくては！　私の目標が一つ増えた。

交通の要所であるからか、町並みは整理されている。馬車が余裕ですれ違えるほど道も広く、大通りには石畳が敷かれていた。

通りに面した店舗のデザインは、瀟洒《しょうしゃ》な西洋の建物と東洋の華やかな色彩が混じったかのような、不思議な感じのものだ。そう、たとえるならば、マレーシアのプラナカン文化のような。

流石《さすが》は宮廷魔術師様のご推薦だ。これなら陶器にも期待が持てる。

一日目はヴィボさんの行きつけだという商館で、軽く商談。まずはシルケ様のご要望を叶えるために、ティーセットを買うのだ。

シックな色調の立派な貴賓室《きひんしつ》で、上質の家具に囲まれ商談会は始まった。初めての体験だよ、これ……。

ヴィボさんは慣れているようで、全く動揺してないのがすごい。

見習いさんだろうか、若い少年が大きな旅行鞄のようなものを持ってきた。それを開くと、そこにはしっかりと布で保護され、ベルトで固定された茶器がずらりと入っていた。

次々とローテーブルに置かれるそれらは、なんとも華やかだ。

柔らかな曲線の白磁の器《うつわ》に描かれるのは、手書きのよさが感じられるパステル調の花。持ち手はなく、ティーカップというよりお茶碗のような感じだけど、全体にあしらわれたピンクや水色の鮮《あざ》やかさが目について離れない。か、可愛《かわい》い……！

セットのソーサーにも可愛《かわい》い花柄が描かれており、揃いのティーポットやスプーンもある。

これは、全部欲しい……！

私の全身から漲《みなぎ》るものがあったのだろう。店主さんは丸いお顔ににこにことした笑みを乗せて、あれもこれもと職人さんの作品を見せてくれた。ああ、ピンクもいいしイエローも可愛《かわい》い。ブルーもなかなか捨てがたい……と、私は嬉しい悩みに悶《もだ》える。

「シルケ様からいただいた金貨はちゃんと持ってきている。予算は余裕があるから、気に入ったものをしっかりと選ぶんだな」

「は、はい……。どれも素敵すぎて捨てがたいですね……」

「ほほほ。お嬢さんはお目が高い。しかもあの高名なシルケ様と面識があるとは、若いながらに素晴らしい人脈をお持ちでいらっしゃる」

いえいえ、それは買いかぶり。単なる偶然の重なりで知り合ってしまっただけで、人脈などと恐れ多い——とは口に出せないので、私は引きつった笑いを浮かべるだけにした。

「こちらの総柄も最近人気が出てきた商品でして……国外からのお客様にも評判がいいシリーズですよ」

色々勧められたものを確認しつつ、結局買ったのは、シルケ様にちなんで赤系、というかピンク色のティーセットだ。

予算にも限りがあるので、まとめ買いでお得にしてもらうことにして、ポットとスプーンもつけた五脚セットで買ったけど……ちょっと張り切りすぎたかな。

明日はいよいよ食材の買い出しだ。

新鮮な牛乳と卵の手配がつきますように……。杏仁《あんにん》とかもあるといいな。

そんなことを願いながら、食材やお酒などを荷台に山ほど積み込み、私達はプロロッカ村に戻った。早速お菓子の試作開始だ。

よーし、絶対満足いくものを作るぞ。

◆◆◆

「それで？　どうなったのかしら」

試作中から三日に一度はギルドに来ていた赤髪の美人さん――シルケ様が、今日も今日とて朝の酒場に顔を出す。

いやほら、私午後からは薬師《くすし》の勉強があるので、午前中しか作業できないのだ。

「あ、はい。お待たせしましたが、今日からご提供できることになりました。茶器も用意しましたので、是非ともお菓子を楽しんでいって下さい」

笑顔で答えるが、内心ドキドキものだ。だって本物の貴族様だよ、貴族様。前世でも今世でも、初めて会ったよ。

無礼討《ぶれいう》ちとかされないといいな。

「メニューです。今日は三品の中からお選びいただけます」

そう言って私は、新しい羊皮紙《ようひし》に丁寧に書かれたメニューを、シルケ様に差し出す。自分の文字は丸文字で子供っぽいんで、文字も美人であるヒセラさんに代理で書いてもらったものだ。

すると、彼女の隣から節くれ立った長い指が伸びてきて、それを掠め取った。私はその指先から辿り、手の主を見る。

そこには、海のような深い青の髪を三つ編みにして前に垂らし、鋭い青の目に片眼鏡をした理知的な雰囲気の青年がいた。彼が、シルケ様の隣で私の手を遮《さえぎ》ったらしい。

「失礼。シルケ様、今日のメニューは三品あるようです。一つ目はミルクレープなるもの。絵からすると、クレープを何層も積み重ね、層の間にミルクを挟んだものでしょうか。二つ目はミルクプリン。新鮮なミルクをゼラチンで固めた冷たい菓子だそうです。三つ目はプリンアラモード。卵と牛乳、砂糖を使った冷たい菓子に、生クリームやフルーツをのせたもの、と書いてあります」

うん、まあそうなんだけど。

いやあ、ティーセットで殆《ほとん》ど予算を使い切った関係で、なんとか買い集めた食材で作れるものはと考えたら、シンプルなものばかりになっちゃったんだ。失敗失敗。

それにしても。隣の青年は目の覚めるような青い髪をしている。この人かな、シルケ様の家の後援を受けているっていう、例の水が得意な魔術師は。青髪で水使い……なるほど、分かりやすいね。

っていうか、赤い髪のシルケ様が火で、青髪の人が水って、もしかして得意な魔法と髪の色って関係がある？　だとすると、アレックスさんの緑はなんの魔法だろう。

「シルケ様。何をお召し上がりになりますか？　お毒味は私めにお任せ下さい」

毒味役って本当にあったんだ……。長身の背をぴしっと伸ばし、メニューを掲げて読み上げる様はまるで秘書か執事のようだ。私は青年の顔を、間抜けに眺めてしまった。

「そう、どれも美味《おい》しそうね。ねえベル、三つとも出すことはできて？」

シルケ様は私に視線を向け、頬に手を当て小首を傾《かし》げる。

「あ、はい。少々お待たせしてしまうかもしれませんが、可能です」

「そう。では全て出してちょうだい」

「え、でもミルクレープは結構ボリュームありますよ？　あとの二つは似たものになりますし」

「大丈夫よ、残さないわ。あたくし、甘いものは幾《いく》らでも入るの」

にこりと華やかに笑ったシルケ様。その笑顔は大輪の花のようだ。本当、なんでこんな人が田舎《いなか》のギルドにいるのかと、つくづく思う。

そうやってシルケ様と会話していると、隣の青髪の青年がむっとした顔をした。

「シルケ様、このような場で直々に話されるなどはしたのうございます。注文でしたら私めが……」

畏《かしこ》まって腰を折る青年。わあ。本当に貴族の人って、側付きの人が下々に用を申しつけるんだね。もしかしたら彼のお仕事奪っちゃったかも。悪いことしたかな？

いやそれにしても、いつもは酔客ばかりの場末《ばすえ》の食事処《どころ》が、二人がいるだけでとんだセレブ空間になるよ。

思わず感心しながら、雅《みやび》な二人を眺めていたのだけれど——

「お黙りロヴィー。あたくしがベルに頼んでいるの」

鮮烈《せんれつ》な赤い髪を払い、きりりとした表情で仰《おっしゃ》るシルケ様。シンプルなローブを羽織っているだけなのに、彼女が表情を改めると、豪華なドレスを着た気高い令嬢が言っているように感じる。

「いいこと。苦い薬に苦しんでいるあたくしを無償で助けてくれたベルは、あたくしの恩人です。粗末《そまつ》な扱いはなりません」

え。いや別に、あのときはたまたま、砂糖で煮ていた保存食をちょっと出しただけで……

あの貧相《ひんそう》なおやつが、なんでそんなにすごい感動話に？　私はカウンターの裏で、背中に冷や汗をかいた。

「は、はあ……ですが……シルケ様はこのような場所にいる方ではありませんのに」

しかし、青年にも青年なりの主張があるのだろう。

これだけ美しく華やいだ美人さんだ。本来なら社交場で、蝶よ花よともてはやされてしかるべき彼女が、場末《ばすえ》にいて平民と話してるのが、彼女の側使えとして悔しいのかもしれない。彼はその薄く形のいい唇を噛んだ。

うん、青髪の人、分かる、分かるよ。シルケ様はこんな田舎《いなか》には惜しすぎる人材だよね。

「何度言わせるの。お父様の言うことを優先するならば、お父様の側使えを目指しなさい。あの方はまだ宰相の五番目の夫人にあたくしを当てることを目論《もくろ》んでいるようですが、あたくしはもう家とは距離を置いて久しいのです。あたくしにはあたくしの道がある、そう心得なさい」

うわあ、青髪の人、言外に帰れと言われたよ。

それくらい、シルケ様の言葉は鋭かった。

「す、すみませんシルケ様。私めが間違えておりました。心を入れ替えますので、どうかお側に……」

縋《すが》るような目をした青髪の人、がんばれー。

なんだか目の前で、さりげなくドラマが展開しているよ？

たかがおやつ一つで、こんな大げさなことになるとは。

私は朝から仕込んでおいたお菓子を三つ、シンプルな白の陶器の皿に盛りながら、遠い目をしていた。

あ、いけない。折角のティーセットでお茶を淹《い》れないといけないのに、すっかり忘れてた。

彼女からいただいた金貨で、ティーセットを買ったのだ。これでお茶を出さないなんて、ありえないだろう。

私はカウンター越しにシルケ様に聞く。

「あの、お茶はどうなさいますか？　ハーブティーでしたらお出しできるんですけれど」

薬師《くすし》見習いになったので、一応出すことはできるようになったのだ。でもまだ魔力コントロールが微妙だから、制限しつつの提供だけど。

「どうする、とは？　どういった意味なのかご説明願います」

そこで答えたのは、何故《なぜ》かシルケ様ではなく青髪の魔術師、ロヴィー様だった。彼はその切れ長の青い瞳で、じろりと私を睨《にら》む。整った顔立ちの人が表情を消して睨《にら》み据えると、すごい迫力がある。

私は思わず、一歩後ずさった。

……さっきと比較すると、丁寧な言葉で聞いてきている。主人であるシルケ様を立てているのだろうか。でも、どうにも憤懣《ふんまん》やるかたないという気持ちが漏れ出してるけど。

うう、マスターに次いで怖い人が増えたよ。

お客様を待たせる訳にもいかないので、私は作業を続けつつ、ロヴィー様の質問に答える。

「ええと。先日シルケ様にご紹介いただいた陶器のティーセットをご用意しましたし、甘いものには、やはりお茶をおつけした方がいいかと思うんですけれど」

前世で見たお洒落《しゃれ》なカフェのスイーツプレートを思い出しながら、ハーフポーションサイズにしたミルクレープとミルクプリンを、プリンアラモードのように見栄えよく盛りつける。できるだけ綺麗に見えるようにと、そのお皿にベリーのコンフィチュールでちょいちょいっと線を描いて――

「ふむ……？　ティーセットの用意か」

彼は考えごとをするように、顎《あご》に指を置いた。

「ちょっとロヴィー、いい加減になさい。あたくしがお茶を飲まないかと聞かれたのに、ぐずぐずと長話して」

「長っ……!?」

「あたくしの話を遮《さえぎ》るなんて、いい度胸だこと。先程から忠義というものをはき違えていない？　貴方はもういいわ、席を外しなさい。あたくしは、一人でベルの作った甘味を楽しみますから」

「そんな……！」

シルケ様の容赦《ようしゃ》のない言葉に、ロヴィー様はがっくりと肩を落とす。

しょんぼりとした彼が「あの、せめてお毒味を……」と悲しそうな顔で私に囁《ささや》くので、小さめに切った味見用の三種盛りを用意することにした。

……彼は怪しげな平民から主を守ろうとしただけなのだろう。けど、当の主にそれを拒否されたんだから、それは身の置き所がないはず。なんだか従者って、大変そうだね。

「で、ベル。早速だけど、なんのお茶が出るのかしら？」

「そうですね。飲みやすいところでカモミール、爽《さわ》やかなペパーミントや、すっきりとしたレモングラスもあります。酸っぱいものが苦手でないのでしたら、ローズヒップも女性には人気ですね」

なんだかんだと薬師《くすし》修業の半月の内にドライハーブも作れたので、お茶に用いるハーブはそこそこ揃っている。

でもまあ、お菓子と一緒なら喫茶店でよく供されるものが無難かなと、今回はポピュラーなセレクトをしてみたのだ。

「ふうん。それなら、飲みやすいものがいいわ。カモミールをちょうだい」

「はい、畏《かしこ》まりました」

うーん、お茶を決めるだけでなんだか時間がかかったな。ケーキが乾いてしまう前に、ささっとお茶を淹《い》れてしまおう。

まずは、商会長さんがおまけでつけてくれた専用のバスケットから、可愛《かわい》らしいピンクのティーセットを出して綺麗に洗う。

持ち手のないお茶碗のようなカップは、二つお湯を入れて温めておいて。

ティーポットに適量の乾燥カモミールを入れ、沸《わ》かしたお湯を入れる。不器用ながら作った、綿入りのティーコゼを被《かぶ》せ、雑貨屋で見つけてきた砂時計を引っくり返しつつ十分ほど待つ。

「おいしくできますように」

両手で包み込むようにしていつもの通りに……って、ああ、やっちゃった？

両手からキンモクセイの香りと共に、温かなものがティーポットの中に注ぎ込まれてしまった。こ、これ出していいのかしら？　私は自分のやらかしに焦る。

いやでも、もう随分《ずいぶん》とお待たせしてるしねぇ。仕方ない、出してしまおう。シルケ様はお若いし健康そうな方だから、きっと何も起きないだろう。……多分。

温めたティーカップのお湯を捨て、改めてポットから注ぐ。揃いのソーサーと陶器のスプーンを付け、ケーキののったプレート二つと共にカウンターに出した。

ティーポットは大きめなので、お代わり分はまだ入っている。ということで、ティーポットも一緒に。

甘いものが好きな人はハーブティーにも砂糖を使うことがあるから、シュガーポットも付けたよ。

「大変お待たせしました。カモミールティーとスイーツセットです」

食事処《どころ》は基本的にホールにスタッフを置かないんで、カウンターで渡してしまう方式なのよね。だから、お貴族様には悪いのだけど、自分で持っていってもらいます。

当然ながら、それを席まで運ぶのは、ロヴィー様の仕事だ。

二人で色気も素っ気もないテーブルへ向かう。ロヴィー様が引く椅子に、シルケ様が座った。

ロヴィー様は……え、あ、立ってるの。従者だから同じ席に座れないとか、そういうやつ？

「失礼ながら、お毒味を済ませてしまいます」

そう言って、お試し用サイズにちんまりとのせたミルクレープを食べるロヴィー様。

彼は一口ずつ慎重に口に含んで、ハーブティーにも手をつけた。

「この香りは……」

彼は呆然としたようにカモミールティーの入ったティーカップを見下ろして、黙ってしまった。

な、何か不味《まず》いことでもあったの？　毒なんて入れてませんけど。

黙り込んでしまったロヴィー様に、私は内心びくびくだ。

しかしどきどきする私をよそに、シルケ様があでやかに笑った。

「あら、このお茶はいい香りね。……忙しい毎日を忘れてしまいそう」

優雅にティーカップを持ち、彼女はのんびりとそれを飲んでいる。

「ねえ、甘いでしょう、美味《おい》しいでしょう？　貴方も甘いものが好きですものね」

「はい。……悔しながら」

シルケ様の言葉も意外なら、ロヴィー様の返事も予想外。

長身で怖そうな青髪のお兄さん、実は甘党だったと。

彼は立ったまま、両手でティーカップを包み込んで水面を見つめている。そして、その香りを嗅ぐように深呼吸して、言葉を続けた。

「私めはこのような鄙《ひな》びた田舎《いなか》に、まともな菓子を出す者などおらぬと侮《あなど》っておりました」

砂糖や蜂蜜《はちみつ》などは基本的にダンジョンから採《と》れるので、そこそこお高い。だからお菓子って、貴族や裕福な商人が食べるものなんですって。で、この男尊女卑《だんそんじょひ》激しい世界でおなじみの流れで、菓子職人は男性が就く仕事だと。

そりゃあ、見た目からして頼りない私だから、作れないと思われていたとしても、仕方ないだろう。

「シルケ様がこのような場所にいることも認められず、シルケ様を平民の如《ごと》く扱う周りの輩《やから》を、シルケ様が鷹揚《おうよう》な態度で受け止めるのも許せず……。そんなとき、シルケ様自らが、平民の小娘に菓子をお頼みしたと聞いて、完全に頭に血が上りました。私めは、そこの娘に八つ当たりをしたのです」

しょんぼりした顔で、シルケ様に懺悔《ざんげ》するように言う彼。もはやすっかり、さっきの怖い人ではなくなっている。

なるほど。従者としては、こんな野蛮な地で主様《あるじ》が働くこと自体が、すでにストレスだったんだね……

「私めとて平民であることに違いはないのに、申し訳ないことを……致しました」

素直な謝罪の言葉が彼の口から出る。

もしかしたらこの方は、内面は優しい人なのかも知れない。

「そんなことだと思ったわ。盛大に脅して、相手から諦めさせるつもりだったのでしょう。あたくしは、もう冒険者も長いのよ？　平民だ貴族だなんて、今更すぎる話だわ。粗食にも慣れたというのに、愚《おろ》かよねぇ」

ロヴィー様が毒見を済ませたからか、シルケ様はもう食べ始めていた。一つ一つ、プレートに盛られたスイーツをじっくり眺めたあと、艶然《えんぜん》と笑い私に向かって手を挙げる。

「もう一セット、出してくれる？　珍しく素直になったロヴィーにも、好物を食べさせたいわ。ああ、このミルクレープというのは大きめに切ってあげてね」

「あ、はい。すぐに用意します」

私はあたふたと皿を出し、棚に置いていたスイーツを取り分け、盛り始めた。

「シルケ様……ベル殿も。このような愚《おろ》か者へのご厚意、忝《かたじけな》く」

彼は貴族令嬢の従僕らしく、美しい所作で優雅に頭を下げる。

「ええっ？　そんなに畏《かしこ》まらないで下さい。謝罪は受け取りましたので、ここからは普通に話してもらえればいいですよ。確かにこの村は乱暴な方が多いですから、まあ不安になるのも仕方ないっていうか。私も、どう見ても菓子職人には見えないでしょうし……実際薬師《くすし》見習いなんですけれど」

私は超速で仕上げたスイーツプレートをカウンターに出しつつ、彼の謝罪を笑顔で受け入れた。

まあ、確かに少し怖かったし理不尽だったけど、お客が無茶ぶりするのはもとの世界でも一緒だからね。喫茶店のバイトで経験済みです、はい。

それに人間色々あるから、八つ当たりしちゃったりするときもあるよね、うん。

「ほう、薬師《くすし》見習い。だからでしょうか。この香草茶の匂いを嗅ぐと、とても心が落ち着いてくるのです……」

これまでとは見違えるような、穏やかな笑顔。そんな彼を見て、私は思った。

これ、やっちゃったなと。

「あ、あはは。それはよかったです」

気難しそうなお兄さんが、穏やかお兄さんに変貌《へんぼう》しちゃったよ。確実に女神様にもらった力のせいだよねぇ、これ……

私の動揺を知ってか知らずか、シルケ様は今日も結構なスピードで、もくもくとプレートを平らげている。ベリーで描いた飾り付けの線まで綺麗にミルクレープでぬぐって食してくれたよ。お皿をすっかり綺麗にしたシルケ様はカトラリーを置き、満足げな顔で「美味《おい》しかったわ」と言った。

「菓子と言えば果物そのものか甘いパンだけかと思っていたけれど、貴女《あなた》色々知ってるのね。特にこの卵のお菓子……プリンが気に入ったわ。これって持ち帰れないかしら」

「そうですね、早めに持ち帰って食べていただけるなら大丈夫かと。ロヴィー様の分もおつけしますか？」

私の問いに、シルケ様は優雅に頷いた。

「ええ、勿論《もちろん》」

プリンとカットフルーツ、それに生クリームか。壺《つぼ》にでも入れて、ふたをしておこうかな。そんなことを考えつつ、カウンター裏でお菓子の持ち帰りの用意を始める。

「ところで貴女《あなた》、やるわね？」

「……はい？」

「あたくしに侍従としてついてからこちら、長年情緒不安定だったロヴィーを癒《い》やすなんて、貴女《あなた》、本当にただの薬師《くすし》見習い？　先程、とてつもない魔力が動いた気配がしたわ。……こんな強力な魔力を持つ少女が鄙《ひな》びた田舎《いなか》に隠れていたなんて、興味深いわね」

今度は少女扱いですか。

「ねえ貴女《あなた》、薬師《くすし》として学んでいるなら今後店を持つのでしょう？　あたくしの家の後見を受ける気はない？」

そう言ってにっこり笑った彼女の目は、獲物を狙うかのように底光りしている。お、恐ろしい。

もしかして私、魔力の専門家である宮廷魔術師様を前に、余計なものを見せちゃった？

◆◆◆

私がギルドで働き始めて、もう一ヶ月を越えている。肩書きから臨時が取れて、今の私は正規の職員だ。

今日はシルケ様が来る日なので、いつもは酒場みたいなアルコール溢《あふ》れる食事処《どころ》に、なんだか甘い匂いがしておりますよ。

その独特の雰囲気に、昼から酒を飲みに来ていた冒険者達は、なんとも言えない表情をしていたり、不満を表すよう睨《にら》みつけてきたり。今日の食事処《どころ》はカオスです。

そんな中、私はアレックスさんに愚痴《ぐち》を言っていた。

「どうして側にいてくれなかったんですか……」

「いや、すまん。どうしても外せない用事が続いていて」

アレックスさんは軽く笑いながら謝ってくる。

彼はこの前、護衛依頼を頑張ったことで条件をクリアし、晴れてSランク冒険者となったそうだ。

彼がカウンターに張りついているときは、不良達の冷やかしの声もかからない。仕事がしやすいね。

アレックスさんがプロロッカ村を離れていた間に、私のギルド正規職員採用は決まった。それでオババ様の採取のときなど薬師《くすし》修業が免除されている日は、ギルドで夕方まで働くことになったんだよね。ただ、女子が少ない冒険者ギルドのこと、やたらと若い冒険者に声をかけられるようになっちゃって、正直閉口しているのだ。

こないだなんて、突然冒険者に腕を掴まれて暗がりに引っ張り込まれそうになったし……。ぽちが大声で吠えたてながら人を呼んでくれなかったら、危なかったね。本当に、この世界の女性は警戒しても警戒してもし足りないとそのとき知ったよ。

それは置いといて。

彼はカウンターのテーブルでのんびりと、プリンとお茶を楽しんでいる。ヴィボさんから聞いたように、本当に甘いものが好きらしい。何を出しても美味《おい》しそうに食べてくれるので、作る側としてはありがたい客だ。

「アレックスさんがいなかったから、お貴族様に目をつけられちゃったんですよ？　裏の透けた羊皮紙《ようひし》よりも軽い命の平民が！　もう少し親身になって下さいよ。本当に怖くて怖くて」

私は木製の皿にプリンを盛りつつ、ぶるりと身体を震わせた。最近は、週に二度訪れるシルケ様のスイーツタイムが怖くて仕方ない。

貴族なんて長らく存在しない国に育ったけど、歴史書だの映画だので、過去の身分社会のことは学んでいる。

それに、ヴィボさんからこの世界での貴族の横暴っぷり——というか、平民との差を改めて聞いたりもしていて……

正直、現時点で人に恵まれてよい職場に就けている私は、後見だのと言われても喜べない。それに、マナーも何も入ってない私が貴族社会でやっていける気もしない。無礼《ぶれい》討《う》ちとか怖いし。

シルケ様は気が変わるまで待っていると言っているけれど、その気も変わって、明日から配置換えね、となってもおかしくないのが身分社会の怖いところだ。

危機感を覚えて、ここのところ寝不足が続いている。正直、今も眠い。ぽちとのもふもふタイムがなければ倒れていただろう。ぽちを抱きしめてそのあったかさと呼吸音を聞くと、私が死んだらぽちはどうなるのと思って踏ん張れるという訳。我ながら、追い込まれてるなぁ……

「いやしかし、相手はボンネフェルト家の才女だろう？　彼女なら、別に平民だからとおかしな強要はしないはずだが。ロヴィー殿がベルの身辺調査をしない訳もないし……。だから彼女らが、シルバーウルフ持ちのモンスターテイマーを敵に回すとは思えないんだけどなぁ」

アレックスさんがお茶を啜《すす》りながら、のほほんと言う。その平和な物言いからすると、私の懸念は考えすぎなんだろうか。

「アレックスさん、シルケ様とお知り合いですか？」

私の問いに、彼はスプーンでプリンを掬《すく》いつつ、首を振る。

「あー、直接の知り合いではない。でも魔法学校の一つ下の後輩でな」

するとシルケ様は十九歳？　なんと年下だったのか。随分《ずいぶん》と大人びている。

「魔法学校、ですか。って、どこかで聞いたような……」

お茶を淹《い》れつつ私が首を傾《かし》げると、彼は一つ頷いた。

「ああ、一定以上の魔力がある子供が国の命令で通う、魔法指導の学校だ。下は十歳から、上は十五までの子供が在籍している。伝説はどうあれ、今はとにかく魔術師が少ないから、才能のある奴はどんな田舎《いなか》の者だろうが連れていかれるんだよ。オレみたいにな」

彼は自嘲《じちょう》気味に言った。

ちなみに、この場合の一定以上とは、魔法攻撃ができるか否《いな》かで決まるらしい。常にモンスターと戦っている国らしい、リアルな基準だね。

「話は戻るが、彼女の側には常にロヴィー殿がいただろ？」

「ああ、はい。水の魔術師とか」

「彼もオレと同じ平民だから、貴族だらけの学校で苦労してるんだろうな、なんてオレが勝手に同情してさ。……で、ついつい噂を気にしていたら、ご主人であるシルケ様の話も聞こえてくる訳だ」

「なるほど……」

「まあ、ロヴィー殿は流石《さすが》は名門貴族の侍従《じじゅう》として育てられただけあって、オレみたいな野蛮さもなく洗練されていてな。案外上手くやってたようだ。で、当時からご主人様を守るべく、あちこちの情報を掴んでは上手いこと彼女を危険から遠ざけていたのさ」

なるほど。本当にロヴィー様は苦労人なんだな……

「それに、ロヴィー殿の精神不安定を取り除いたんだろ？　なら、感謝はすれど仇《あだ》にはすまいよ。そこらへん、貴族はきっちりしてるぞ？」

彼はドクダミ茶に似たお茶を啜《すす》りつつ、まあそんなに心配するなと私に笑いかけた。

うーん、本当かな？　そう思いつつ、先日のロヴィー様を思い出す。

私が出したお茶を一口飲んだロヴィー様は、なんだか憑《つ》き物が落ちたように静かになってしまったんだよね。

それからは、私に対する態度も急激に軟化して。

正直ちょっと怖いんだけど……まあ、ハーブに魔力たっぷり込めちゃったみたいだし、それで彼の何かが癒《い》えたのだとしたら、いいことだと思うようにするよ。

私が微妙な顔つきでいると、彼が苦笑した。

「まあ最悪、マスターあたりが押さえてくれるだろう。ぽちを怒らせて周辺を廃墟にされたらたまらないからな」

「ちょっと、ぽちを怪物扱いするのやめて下さい。いい子なんですよ？」

最近、私の周りでうろうろしてはきりっとした顔で警戒してて、可愛《かわい》いんです。うちの子は賢いなあ。

そんな話をしつつ、アレックスさんも食べている今日のスイーツメニューは、相も変わらず簡単なものばかりだ。素材が限定された環境なので、凝《こ》ったものは作れないんだよね。けれど、シルケ様に最初に提供した頃に比べると、作る量は格段に増えている。というのも、シルケ様にお菓子が出されているのを目にした人達が、自分達も食べたいと言ってくるようになったためだ。頼んでくるのは魔法を使える人が多いから、やっぱり魔法を使うと甘味が欲しくなるのかもね。

ケーキ類は、深めのバットに作って切り分けることで数が出せるプリン、同じ理由でミルクプリン、そして混ぜて焼くだけの手間のかからないパウンドケーキ。どれも大量に作れて材料も単純なものだ。

ミルクレープは手間がかかるので、普段のメニューからは除外中。

まだまだ魔力のコントロールが効かないハーブティーは不安なので、提供はやめている。そのため飲み物は、エールの果汁割りか、以前会議室で飲むのに覚悟を求められたオババ印の青汁、割と普通のドクダミ茶っぽいもの、ただのお白湯《さゆ》の四種類から選んでいただいてます。

青汁が選択にある理由は……健康茶として普通に飲まれてるらしいからだ。皆勇者だね。

そうしてまた、緊張と使命感に震える時間がきた。

例の二人は依頼カウンターを丸無視し、まっすぐに右手の、食事処《どころ》のカウンターへと進んできた。

胸を張り、優雅に歩くその様は、まるで女王のよう。

「来たわ。今日も全てのお菓子をいただきたいのだけど」

「今日もお世話になります」

二人は私の前で止まるとそう言った。

本日も地味なローブ姿なのに恐ろしく麗《うるわ》しい赤の伯爵令嬢シルケ様と、初対面とは打って変わって穏やかな、端整な顔立ちのロヴィー様だ。

「シルケ様のお世話は私めがしますので、ベル殿はお食事のご用意をお願いします。一つを全種類ハーフサイズで、もう一つは全種類通常サイズでご用意いただけますか」

「はい、畏《かしこ》まりました。お茶の方はどうなさいますか？」

「そうですね……先日の香草茶、は出ないのでしたか。では白湯《さゆ》でお願いします」

カウンター越しに私に話しかける、柔らかい笑顔のロヴィー様。それは穏やかな笑顔ではあったけれど……

「しかし、香草茶とは難しいものですね。自分で淹《い》れても、あのときのように穏やかな気持ちにはなれなくて……」

ふわり、と青い瞳が長い睫《まつげ》の下に隠された。

「またベル殿に淹《い》れていただきたいなど……私めは欲張りなことを考えてしまうのですよ」

伏せた目を開き、輝く瞳で私を見つめる美形青年。

ロヴィー様はそれだけ言うと、シルケ様の待つテーブルへ向かう。

……それは言外に、私のハーブティー以外のお茶などいらないのだと言っているのでしょうか。

彼の背を見送りながら、私は冷や汗をかいていた。

「お、穏やかなのに怖いって一体……」

「おいおい、こりゃ……シルケ様よりロヴィー殿の方が、ベルに執着してそうだな」

アレックスさんは相変わらずカウンターにいるのだけど、空気を読んでこの間は黙っていたようだ。

美貌のシルケ様と私を見比べて、しみじみと言う。

「まあ、ベルの淹《い》れたお茶で精神的に楽になったのもあるんだろうが、あの主《あるじ》しか見えてませんって感じの男がまあ、随分《ずいぶん》と宗旨《しゅうし》替えしたもので……。まあ、好みは人それぞれだよな」

「何それ怖い。っていうかシルケ様と比べるとかやめて」

「いやいや、ベルは可愛《かわい》いぞ？　うん」

「本気でそう思ってるなら、その子供を見るような生暖かい笑顔をやめてくれないかな？」

確かに、あんな美貌のお嬢様と比べれば月とすっぽんだけど。女としては地味にその態度傷つくんで、本当にやめて下さい。

まあとにかく。ケーキ類はお二人のために作ったものなんだから、美味《おい》しい内にいただいてもらおう。

さてと、気分を切り替えて。ちょっといい水ということで、久々にぽちに水を作ってもらう。ケトルをキッチンストーブの天板で沸《わ》かして、可愛《かわい》いピンクのカップとソーサーに注ぐ。お白湯《さゆ》作りだね。

女神の森の美味《おい》しい泉の味を知っているからか、ぽちの作る水は妙に美味《おい》しいのよね。この子、実は隠れたグルメかも知れない。

おっと、余計なことに思考がぶれた。早くケーキを用意しなくちゃ。

一つは小さめに、もう一つはがっつり一人前ずつに切り分けたケーキを、白い磁器のお皿に盛っていく。生クリームを緩《ゆる》く泡立てたものをパウンドケーキに添えて、フルーツソースで飾り付ける。プリンとミルクプリンも、美しく見えるように盛り付ける。できたそれを、お盆に揃えてカウンターへ運んだ。

「ケーキセット、できました」

声がけすれば、颯爽《さっそう》とロヴィー様が向かってくる。

「これはまた美味《おい》しそうですね。私めの好物のプリンもありますし。今日も楽しみにしていたのですよ」

こういう一声をかけてくれるお客様、正直ありがたいよね。励《はげ》みになるっていうか……

「ありがとうございます、ごゆっくり」

だから私も笑顔でお渡しした。

それをカウンターから横目で見ているアレックスさんの生暖かい視線が、どうにもあれだ。いや、別にロヴィー様も私も、お互い恋とかそういう気持ちはないはずですよ。

ロヴィーさんがカウンターから去ったあと、お茶を飲みながらアレックスさんがぼそりと呟く。

「うーん。シルケ様は陰謀《いんぼう》を企《たくら》むタイプではないし、肝心の参謀《さんぼう》があの調子なら、いっそ後見受けるのもありなんじゃないか」

「え？」

私は洗い物をしていた手を止め、顔を上げる。

「ベルは色々、そう色々……オレよりも狙われる可能性が高い。オレはSランクに昇格したことで雑事から逃げられる立場になったが、ベルはそうではない。マスターに保護されてる職員ってだけじゃ、貴族の追及からは逃れられないんだ。この先、どこで変な貴族に目をつけられるか分からないしな」

「き、貴族……って、こんな田舎《いなか》で大げさな。たかが薬師《くすし》見習いを、一体誰が連れ出そうっていうんですか」

甘味好きが過ぎて、すっかり私の作る菓子の常連になったシルケ様ならまだしも、こんな田舎《いなか》に、そんなほいほい貴族が現れるとは思えない。笑って手を振る私に、しかし彼は厳しい顔で言った。

「ここは確かに田舎《いなか》だ。だが、全く貴族が現れない訳じゃあない。シルケ様のように嫉《しっ》妬《と》されて中央を追われたときの受け皿になることもあれば、貴族の男子、家を継げない次男三男が箔《はく》付けのために来ることもある」

それに、と彼は緑の目を鋭くした。

「ついこの間、村の中で襲われたばかりだろう。いいから、シルケ様の提案をきちんと考えてみろ。お前の助けになるかもしれないんだから」

「はあ……。なら、前向きに考えておきます」

確かに、こないだの冒険者のような人が減るなら、メリットは大きいけど……

これからも貴族と会うことがあるなら、割り切って彼女の後見を受けるべきなのだろうか。

「今日も美味《おい》しいわ、ベル！」

明るい声に視線を向ければ、そこには明るい笑顔でケーキを頬張るシルケ様がいた。

それを穏やかに見守るロヴィーさんとのセットも、なんというか素敵な主従だなと思わせてくれる。

「ねえ、ぽち。あの赤いお姉さんが私のスポンサーになるかもしれないって。どう思う？」

「くうん？」

あ、よく分からないって？　そうだよねぇ、まだ子供だもんね。

ふりふり尻尾を振る彼の首には、メダルがかかっている。私のギルド登録の木札と同じマークが刻印されている、そのメダル。それを見ると、この子を守らなくては、って思いがむくむく膨らんだ。

うん、よく考えて答えを出そうっと。

◆◆◆

あれからまた二週間ほどが経った。

プリン二種と焼き菓子一種を目標にいつも作っているけど、このまま行くと私は薬師《くすし》見習いでなく、菓子職人になるのではないだろうか。

すっかり使い慣れたキッチンオーブンを前に、そんな微妙な気持ちになる。

いや、料理は嫌いではないんだけど、ハーブで色々作りたいものがあってね……チンキにコーディアルに軟膏《なんこう》にオイルに……

化粧水と軟膏《なんこう》だけは日々の暮らしに欠かせないからとなんとか確保はしてるけど、それ以外は全然作れていない。ハーブは山盛りあるというのに、なんてことだ。

そもそも、薬師《くすし》に弟子入りしないと薬草類が使えないというから、オババ様に弟子入りしたはず。なのにこのままじゃ、レシピ通りにお薬作るオババ様の助手とお菓子屋さんを兼任、みたいな何か違う形態になってしまいそうだ。

うう、研究時間がないよぉ。

でも、べそべそ泣き言を言っても始まらない。とりあえず今日もお菓子作りだ。

朝ご飯を食べ、すぐに仕込みに入る。たちまちギルド内に甘い匂いが広がった。それを嗅ぎつけたように、扉を押し開けふらふらと人が集まってくるのが最近の流れ。

「ベルちゃん、今日は何時からかな？」

最近顔を見せる福顔の商人さんが、にこにこ笑顔で私に聞いた。

「ええーと、仕込みの時間もありますし、一刻後くらいですかね」

「そうか、ではまたあとで来ることにしよう。ああ、持ち帰り用のケーキも用意しておいてくれないかな。娘が喜んでねぇ。それじゃ、ヴィボさんもお邪魔したね」

そう言って、手を振って帰る商人さん。

同じ質問が、仕込み中十件くらいは来たかな。

ここで甘味が安く食べられると、いつの間にか口コミが広がったらしい。週二回のお菓子の日に、甘味目的のお客様がどんどん増えていくんだよね。

「……こんな素人《しろうと》のお菓子になんの価値があるのかなぁ。ウェッヒあたりなら、専門のお店もありそうなのに」

やっぱり、この世界の魔法を使う人達は甘いものが大好きだそうだ。加えて、この村に店を構える商人や店員さんなどの中にも当然甘いもの好きはいる訳で。結果、甘味の出る店としてマークされたらしいここは、お客が増えはすれど減りはしない、今日この頃。

困惑する私に答えたのは、今日も微妙に暇そうなギルドマスターだった。

「ベル、お前なぁ。砂糖は高価だっての忘れたのかよ」

「え、でも。女神の森では簡単に採《と》れますし……」

「その、女神の森に入れるのは？」

「あ……そうでした、アレックスさんぐらいですものね」

それと、私とぽちだけか。

ちなみに、私が森に入れるとなると更に私の価値が上がるとかなんとかで、この情報は伏せている。だからなかなか森にも出掛けられないのだ。それはすなわち、お母さんに会えずぽちにも寂しい思いをさせる訳で。

……むむむ、こうなると、本当に後見の話を受けるべきなのかもしれない。有力貴族家の後見を受けた者を食い物にするような奴は、そうそういないって言うし。

はあ、森へ行きたい。私もお母さん狼のあったかいお腹に懐《なつ》きたいよぉ。

「このあたりで砂糖が採《と》れるのは、例の森だけ。国内でダンジョンは二十ほどあるが、森型のダンジョンは珍しくて三つしかない。とてもじゃないが安価にはならんさ」

「はあ……」

なんでも、砂糖ハンターと言われる、ダンジョンで砂糖を採《と》ってくるだけのグループがいるほど、砂糖の採取はお金になる仕事だとか。

女神の森で採《と》れるからと、気軽に使ってる私がおかしかったのね。

「まあ、ヴィボとアレックスが監修しただけあって、値付けは間違ってない。決して安くはないからな。だがそれにもかかわらずここまで客が増えたのは、多分、ハーフサイズにすれば半額で食えるってアイディアのせいだな。あれで、低ランクの冒険者や商人のとこの店員でも食える値段になっちまった」

「なっちまったって……」

「いや、貴族の贅沢《ぜいたく》を貧乏人ができるようになった、ってのは、おかしいことだからな？」

呆れた様子で、隻眼《せきがん》を細めて言うマスターは、私を問題児であるかのように扱う。

むう、本気で失礼。

でもヴィボさんには申し訳ないと思っている。週に何度かは、私のお店みたいになっちゃってるんだよね、ここ。

「すみません、なんか私のせいで店が狭くなってしまって」

「いや……奴らは料金はちゃんと払うし、酔っ払いみたいに備品を壊さないから、別にいいが」

優しい巨人さんは、今日ももくもくと臓物煮込みを作っている。

それは確かに。少なくとも甘いものを食べに来た人は、いきなり隣の席の人に喧嘩売ったり剣を抜いたりはしない。

――なんて話をしていたら、次の週に問題が持ち上がった。

「冒険者の中心グループから苦情が出た。そいつらは、ギョブの代わりに若手を育ててくれてる奴でな……。へそを曲げられてこの村を離れられると、ここは本気でギョブの天下になりかねん。それは不味《まず》い」

マスター曰《いわ》く、苦情を出したのはBマイナーちょっとの、魔法を使える剣士らしい。ランク的にはあの下品な禿頭《はげあたま》筋肉男ギョブと同じで、この低ランクだらけのギルドの中ではその二人が二枚看板とか。

アレックスさんはって？　元々長くいつくなど誰にも思われてないような英雄クラスだから、除外とのこと。

とにかく、その魔法を使える剣士さんは面倒見がよく、Cランクに上がったばかりの新人の相談を受けたりアドバイスしたりと、冒険者の皆からも慕われているそうだ。でもって彼は大変お酒が好きで、ダンジョン帰りの祝盃に命を懸けているそうで。

あー、そうやって飲みに来た酒の席で、甘い匂いがぷんぷんしていたら、それは嫌だよね……

「なるほど、それは悪いことをしましたね」

「いや、俺がシルケ様の要望にお応えしろと言ったんだから、そこは気にするな」

責任者らしく、マスターが自分の責任として引き取った。

珍しい。マスターがきちんとマスターをしているよ……？

私の目線に何かを読み取ったのか、マスターはわざとらしく咳払いをしてから「続きな」と話を再開させた。

「とはいえ、シルケ様のご要望なんだから、勝手に甘味の提供を止《や》めることはできないだろう。加えて、お前目当てで来る商人らを怒らせるのも不味《まず》い。このギルドも、商人には世話になっているからな」

マスターは眉間に皺《しわ》を寄せ、難しい顔をしている。

「諸々考えて……とりあえず日中だけ、お前の甘味を出す用のスペースを作ることにした。営業時間中は厨房《ちゅうぼう》も区切って客を分ければ、流石《さすが》に奴らも文句はつけまい。まあ、食事に来る奴らを追い出す訳にもいかんし、棲《す》み分けていくしかあるまいよ」

そうして用意されたのが……

酒の大樽を引っくり返しただけのテーブルが五つ。

それにテーブルごとに椅子が二脚ずつ。つまり、一度に十人が座れる、ということだ。

奥まった場所にはカウンター、その裏には作業台がある。水道代わりの水の魔石に、流し台もついているよ。

あ、水の魔石は、私の甘味スペースができると聞いて、ロヴィーさんがお祝いにくれた。これ結構高いらしいんだけど、もらってよかったのだろうか。シルケ様も競うように火の魔石をくれようとしたけど、丁重にお断りした。貴族様からもらいものとか怖いし。

カウンターの後ろに食器棚があり、そこには村標準の木の皿やカップだけでなく、陶器のお皿もある。これがちょっとした贅沢《ぜいたく》だろうか。

それと、中古の小さな家庭用キッチンストーブ。ケーキを焼くといったオーブン作業のときは、食事処《どころ》のを使わせてもらうことになっている。まだお客さんが入る前に焼いてしまおうという訳だ。だからここでは温め直しとかお湯を沸《わ》かせればいいので、小さめのにした。

以上、週に二度だけ開かれる小さな私のお城は、微妙に豪華で割とこぢんまりとしたものとなりました。

「ついうっかりお店を持ってしまった……」

まあ、いつかはあのハーバリストさんのように、ほっとする一時を提供する場所が作れたらっていう目標はあったものの、まさかこんな棚ぼた的に、自分のお店を持ってしまうとは。突然の展開に、どうしても緊張する。けれど、せっかくの機会……というか、すごいチャンスとも考えられる。だって自分のお店だよ!? 普通、こんなあっさり自分のお店を持てることなんてないよね。せっかくだから、やれることはやっていきたい。あとはハーブティーとかバジルサンドとかハーブチキンとか、ハーブを使ったお茶や料理ができればなぁ。かなり理想の店になるのに。つくづくコントロール不能な自分の魔力が憎い。

はあ……。誰かに魔力の訓練方法とか教えてもらえないものだろうか。あ、アレックスさんに聞いたら「こう、ガッッときてグッと掴むだろ？　で、グッとしたやつをイメージ通りにバッと出す」などという、全く参考にならないオノマトペだらけの説明をしてきたから諦めた。残念ながらそんな感覚的なものは受け止めきれません。

もしかして魔法って、そんな風に本能で使うものなのだろうか。なら魔法学校とは一体何を習うところなのか……謎だ。

おっと、お店に意識を戻そう。

もともとの食事処《どころ》とこの私のお店スペースは、仕切りで区切られている。仕切りといっても戸板を使った目隠しみたいなものなので、食事してる冒険者から苦情が出ないとも限らない。そこで、アレックスさんにいい具合に換気をしてもらうことにした。

メタリックグリーンの髪の彼は、予想通り風の魔術師なんだって。だから空気を流すことはお手のもの。

という訳で、私がアレックスさんに頼んだ魔法のイメージは、エアカーテンだ。

空間を戸板で仕切って、更には匂いをあっちに向けないようにすればよいのでは、ということでの提案だ。苦情を申し立てた冒険者さんは、甘味コーナーにわざわざ出向いて喧嘩を売るような人ではないらしいし。

「オレは剣の方が扱い慣れていて、魔法メインの奴よりは少々魔力に劣るが、それでも自分の属性で、かつ日中だけなら、この程度の魔法は相性のいい魔石に込めておけば楽勝だ。攻撃魔法や身体強化ほど、エアカーテンとかいうこれは魔力食わないしな。ていうか……よくこんな魔法を知ってたな」

「あ、あはは……多分、以前誰かに聞いてたんじゃないかな？　そ、それよりも私はこれから仕込みがあるから！」

アレックスさんの不思議そうな顔に、適当に答えをはぐらかす。まさか別の世界の知識ですって言える訳ないし。

アレックスさん曰《いわ》く、攻撃魔法は瞬間的に、身体強化は持続的に、とんでもない魔力を食うらしい。

でもこの国は攻撃魔法が使えるか使えないかで足切りするから、魔力があっても攻撃魔法が使えない人は、魔法学校に入れない。で、この国では魔法学校で魔法を体系的に学んだうえで、国との契約のもと働く者のみが、魔術師と名乗れるそうだ。

だから、ある程度の魔力があっても、魔術師を名乗れない人は結構いるんだって。

なるほど……だから、こんな田舎《いなか》でもそこそこ魔法が使える人がいるんだね。師匠《ししょう》とかヴィボさんあたりは、攻撃魔法に足りるほどの魔力はないけど、魔力はあるから魔法が使える人、と。

ふむふむ、すっきりした。

「ま、とにかくこれからこのエアカーテン？　とかいうの、オレも使わせてもらうわ。これ応用したら、狩りのときに自分の匂いが消せて、役に立ちそうだ」

「はは、それはよかった。では、毎週朝の十の刻から午後三の刻まで、エアカーテンを用意してもらうということで。代わりにケーキセットを無料で、というのでいいですか？」

「ああ、それで十分だ」

交渉成立、とばかりに二人でにこにこ笑顔になっていると、「あー、アレックスいいなー。噂のお菓子作れる女の子と仲いいんだ」という声がした。見ると、ふわふわした黄緑色の髪の、垂れ目の青年がいる。

だ、誰この人？　シルケ様達みたいなローブ着てるし、おそらく魔術師だと思うけど。

「うん？　どうしてこんな田舎《いなか》にいるんだ、オーラフ。お前は確か宮廷魔術師団の教導員だったはずだろう」

アレックスさんの疑問に、その人はへらへらと答えた。

「あははー、やっぱ現場に出てないと鈍るしねー。団長に直訴して、配置換えしてもらったんだよ。今はダンジョンの調査員をしているんだ。で、そろそろ、このあたりで何かが起きそうって予測だったから、レインと調査に来たんだよ」

「レインも来たのか……」

「そうそう。折角だから今度久しぶりに一緒に飲もうよー。あ、そこの可愛《かわい》い子も一緒にどお？　お兄さん奢《おご》っちゃうよ～？　でさでさ、ここは低ランク冒険者が多いから、どうしても定期的なボス狩りが難しいからねー。まあ取り巻きくらい崩しておかないとってことで、一年ぐらいはダンジョンに張りつく感じかなぁ」

へらへらとした妙に軽薄な青年は、どうやらアレックスさんと仲良しのようだ。二人でのんびり会話をしている。

しかしその彼は、にこにこしたまま爆弾発言をした。

「ああ、ところでこの子だよね？　ロヴィー殿の精神不安定を癒《い》やした薬師《くすし》見習い。王都まで噂が届いてたよ？　どんな子かと思ってたら、可愛《かわい》ーねー」

突然振られた話に、私は目を丸くする。

「え、王都……？　私の噂って」

「王都から何度も招聘《しょうへい》を受けながら動かない、偏屈薬師《へんくつくすし》。その新しい弟子は、魔術師を癒《い》やすほどの力があると同時に、シルバーウルフを使役するほどの天才テイマーである。なんてさ、話盛り過ぎだし、冗談だと思って笑ってたら、本当にシルバーウルフがいたんでびっくりだよー。なーんか、シルケ様やアレックスとも親しいみたいだし？　まだまだ謎がありそうで興味深いなー」

目の前でにこにことしながらも、妙に興味深げに新緑の目を輝かす青年に、私の背がぞわりと震えた。

第六章　後見問題

王都から来たという魔術師の話から、いよいよ私は自分の置かれている状況に不安を覚えてきた。

「うう、怖いけど、もうシルケ様の後見を受けるべきかなぁ……」

いざとなったとき、女神の森に逃げ込むにしても、強力なバックがあるかないかでは安心感が違う。

「うん、決めた。シルケ様に後見をお願いしよう」

決めたからには早速動かねばと、私は現在の後見人であるマスターに話を通すことにした。


――二日後。

私はシルケ様と、ギルドの会議室で会うことになった。

本来ならば、シルケ様のお屋敷――こんな田舎《いなか》の村には不似合いの、小さいけれど贅《ぜい》を凝らした芸術品の如《ごと》きお屋敷だ——へお邪魔して、こちらから頭を下げるべきことらしい。けれど、今回はちょっと色々と面倒な話があるので、防音設備が整っている冒険者ギルドの会議室にしてもらったのだ。

「来たわ。あたくしに話があると言うけれど、それはいい話なのかしら」

いつものように、ロヴィー様を連れてシルケ様がいらっしゃる。

会議室にいるのは私とシルケ様達主従、それにマスターとアレックスさんだ。ぽちはヴィボさんと一緒に、食事処《どころ》でお留守番をしてもらっている。

扉を閉ざすと、会議室内には、耳が痛くなるような静寂が漂《ただよ》った。

テーブルを三名が囲む。今回の話はシルケ様と私の後見問題についてだから、マスターは現後見人としての立場から同席してもらっている。

ロヴィー様は従者として、そしてアレックスさんは私の保護者の立場での臨席となる。だから二人は、基本は口出しを許されていない。

目の前に座る、赤い魔術師。彼女の現状の身分は、宮廷魔術師団のダンジョン派遣員だ。

この村近くのダンジョン群は、初心者向けのためなかなか高位冒険者がいつかない。そのため常に魔術師不足で、国から臨時で魔術師が送り込まれることがたびたびある。

そして今回は彼女が送り込まれた……ということになっているらしい。

実際は、女性魔術師の癖に出世街道を驀進《ばくしん》する彼女を妬んだ上司が、左遷《させん》のために寄越したらしいんだけど。

とはいえ、実践してみる派だという彼女は腐ることもなく、ここの冒険者さん達と一緒に、さまざまなダンジョンを巡っているとか。

素直に偉いなぁと思う。

そんなベテラン冒険者でもある彼女を前に、私は口火を切った。

「例のお話ですが……お受けしようと考えています。私、いえ私とぽちに、是非ともシルケ様の後見をいただければと」

私は声が裏返らないよう気をつけつつ、その言葉を口に出した。もうこれで貴族社会から逃れられなくなるかと思うと、激しく胃が痛い。でものんびりしていられる状況でもなくなってきたみたいだし、覚悟を決めないと。

彼女はテーブルを挟んだ対面で、華やかに笑った。

「まあそうなの。その決断を後悔させぬよう、あたくしも主《あるじ》として恥じぬ行動を心がけましょう。では、今日からあたくしの屋敷に移るのね？　ねえロヴィー、彼女の部屋の用意はできていて？　ああ、勿論《もちろん》シルバーウルフの子の部屋も用意するのよ。彼はあたくしとベルの優秀な警護役になるのですから」

「当然用意できております。ベル殿には、すぐにでも身一つで移動していただけるようになっておりますとも。勿論《もちろん》、ベル殿の工房用の部屋もご用意しておりますよ」

「そう、上々ね。そのシルバーウルフの子が大きくなったら、いっそ領地の守護者として迎えるのもいいかもしれないわね。我が伯爵家にもダンジョンがありますし」

「え、な、そんな……!?」

私はシルケ様の言葉に衝撃を受けた。

それは困る。私はぽちと一緒に女神の森に通ったり、いつも通りに過ごしたりできるようにと思って、後見を受けたつもりなんですけれど。西の領地って、すごく遠いんでしょう？　そんなところに行ったら、女神の森に気軽に通えなくなるじゃない。

それに、王都の貴族が私からぽちを取り上げたりできないようにするためだったのに、結局シルケ様のものにされるの？　そんなの本末転倒《ほんまつてんとう》だ。

私の後見って話だったのに、なんだか高位ランクモンスターを守護役として領地に迎える話になっているよ？

ハーブに囲まれた、ぽちと私の穏やか森ライフが消えていく……。

嬉々《きき》としてシルケ様が己《おのれ》の計画を言い、ロヴィーさんが穏やかな笑顔で承《うけたまわ》る。それを私は呆然と聞いていた。

だったんだ。

「但《ただ》し、ぽちは渡しませんし、この地は離れませんけど」って、先に断りを入れるべきだったんだ。

このまま私は、女神の森からも、ぽちからも引き離されてしまうのだろうか。

それぐらいなら、いっそ……森に引きこもろうかな。

引きこもりなら任せて、基本はインドア派ですからね!! なんて、後ろ向きなことを考える。

「あー、それについてですが、現在の後見人である私から幾《いく》つかご相談があります」

珍しく丁寧な言葉で、ギルドマスターが口を挟んだ。

「なんですかしら? あたくしはベルを今すぐにでも屋敷に連れていきたいのですけれど」

流石《さすが》は伯爵令嬢にして魔術師。強面《こわもて》のギルドマスターにも全く怯《ひる》まず、つんと顎《あご》を反《そ》らして睨《ね》めつける。

マスターもそれに負けず、堂々と紳士な笑顔を彼女に向けた。

「いやあ、それは申し訳ない。ですが、これを聞いていただけませんと、この村のみならず国が壊滅する恐れがありますので……」

「なんですって? その荒唐無稽《こうとうむけい》な物言い。あたくしを謀《はか》るものでしたら容赦《ようしゃ》しなくてよ」

不機嫌そうにシルケ様が言うが、マスターは気圧《けお》されることなく頷いた。

「今から申し上げる内容、シルケ様も、当然お付きのロヴィー様も他言無用《たごんむよう》にてお願いしたいのですが、よろしいですか」

「……随分《ずいぶん》と物々しいこと。ですが、村ならず国がかかわるというのでしたら、王国貴族であるあたくしは聞かざるを得ないわ。いいでしょう、あたくしもロヴィーも秘密を厳守します。ですから話しなさい」

「発言をお許しいただきましてありがとうございます。では、証言者が変わります。こちらは冒険者のアレックス。彼に見たこと、聞いたことを話してもらいましょう。それで、賢明なるシルケ様ならば、問題を理解して下さるはずです」

余りにも物々しい言い方だ。マスターの言葉に、赤い髪を払いつつシルケ様が眉を顰《ひそ》めた。

「アレックス……貴方は何を知っているの」

シルケ様が後方に立つアレックスさんに声をかける。

「そうですね。差し当たっての問題は、彼女が女神の薬師《くすし》であり、女神の森の守護者《ボス》であるシルバーウルフマザーの愛し子であることでしょうか」

……え、そこでその話をするの!? というか愛し子って何よ。

「女神の薬師《くすし》……ですって?」

シルケ様は、美しいルビーレッドの瞳を見開いた。

ああ、そうですよね、普通そういう反応しますよね、伝説上の存在ですものね……

私も頭を抱えたい気持ちです。

「アレックスさん……なんで今更その話をするかな」

私のぼやきに、狭い会議室の壁際に立ったままの彼は、ニヤリと笑った。そして、私の苦情を無視してシルケ様へ目を向ける。

「女神の薬師《くすし》は、伝承の通り大きな力を持ちます。かつて王都の宮廷魔術師、高名なる薬師《くすし》の方々、誰もが匙《さじ》を投げた、私の呪われた左手を癒《い》やすほどには」

ひらりと彼は利き手を振る。滑《なめ》らかに動くその手は、戦士のものだけあって、細く見えども逞《たくま》しい。

私と森で出会ったとき、彼の利き手は何者かに呪われて動かなくなっていた。それを癒《い》やしたのは、確かに私の、いや、女神様にいただいた癒《い》やしの力だった。

でも……女神の薬師《くすし》とか、そんなものではないと私は言いたい。

ただのハーブ好きで、いつかはハーブの力で誰かを笑顔にしたいと思ってはいても、今はただの薬師《くすし》見習いだ。

大体、転生時に女神様からそんな肩書き、聞いてない。

「あ、そ……そういえば、アレックス、貴方、なんで左手が動いているの」

今頃気づいたというように、アレックスさんの左手に注目するシルケ様。ロヴィー様はきっと以前から気づいていたのだろう、壁際で穏やかな表情を浮かべたまま沈黙を貫《つらぬ》いている。

「ああ、シルケ様も私の呪いについてご存じでしたか」

びくり、と彼女は震えて顔を青ざめさせた。そういえば中央の政争がどうとか言っていたし、うっかりするとシルケ様の家もアレックスさんにとっては容疑者になる訳か……

うーん、気軽に後見してもらおうと決めたのは、やっぱりうかつだったかも。

「そう怯《おび》えずとも、貴族の方々に復讐など企《くわだ》てておりませんのでご安心下さい。それに、今話し合わねばならぬのは私の腕ではなく、ベルの……彼女のことについてです」

「そ、そうでしたね。話を続けてちょうだい……」

青ざめた顔のまま、彼女はアレックスさんの言葉に頷く。

「女神の薬師《くすし》は、当然ですが女神の森に所属します。現状、国では私のみが森の守り手……かの森のダンジョンに入れる資格を持っている、と思われているようですが、実は彼女もそれに該当します」

あ、それも言っちゃうんだ。

それにしてもアレックスさん、結構ぶっちゃけてますが大丈夫でしょうか。

「なんですって」

「ほう？」

私が、国内でも希少な女神の森に入れるということを知って、シルケ様だけでなく、ロヴィー様も感心したような声を上げた。

「では、ベル殿はボンネフェルト家に女神の森を捧《ささ》げるのですね。よい心がけです」

ロヴィー様は断定的な物言いをした。おそらく、私に貴族の後見を受けた者の義務を知らせるためだろう。

うーん、しかし後見って、本当に得るものより失うものの方が多い気がしてきたな。先に契約内容を確認すべきだったたか。貴族相手にそれができるとも思えないけど……

なんなの、貴族の後見って、悪魔との契約か何かなの。お前のものは俺のものって……どこかのガキ大将か。こんな不利益ばかりの契約とか、早まったなぁ……シルケ様はいい人と思ってたけど、やっぱりこの世界の人間だけあったよ。怖い怖い。まあ最悪、女神の森に逃げればいいか……

思わず遠い目をしてしまう。あそこなら、アレックスさんしか入れないし安全だよね。なんて私が悲嘆に暮れてると、ロヴィー様の威圧的発言にアレックスさんがきっぱりと首を振った。

「いえ、そうは参りません」

「何故《なぜ》ですか？　彼女はボンネフェルト家の後見を受けた。つまり現時点ですでにボンネフェルト家の者ですよ。ボンネフェルト家から護《まも》られるのです。ですから、彼女はそれに対する恩を支払うべき。よって彼女の所有するものは、優先的にボンネフェルト家の利益となるべきです」

不思議そうな顔をするロヴィー様。どうやら、彼は本気で私が森で得る全てをシルケ様の家に捧《ささ》げると思っているらしい。

なにそれ、本当に奴隷《どれい》かなんかか。

ロヴィー様のアレな発言を黙って容認してるシルケ様も怖い。

「それを、私に言いますか？　だとしたら貴方は相当に惚《ぼ》けていらっしゃる。民《たみ》にも親切なボンネフェルト家なら大丈夫かと思いましたが、どうやら私は勘違いしていたようだ」

これ見よがしに、呪われて動かなくなっていた左手を、右手で揉むような仕草をするアレックスさん。

彼は貴族の後見を受けていながら、その左手を奪われた、つまり、貴族の犠牲者だ。

「それは……私めの言い方が悪かっただけで……」

目の前に貴族から不利益を被《こうむ》った人物がいるとあり、珍しくロヴィー様がしどろもどろになる。

アレックスさんが更に続ける。

「私の見識では、後見とは被後見者の利益を奪うものではなく、将来性を鑑《かんが》みて相手に投資するということと認識しておりました。ですが、ロヴィー殿の物言いからして、ボンネフェルト家は被後見者から全ての利益を奪い、家の奴隷《どれい》とする気なのですね。王国では、奴隷《どれい》契約は不正とされているはずですが」

「違いますわ……！　あたくしの家は、一部の愚《おろ》かな、貴族を名乗るのも恥ずかしい盗賊紛《まが》いの者達とは違う！」

「なら何故《なぜ》、先程のロヴィー殿の言葉を訂正しないのです？　全てを取り上げ、丸裸にするのが貴族のやり口かと思って、当の本人は怯《おび》えて女神の森に引きこもる気になってしまったようですよ」

私の考えは、アレックスさんにはお見通しのようだ。

シルケ様が、バッと私の方を向いた。

「そんな……ベル、貴女《あなた》はあたくしの後見を受けて、ずっと一緒にいてくれるのでしょう？」

ああ、流石《さすが》は生粋《きっすい》のお嬢様。人からものを取り上げることに、全く後ろめたさもないようだ。

真っ赤な目に滲《にじ》む涙は美しいけど、でもそこで絆《ほだ》されることはない。今までの内容はひどすぎだ。

私は首を横に振った。

「うーん、無理ですね。私は私のものを勝手に奪うような人とは仲良くしたくありませんので……」

「そ、そんな。あたくし、貴女《あなた》から何かを奪うつもりはないわ！」

「……え、ぽちを領地の守護者にするとか、私を西の領地に連れていくとか、そういうことではないですか。私からぽちを取り上げて、私が森からいただく恵みも全てを取り上げるのでしょう？　それ、泥棒っていうと思うんですが」

「ベル殿、失礼ではないか……！」

私の言葉に、ロヴィー様は血相を変えた。

「え？　他に言いようがあるんですか？」

私がきょとんとして彼に言えば、ロヴィー様は言葉に詰まった。

ここで締めとばかりに、アレックスさんが畳みかける。

「私もかつては、貴族に後見を受けていた。しかし彼は後見の義務を怠《おこた》り、私は利き腕を失った。利益だけを貪《むさぼ》り平民を平気で足蹴にする貴方達を、私は信用していません。正直こうなることは、半ば予想していたとはいえ……残念です。ベルの後見は、私がしましょう」

アレックスさんがなんでもないことのように、お貴族様を前に後見役の横取りを宣言する。

「な、何を言っているの、アレックス。Aランクの貴方では、とてもベルを守れないわ」

シルケ様は美しい顔を強張《こわば》らせたまま、必死にそう言い募った。

「いえ、その心配は無用です。先日Sランクを得ましたので、貴族の方達からも、問題なく彼女を守れます」

「ど、どういうこと？　ロヴィー、貴方も聞いていないの？」

「そんなバカな……」

主従二人は顔を見合わせる。

堂々としているアレックスさん、流石《さすが》だ。

それにしても、本当にSランクって貴族様に通用するものだったんだね。

「アレックスさんに後見してもらえるなら、私もそっちの方がありがたいです。一緒に森にも行けますし、ぽちとも離れなくて済みそうですし」

そして私は、すかさずアレックスさんの言葉に乗った。

「そ、そんな……あたくしの甘味……わが伯爵領の守護者は」

シルケ様の顔色だけでなく、ロヴィー様の顔色まで悪くなる。

そこで更にアレックスさんが、ダメ押しの一言を放つ。

「それに、ベルは森の守護役、女神の使役獣とも言われるシルバーウルフの愛し子だ、と申しましたでしょう。もし彼女からシルバーウルフの子を奪うのならば、Sランク相当と謳《うた》われるかのシルバーウルフマザーが、貴女《あなた》の領地へ彼女と我が子を取り返しに行くでしょうね……己《おの》が群れを連れて」

「お、降りるわ！　あたくしはベルの後見を降ります。だから、伯爵領には手出しをしないで……！」

彼女は悲鳴のような声で、白旗を上げたのだった。

あれ、結局私、殆《ほとん》ど何も言わずに終わったよ？

◆◆◆

色々あったけど、無事（？）シルケ様が後見を降りてくれてアレックスさんが後見となったことで、問題が片付いた気がする。

とはいえ、突っかかってくる人はまだいた。

それというのも……

後見制度は、誰が誰の後見になる、ということを、国に届け出る必要があるらしい。

勿論《もちろん》仕事の早いアレックスさんのこと、すぐに届けは出したんだけど、その返事が戻ってくるまでには、三週間くらいかかるとか。つまり、周りからしてみたら、認可証が戻ってくるまでは、平民は平民のまま……とも取れる訳で。

そういうことで、私はまだアレックスさんの後見のない平民、ということになる。

そんな中、シルケ様の方はというと、喫茶スペースに顔を出さなくなっていた。その結果、喫茶スペースが荒れつつあるのだ。

貴族様の目がないとなると、途端にはしゃぎ出すのが冒険者なのよね……

「おめーら、女子供でもあるまいに、甘ったるいの食いやがって。酒のめ酒ぇ！」

なんて言いながら、折角区切った境界を越えて酒の臭いを振りまいたり。

「ベルさんよう、お前も酌婦として働いてるんなら、俺の膝に来て腰の一つでも振らなきゃあダメだろうよ。ほれ、気が利かねぇ女はモテねぇぞぉ」

と、カウンター越しに私のささやかな胸を狙ってきたり。……まあ、大抵はぽちの威《い》嚇《かく》で逃げていくんだけど。

確かに、荒くれ者が多い職場だ。ある程度は諍《いさか》いも覚悟はしている。

でもここは平和な喫茶スペースで、私のお城だ。状況的に開かざるを得なかった棚ぼた的なものであっても、荒事なんて持ち込んでほしくないんだよね。

「止《や》めて下さい」

私はその度お願いする。

「場所を仕切ることでお互いに棲《す》み分けようと、決めたじゃないですか。これからも平和的にいきませんか」

……と。

でも、私みたいな見てくれからしてひ弱そうな女のことは、誰もが侮《あなど》っている。小さな小さな嫌がらせは止《や》むことなく毎日続いて、これまで甘いものを食べて穏やかな顔をしていた常連さん達の表情も、渋いものになっていく。

そして、とうとう事件は起きた。

諍《いさか》いが始まって、一週間ほど経った頃のことだ。

その頃、丁度皆が忙しくて、私の周りは手空きだった。

アレックスさんはSランクになっていよいよ大人気で、近辺の豪商や小領を治める低位貴族達の依頼が殺到して、大変だったのだ。よって日々大忙しで、後見人として私ばかり見ている暇はない。

ぽちは成長期らしく、どうにも眠いようで足元でうつらうつら。まあそんな姿も可愛《かわい》いのだけど。

職場の上司のヴィボさんだって、自分の仕事がある。暇人そうなマスターも、あれで色々と忙しい身分らしい。

そういうときに限って、お菓子の素材だとかを倉庫に取りに行くしかなく……

「はあ、どうして突然、お客さんがまとめて来るかなぁ」

ギルドの裏手から、職員宿舎を右手に見て進んだところにある倉庫。そこに私は、お菓子の材料を取りに向かっていた。

私の魔法袋に保管すれば使い勝手はいいけど、ギルド側も素材の管理義務がある。

日に一度は在庫チェックをしなければならないのだ。そこで数が合わないのは問題になるから、皆魔法袋は持っていても、その日使う分を倉庫からもらってくるのがルールになっている。

今日は大口の取引があったのか、いつもよりも商人さんが多くて、お菓子の在庫を切らしてしまったのだ。

「商人さんも大口のお客さんをもてなすのはいいけど、来る前に連絡が欲しかったよ……」

ぶつぶつと呟きながら裏手へ回り、倉庫へと近づく。

「むぐっ⁉」

突然、後ろから大きなグローブみたいな手に口元を覆われた。

何⁉　どうしたの⁉

しかし、そんなことを考えている余裕はなかった。鼻まで覆ってるから息が吸えない……死んじゃう。

ばたばたと手足を動かし、その手から逃れようとしても、拘束が弱まることはない。

だんだん息苦しくなっていく。

「うっぐ……」

酸素不足で朦朧《もうろう》とした私を、荒く引き倒す誘拐犯。そこでようやく、私は自分を襲った者の姿を見ることができた。そこにいたのは、ボロ布を顔に巻いて覆面をした三人の男達だった。

「よーし、捕まえたぜ。全く手間取らせやがって、このガキが」

憎々しげに、私を捕らえた男は罵倒《ばとう》した。

「これでギョブさんにも喜んでもらえるぜ」

「へへっ、ここまで随分《ずいぶん》気を揉んだぜ。ギョブさんは失敗するたびに荒れるし、随分《ずいぶん》痛い目も見た。こうなったら、一度くらい味見をさせてもらわねぇとなぁ」

「こんな乳臭いガキをか?」

「仕方ねぇだろう、最近娼館も出入り禁止でよぉ」

「てめぇが女をブン殴る癖が抜けねぇからだろうよ。全く悪趣味だよなぁ、ギャハハ」

ああ、そう、そういうこと……。あの禿頭《はげあたま》の大男、ギョブの仕業だったのか。

幾《いく》らなんでも、Bランク冒険者が、Sランク冒険者の後見を受けた者を拐《かどわ》かすほどバカだとは思ってなかった。

国からの書類がまだ戻ってきていないからって、事実が変わる訳はないんだよ。だって、私がアレックスさんの後見を受けていることは、マスターやシルケ様も知ってることなんだし。

アレックスさんやマスターも「あのバカでも、やったら最後、処刑もんのことは流石《さすが》にやらんだろう」なんて言ってたくらいだ。

そういう意味では、警戒が甘かったなぁ。

「むぐう！　ううー！」

「うるせー黙れ、このガキが!!」

じたばたする私の頬を張って、粗野な男達が私を頭陀袋《ずだぶくろ》に私を詰め込もうとする。

そのとき、女性の声が聞こえた。

「ベル、こちらにいらっしゃると聞いてきたのだけど……って、な、何をやっていますの貴方達！　ロヴィー、水の矢を！」

「はっ。水よ、我が敵を貫《つらぬ》け！　ウォーターアロー！」

あ、あの声はシルケ様。どうしてこんなところに？

私は朦朧《もうろう》としたまま、赤い髪の魔術師の美しい声を聞いていた。

「げえっ、やばい。貴族に見つかった！」

「なんでこんな裏手に……い、急げっ!!」

さまざまなことがいっぺんに起こった。

ロヴィー様は水の矢を打ち込み、シルケ様は助けを呼ぶべく大きな声を上げ、覆面の男達は私を袋に詰め担ぎ出そうとする。

誰もが驚き、誰もが慌てたそのとき――一迅《いちじん》の銀色の風が吹き抜けた。

「グルゥッ……!!」

威嚇《いかく》の声をあげ飛びつくのは、一匹の獣《けもの》。

中型犬ほどにもなったぽちが、怒りの形相でこちらへ走り寄ってきた。

勢いのまま、大きな頭陀袋《ずだぶくろ》を広げる中腰の男をタックルで突き飛ばす。

次いで、私を袋に詰め込もうとした男の手を噛み破った。

そして私を抱え込んだ男の頭を魔法で出した水で覆って、窒息させる。

顔の水を払おうと、男が私の拘束を外した。私は息も絶え絶えにへたり込みながらも、暴漢達から距離を取ろうと地面を這いずる。

ぽちだけでなくロヴィー様の水の矢もあるから、周りは水びたしだ。

「な、なんだっ、何が起こった？」

「う、腕が痛ぇよぉ」

「…………ゴゴッ、ガボッ……!!」

誘拐犯三人をあっという間に鎮圧したぽち、すごいな。

シルケ様達も、助けてくれてありがたい。

「シルケ様、ロヴィー様、ご助力ありがとうございます」

ぺこりと頭を下げた私を前に、二人は気まずそうな顔をしていた。

「ああ、いえ……貴族として誘拐など見過ごせませんもの。それよりも大丈夫ですの？」

「はい、危ういところでしたが、なんとか」

「おい、なんかすごい勢いでぽちが出ていったが、何かあったかって……なんだこりゃ」

気まずい雰囲気の中、騒ぎを聞きつけやってきたマスターが、倒れている覆面男達を見て唖然とした。

……うん。

とりあえず、マスターにこの男達のことは任せましょうか。

◆◆◆

シルケ様とは、あのあと和解した。貴族的な傲慢《ごうまん》さや人の感情の機微に疎《うと》いところはあるが、決して悪い人ではないのだ。

元々、喫茶スペースはシルケ様のために設けたもの。だからご本人が来てくれないことには始まらない、ってこともある。ほら、貴族様のためということで、ギルドから経費が落ちてる訳で。

「正直、貴族様のご無体は困りますが、お客様としては歓迎します。ですから先日のことは気にせず、通って下さると助かります」

「そう……ベルがいいなら、今度からまた伺うわね」

戸惑いがちにそう言って、そっと微笑むシルケ様。悲しげな表情も美しいとか、美人は得だなぁと思った。

二人が再び通い始めたことで、喫茶コーナーの問題もほどなく解決する。誰だって我が身が可愛《かわい》いから、お貴族様が通うお店で無体はできないのだ。

で、暴漢達はというと。

私を襲ったギョブの舎弟達は処分できたものの、トカゲの尻尾切りで、ギョブにまでは辿り着けなかったとか。なんでもギョブはこの地方の官吏《かんり》に相当袖の下を掴ませているらしく、当人が現行犯で捕まえられない以上、罪を訴えるのは難しいそうだ。

「あの野郎……今度こそ捕まえられると思ったんだがな、忌々《いまいま》しい」

チッと舌打ちするギルドマスターの顔は相当怖かったです、はい。

そんな感じで、残念ながら、すっきり落ち着いたとはまだまだ言えなかったりする。

そしてより過保護な感じになったぽちは、最近私の側から全く離れない。

「ぐるう……」

「こらこら、お客様を威嚇《いかく》するのはダメだってば」

私に下心を持つ脂下《やにさ》がった若者を見ては、この調子だ。ぽちにも心労かけていて申し訳ない。まあぽちのお陰で、言い寄ってくる人間は激減してるから、今度、ぽちの大好きなイノシシ肉をごちそうしよう……アレックスさんに取ってきてもらって。

苦労も色々あるけど、一応は日常に戻りつつある。

そうそう、オーラフさんは喫茶コーナーの常連になった。アレックスさんと仲のいい、あの薄緑色のふわふわ髪の男性だ。正式に、このプロロッカ村に派遣となったらしい。

「しっかし、あの根暗で真面目なアレックスが、君の後見人か〜。いやー、面白いもんだねぇ」

「オーラフさんはアレックスさんと仲良さそうですけど、お二人はどんな関係なんですか？」

「うーん、ボクが先輩でー、彼が後輩の関係かな？　で、あっちの隅でもくもくとケーキセット食べてるのが、ボクと同級のレイン。あいつもアレックスの先輩だよ〜」

あははっと笑う無邪気な彼は、なんと私やアレックスさんより三つ上の二十三歳なんですって。性格のせいか、それとも垂れ目な童顔のせいか、とても年上には見えない。

彼の視線を追うと、端っこの酒樽テーブルに座っている、薄い水色の髪をショートボブにした青年がいた。彼も、最近常連になった魔術師さんだ。なんというか……眠たげというか、ぼうっとした人だ。

「レインはねー、まあ悪い奴じゃないから放っといてあげて？　あれでも割と難しい氷の魔法が使える、なかなかすごい奴なんだよ～」

事情通っぽい顔と、へらへらした軟派っぽい顔。二つの面を持つ魔術師は、今日もにこにこと楽しげな笑みを浮かべながらプリンを食べている。

……みんな好きだね、プリン。

「ところであのさ、前から気になっていたんだけれど。ベルちゃんはそんなに豊富な魔力があるのに、どうして魔術師にならなかったんだい？」

垂れ目の軟派魔術師は、カウンターにもたれるようにしてお茶を飲みながらそんなことを言ってきた。

「え、分かります？」

今日も忙しくケーキ類をカウンターに出しつつ、私は彼の言葉に反応する。

彼はこっくりと頷いた。

「うん、魔術師なら誰でも分かるんじゃないかな。全然コントロールできてないからか、すっごいダダ漏れだし。まあ、君のは不快なものでないから、別にいいんだけどねー」

魔術師の彼からすると、私の魔力は漏れ放題だとか。特に何かを垂れ流しているとかの自覚はないんだけど……。うーん、一体どういう状況なんだろう。ちなみに、魔力制御ができていれば、こうはならないらしい。

魔術師達は、自分の実力を敵に悟られないよう、常日頃からかなり精密に魔力をコントロールしているそうだ。だから私のように無防備に魔力を垂れ流してる人を見ると、気になって仕方ないらしい。

ああ、それで……レインさんという水魔術師さんは、カウンターにケーキを取りに来るとき、じっと私の目を覗き込むようにするのかな。何事かと思ってたよ。

お茶を入れる手を止め、おそるおそる聞く。

「コントロールできていないのは問題でしょうか？」

「別に今も元気だし、できなくても死にはしないだろうね。でも、それだと薬師《くすし》の仕事も大変そうだねぇ」

「えっ？」

「だって、薬師《くすし》も魔力を使うでしょう？　主に呪いの力として。でも自分でコントロールできないなら、質が安定しないんじゃないの？」

「その通りです……」

そう、その通り。

今でも毎日のようにオババ様のレシピでポーション類の練習をしているんだけど、気分で質が上下するのだ。

特に、ハーブがからんだものには力が入りやすいらしい。気分が乗ると覿面《てきめん》に威力が増大するので、そうやって作ったものはハーブティーすら提供できない。だから最近ハーブを使ったものを作るときは、完全に身内相手にしている。

マスターの右目がしょぼつくというので、目にいいメグスリノキとかを使ったお茶を出したり、ヴィボさんの膝の調子が悪いときに、アロエベラの果肉をヨーグルトと一緒に取ってもらったり。他にもジンジャーティーを飲んでもらったりなんかもしている。

まあ、それでもだぶついているハーブが一杯あるから、早く色々作りたいんだけどね……

「魔力コントロール、どう学べばいいんでしょう？　前にアレックスさんに聞いたんですけど、参考にならなくって」

「あはは、あいつは本能で使ってるからねー。ボクでいいなら、教えよっか。今ならケーキセットで手を打つよ？」

わあ、あっさり教師役が決まったよ。本当に、魔術師は甘いものが好きだね。

ということで、週二でケーキセットをごちそうする代わりに、オーラフさんから魔力コントロールの方法を教えてもらうことになった。

修業場所は、いつもの会議室。へたに私の魔力を周囲に知られるといけないってことで、マスターが貸してくれたのだ。

週に二回、仕事上がり後の一時間。それが、私の魔力コントロール練習の時間になった。

私はオーラフさんとテーブルを挟み、向かい合わせで座る。

「まずは魔力を感じること。深く呼吸して、吐いて……血の巡りに合わせて全身に広がる力。それを感じ取るのが最初だね」

魔力、魔力っと……時折感じる、この温かいのが魔力かな？

「よし、できてるねえ。じゃあ、それを指先に集める。指先が温かくなったらできた証拠。温かさの段階が、使用する力、つまり魔法の威力として現れるものになるんだ。それが魔力の基本だから覚えといてね。把握が難しいなら、魔法の媒体を使うと楽になる。杖とか、魔石とか。今回は、ボクの魔石を貸そう」

オーラフさんから借りた淡い緑色をした魔石を握り込み、そこに温かいものを集中しようとすると……ああ、指先が温まってきた。

「よし、いいぞ。次のステップだ。集めたそれを、今度は全身に巡らす。詰まっているところは押し流すように」

全身に……巡らす。血管を通すように、温かなものをぐるぐると。途中で引っかかるところがあったけど、ぐいっと押し込むようにして全身に回した。

「できたら全身に薄く伸ばし、膜《まく》を張るように身体の周りに張り巡らす」

全身に薄く……って、これすっごく難しい。

張り巡らす途中で膜《まく》が途切れちゃったり、どこかが厚く、どこかが薄いなんて感じでむらができたり。

「一発でできなくてもいいよー。全身に魔力を巡らせるということが大事だ。魔法の基本は魔力操作。どんどん魔力の使い方を覚えて、どんどん意識的に動かせるようにしていってねー」

これは、魔力膜《まく》――体表を包む魔力のバリアーらしい。外と中を隔《へだ》て、主に魔力的なものを弾くもの。更に強化したら、物理的な攻撃も防げるというけれど、普通はそこまでの強度は保てないとか。

「でもベルちゃんほどの魔力なら、案外いけるかもねぇ。ボクでも物理系は十分程度しか持たないんだ。これがあると、盾《たて》役が崩れたときとかに便利なんだよー。ボクらってほら、どうしても重い防具とか使えないじゃない？　そこで、上手に魔力をやり繰りして生存率を上げるのさ」

柔和な顔で笑う彼だけど、流石《さすが》はダンジョンボス巡りをしているだけあって、言ってることは武闘派だ。

それにしても物理バリアーとか、ちょっとすごいこと聞いたよ。最初はあっという間に壊れるけど、練習していけば持続時間が延びるとか。

この膜《まく》を持続できるようになれば、魔力についてもだいたいコントロールが効くようになるという。

「まあ基本はこんなものだねぇ。あとは、攻撃魔法を使う訳でもなし、なんとかなると思うよ～。何にしろ、練習あるのみだねぇ。焦らずのんびり頑張ってみてー」

「オーラフさん、すごく分かりやすかったです。ありがとうございます！」

私はぺこりとお辞儀をし、お礼に季節の果物で飾ったプチタルトを渡した。

「いーえー。タダでお菓子が食べられるんだから、これぐらいなら軽いもんだよ。いやー、お菓子代は必要経費として計上できないからさぁ。ボクは平民上がりで色々家計が苦しいから、無料にしてもらえるの助かるよー」

オーラフさん、軽いしなんだか口調が怪しいんだけど、親切な人で助かったよ。

よーし、彼に教わった訓練法をマスターして、今度こそ素敵な喫茶店ライフを送ろうか！

幕間　そうして罠《わな》は秘密裏《ひみつり》に張られた

その日、陽が完全に落ちた時間に、狭い会議室に大人達が集まっていた。

一人は商人ギルドのマスター。

一人は職人ギルドのマスター。

一人は村の長。

一人は薬師《くすし》の長。

そして、冒険者ギルドからは、隻眼《せきがん》のギルドマスターと元Aランク冒険者のヴィボ、Sランク冒険者のアレックスが出席し、書記役として受付嬢のヒセラが同席している。

……それをこっそり、扉の隙間から私が聞き耳を立てているのだけど……それを彼らは知らない。

いや、だって、ねぇ。

深刻そうな顔をして、ヴィボさんやアレックスさんが、村の重鎮達と会議室に入っていくのを見たんですもの。

どうしたって、気にならない？

ギルドの受付から離れた小部屋の分厚いドアに耳を当て、そーっと中を確認する私は、相当おかしな格好をしてたと思う。

うん、人払いされててよかった。

彼らは事前に狭い部屋を埋めている邪魔なテーブルを運び出し、椅子を壁に付けるように並べていた。そうして、なんとか顔を合わせて相談する体勢を取っている。

「では……この計画を進めてもいいですかな？」

「異議なし」

進行役の冒険者ギルドマスターの言葉に、賛同の声が揃った。

「我がギルド、いやこの村は、Bランク冒険者とその配下をいっぺんに失いますが……致し方ありませんな」

Bランクともなると、Cランクと比べ格段に数が少ない。ボスが狩れるという彼らは、並みの冒険者とは違うのだ。

プロロッカは周辺に低級ダンジョンが集まっているため、Bランク以上の冒険者はとても少ない。

Cランクで十分用が足りるような低級なダンジョンでは不満が溜まり、もっと上級のモンスターが出るダンジョンへと移動していくのだ。

だからこそ、あの嫌われ者のギョブが、長年このプロロッカで幅をきかせられた訳だけど。

「まあ、いつ我らの身内が攫《さら》われるかと心配するよりは、犯罪を暴いて幾《いく》ばくかの金にする方がましではありますからな」

商人ギルドのマスターは、らしいことを言って髭《ひげ》をしごく。

犯罪者を犯罪奴隷《どれい》として国に売ると、多少の見舞い金が出ることになっている。おそらくこの会議の出席者で、それを山分けするのだろう。

「ふん、折角有用な弟子ができたというのに、半端者に娼館になぞ売られたらたまらんわい。あの野獣共はお上《かみ》が定めたことすら守れぬ。恥を知らぬ連中じゃ」

薬師《くすし》の長ことオババ様は、しわがれた声で憎々しくギョブを罵《ののし》った。

今回、決まったことは単純だ。

もう一度、ギョブに私を誘拐させ、誘拐現場を押さえた上で捕縛する。いや、そう偽《いつわ》るのであって、実際は私ではなく、代役を使うそうだ。

Sランクの後見持ちで伯爵令嬢の懇意であるギルド職員——つまりは私を、ギョブ本人が誘拐したところを捕まえたら、流石《さすが》に言い逃れはできない。更に、ギョブから袖の下を受け取っている村の官吏《かんり》もまとめてお縄にできれば上々だろう、という。

加えて、ギョブを排除し、彼らのせいでいつの間にか荒れてしまった冒険者ギルドを立て直そうというのが今回の副目的だという。副目的とはいえ、ギルドにとっては大事な目標なんだそうだ。

ええっと……つまり、囮《おとり》捜査みたいなことをやるってこと？

「この村のギルドは軽犯罪なら見逃すと、冒険者内で認識されていたようですからな」

痩《や》せた老人……村長がボソボソと頼りない声で言う。それに頷くのは、上等な服を着る裕福な中年と、神経質そうな男性だった。

「正直、豊富な資源が安く手に入る以外、この村に旨味《うまみ》は少ないのですよ」

「ああ。ここ近年、金がないからと雑貨屋を脅し、捨て値以下でものを買い叩く輩《やから》も増えた」

商人ギルドと職人ギルドのマスターが、辛辣《しんらつ》なことを言いつつ嘆く。

冒険者ギルドのマスターが頷いた。

「ええ、商人や職人の方達には申し訳ないことをしました。それも終わりにしましょう」

舎弟を引き剥《は》がしてから挑発すれば、愚《おろ》かなあいつは自身で動くはずだ。

それが、ここに集まった人達の共通認識みたい。

私が現れてからというもの、ギョブはヘマを重ね、貴重な舎弟を随分《ずいぶん》と失っているんだそうだ。

アレックスさんを貶《おとし》めるためか、奴は私だけでなく、アレックスさんの妹――カロリーネさんも誘拐しようとしたらしい。

事態に怒り心頭のアレックスさんは自ら動き、信頼できる冒険者を雇って私達二人に、陰から護衛をつけていたそうだ。そして私達を襲おうとしたギョブの舎弟どもを、片端から捕まえていたのだって。

へえ、知らなかったなぁ……私、ボディーガードなんてつけられてたんだ。それにしては、ぽちは普通にしてたけど……。まあ、あの子は私に危害を加えない限り、冒険者とか放っておくから分からなかったのかも。でなければ、アレックスさんにイノシシ肉で買収されたか……

なんて考えてると、彼らはまとめに入ったらしい。

今までの共通認識を冒険者ギルドのマスターが各々に伝え、採決を取っている。

「もう一度確認しましょう。ベルをギョブに誘拐させ、その現場を押さえて奴を捕縛する。捕縛にはうちのギルドから、SランクのアレックスとA元ランクのヴィボを出します。情報は極力漏らさないようにするため、この場で聞いたことはここだけのこととしてお願いします」

皆は「異議なし」と頷いた。

ちなみに一応、無頼者の集まる冒険者ギルドにも掟《おきて》がある。

一に犯罪を犯さないこと。

二に冒険者内での軽い喧嘩騒ぎは許すが、村人や旅人は襲わないこと。

三にギルド員達は協調し仕事に当たること。

しかしこれら最低限の掟《おきて》すら、ギョブ達は守っていなかった。そんな彼らを野放しにしていたのは、それでも依頼達成率が高かったからだ。

更に奴は、多くの舎弟を飼い慣らし、危険な場所へも配下を送り込んで、貴重な資源を多く集めていた。

だが、今回ギョブ達が行ったことは、今までの犯罪行為とは比較にならないほど重かった。Sランク冒険者の身内、そして、貴族令嬢が目にかけており、かつSランク冒険者の後見を受けたギルド職員。その二人の誘拐《たくら》を企んだのだ。そしてあまつさえ村の中で実行したというのは、見逃すことなどできないレベルの犯罪行為である。

「ということで、いい加減ギョブを倒す」

村の関係者達は、アレックスさんの発した短い言葉に頷いた。

……ちなみに、私の代役は、海を渡ってきた商人の、十歳の息子だそうだ。小柄で黒髪であることと、最低限の自衛ができる程度の短剣術を学んでいたので、代役に抜てきされたらしい。

代役が、十歳の少年……。「盗み聞きした罰かしら」と、私はドアの前でそっと涙を浮かべた。

そして、そんな私をアレックスさんが見ていたことを、このときの私は知らなかった。

第七章　森への帰還とハーブの研究

オーラフさんから魔力コントロールの練習方法を習い、試すようになってから三週間ほど経った頃。

午後の薬師《くすし》修業のあと、オババ様が珍しく、宿題――というか自習というか――で私が作ったポーション入りの薬瓶を前に、うーむと唸《うな》っていた。

「確かにあんたの魔力が染《し》みておるのに、なんじゃろうの……先日までと違って、むやみに呪いが詰め込まれてもおらぬし、逆に足りなさすぎでもない。十本の内の六本と、まだ少々不安定じゃが、ワシが求める基準に合ったものが作れるようになったのう」

ポーションを振ったり、匂いを嗅いだり、ちらりと味見したりしながら、しきりに首を傾《かし》げるオババ様。

「普通、魔力操作が苦手な魔術師擬《もど》きは、一番苦労するところなんじゃがの……。急にできるようになるとは、不思議なこともあるものじゃ」

オババ様が言う「魔術師擬《もど》き」とは、魔術師になれなかった、魔法が使える人達のことをいう。火種を作ったり、コップ一杯の水を出したりするぐらいなら、田舎《いなか》の小さな村でも、できる人が数人くらいはいるらしい。

「ああ、それは……」

私は大鍋や器材を洗っていた手を止める。喫茶スペースの常連さんにお菓子をごちそうする代わりに、魔力コントロールの練習方法を教えてもらったと伝えた。

「ほおっ、驚いた……！　あんたのけったいな貴族趣味も役に立つもんだね」

「けったいな、って……。ひどくありませんか」

「砂糖菓子など平民が食うものではないだろ。甘いものなら、果物がありゃ十分さ。あんたのやってることは、ワシから見れば相当悪趣味に見えるんじゃ」

困ったように眉を下げる私に、オババ様はケタケタと笑う。

まあ確かに、砂糖や蜂蜜《はちみつ》などダンジョン産の甘味は高いらしいからね。

この大陸では、穀物などの主食以外の作物は、殆《ほとん》どダンジョンから得ている。だから、養蜂家の作る蜂蜜《はちみつ》やてんさい糖といった、人が作る糖類というものはない。

まあ、ちょっとダンジョンに潜《もぐ》れば豊富に採《と》れるなら、誰だってそっちの方が効率的だと思うよね。しかも、根こそぎ採《と》っても、一ヶ月ほどであっという間に現状回復するという親切設計の世界なのだ。当然次を考えて、根や株を残しておけばもっと回復は早まる訳で。

モンスターがすごいのか、ダンジョンという魔力が溜まった土地がすごいのか……多分どっちもか。とにかく、ダンジョンは資源の宝庫らしい。

そんな採《と》りたい放題の資源だから、甘味の原材料だって安く大量に仕入れられると思うよね？　でも、そうはいかないのだ。

甘味が採《と》れるダンジョンは、Ｃランク以上の冒険者になってようやく入れるくらいの難易度だそうだ。

要は、長い下積みを過ごし、ようやく中級冒険者になったあたりの人達が行く、と。

彼らに相応しい人件費となると、それなりにかさむ。

それに当然のように命懸けの仕事なのだから、冒険者達もそうほいほい行って採《と》ってこられるものでもない。そういう訳で、この世界でのダンジョン産の甘味は、高値安定しているのだ。

「それしても、なんだいあんた、中央の魔術師に魔力操作を教わったのかい。普通、田舎《いなか》の魔術師擬《もど》きはあやつらが望む対価を与えられず、自己流の稚拙《ちせつ》な修練を長く続けねばならぬ者が多いというのに」

オババ様はお気に入りの揺り椅子から立ち上がり、こつこつと靴音を立て私の方へ歩み寄った。かと思えば、じろじろと私の顔を覗き込む。

オババ様、近い近い。

「そうなんですか？」

オーラフさん、結構簡単に教えてくれたけどなぁ、と思いながらも、息がかかるような距離についのけぞる。そんな私に、オババ様は深く頷いて見せた。

「そうさ。それが薬師《くすし》の独り立ちが遅れる理由になっておるのさ。あんたも知っておるだろうが、魔法薬であるポーション類を作るには、呪いができねばならぬ。だが薬師《くすし》に就くのは大抵が魔術師擬《もど》きよ」

「何故《なぜ》ですか？」

私は一歩退《ひ》いて、首を傾《かし》げる。製薬だって大事な仕事なのに。

「魔術師なら、国から高額の俸給が約束されておるからの。それになれる魔力があれば、好きで薬師《くすし》なぞになる奴はおらん。つまり薬師《くすし》になるのは、魔術師ほど潤沢《じゅんたく》な魔力がない奴らばかりさ。少ない魔力をやり繰りし、できるだけ効率よく魔力を使わねばならぬのじゃが、その方法を習おうにも、教えてくれる者——すなわち魔術師には教えてもらえない。なぜなら教わるには対価が必要で、その対価を用意することはほぼ不可能じゃからの。あんたは貴族趣味のおかげで魔術師に習えて、幸運だったね」

「なるほど……」

「まあ、あんたに限っては、むらっ気があるのが問題じゃがね」

そしてヒヒヒと笑われてしまった。

いえ、はい。そうですよね。私はもう少し感情もコントロールすべきですね、頑張ります……


そんなオババ様との会話の翌日。

アレックスさんから、唐突に話があった。

「ベル、ちょっといいか」

カウンター越しに私を呼ぶ声。

そのとき私は、いつものようにヴィボさんの仕込みを手伝いつつ、大きなキッチンストーブでお菓子を焼いていた。

「はい？　なんでしょうアレックスさん」

「ちょい悪いんだが、しばらくオレもマスターも忙しくなるからさ。ベルには少し森に行っててほしいんだ」

「え、森に行けるんですか？　やった。よかったねぽち、お母さんに会えるよ」

「くうん」

なんだかおかしな言い回しだったかも？　でも、森に帰れるんだから、素直に嬉しいよね。

しかし、はたと自分の職務を思い出す。

「あ、でも週二回の喫茶スペースはどうしましょう。ヴィボさんの仕込みも、お手伝いできなくなっちゃいますし」

「三日に一度ぐらいのペースだし、菓子は森で作ってくれればオレが取りに行く。ヴィボは、あれで縄張り意識が強いからな。お前がいない間は、以前の通りに回すだろ。あ、コテージには暖炉《だんろ》しかなかったな。あれだけだと菓子は作りにくいか。なら、新しいキッチンストーブも用意しよう」

「ええっ、あれ高いのにいいんですか？」

なんとも剛毅《ごうき》な話に私が驚くと、彼はニヤッと笑う。

「最近は、冒険者ギルドのあのスペースを、商人らが商談のときに使ってるらしいじゃないか。いきなり甘味を出すのを止めたら、お前でなく、ギルドの信用問題にかかわる。ギルドのためなんだ、半額程度はマスターから引っ張ってきて《や》るさ。それにギルドも、ベルの持っている砂糖に頼ってるからな。否《いな》とは言わせない」

おお、アレックスさんは相変わらずマスターに辛口ですね。

「まあ確かに。値段も市場価格にちょっと色付けただけですしね」

「そう。潤沢《じゅんたく》に砂糖を使える。珍しい菓子のレシピを知っている。それだけで価値があるんだよ」

……といっても、レシピは前世頼りですけども。

ちなみに、うちの喫茶店は森産の最高品質シュガンの樹液を、少し低いランクの砂糖と交換して使ってます。量にすると三割増しくらいで交換できるんだよね。

忙しくて砂糖を煮詰めている暇もないし、多少ランクが下がっても沢山仕入れられる方が得、ということで、アレックスさんに教えてもらって以来、ずっとこの方法を利用してる。

「あと、お菓子は私が作るとしても、店員さんはどうするんです？　これ以上ヴィボさんを酷使《こくし》するなら反対ですよ」

「客対応か。そこは商人の小倅《こせがれ》にでもやらせるさ。オレだけでなく、ベルと縁付きたいって輩《やから》は多いからな。十分足元見て契約できるぞ」

その小倅《こせがれ》って、もしかしてあのとき言ってた十歳の男の子のこと？　なんて思ったけれど、盗み聞きしていた身としては言えない。

「そ、そうですか。でもシルケ様や宮廷魔術師の方々がいるから不安だなぁ」

「そこはまあ、大店《おおだな》で貴族慣れしてるのを紹介してもらうかね」

……ううむ、そこまで言われれば反論できない。

「あと、オババ様のところでの修業はどうするんです？　最近、私がいるからって色々増産してるみたいですけど……」

一日寝かせたフルーツケーキを切りつつ私が聞くと、アレックスさんは思案するように顎《あご》のあたりを擦《さす》った。

「オババかぁ……。まあ、あの人のところには、オレが頭下げに行くよ。今回の急な休みはこっちの都合だしな」

「では、お願いします」

オババ様に正面切ってお休み下さいと言える勇気はなかったので、そこは素直に頷いておいた。

「そうだ、魔法袋だが、中身をこの袋に移し替えてほしい」

ふと思いついたように、カウンター越しに革製のショルダーバッグを渡された。よく鞣《なめ》した皮の手触りが心地よい。

女性が持ってもお洒落《しゃれ》な小さめサイズだ。フラップ部分の真ん中あたりに、森をバックに女神の横顔が刻印されたメダルのようなものが縫いつけられている。

なんていうか、お洒落《しゃれ》だ。

「これは？」

「うーん、まあ、オレがベルの後見をすることになった記念とでも思えばいいさ。大した意味はない……オレの紋章を身につけてくれればいい訳だし」

ぼそりとつけ足された後半、よく聞こえなかったよ。

「何か言いました？　まあ、前のよりサイズが丁度いいですし、お洒落《しゃれ》なので嬉しいですけど」

前のはギルド内で使い回していたのか、汚れやキズが目立つ上、私には紐《ひも》の長さが合わなくて、不格好だったからね。これはまるで私に誂《あつら》えたみたいに、しっくりくるよ。

「そうか。気に入ってくれたようでよかったよ。おっと、中身は出さずとも移動できる。古い魔法袋から新しい魔法袋へ、そっくり中身を移し替えるイメージでやればいい」

「はい」

移し替えは、問題なくできた。まあ、毎日使ってるしね。このバッグ、見た目は小さくなったけど、容量は今までと変わらないらしい。ということは、かなり高価なんじゃ。

「じゃあ、諸々準備ができたら森に移動するからな。ベルも準備をよろしく」

「ええ、分かりました」

そうして、私は久しぶりに森に行くこととなったのだった。

私を森に避難させる理由に薄々感づいてはいたけれど、誰もそれについては何も触れずに……

◆◆◆

その大きな狼は、いつものように巨木の下にいた。

銀色の毛並みは乱れなく、その存在感は森一番の巨木にも負けず。

まるで森と一体化したような、美しくも厳しい姿が、そこにあった。

「お母さん、顔見せに来たよ」

「わふん」

あのときと同じ、大きな木の下で休んでいた母親狼の姿を見つけた私とぽちは、お母さんの温かなお腹目掛けて一気に飛び込んだ。

「…………フウ」

全く困った子ね、とでも言うように、彼女は優しく尻尾で私の背を叩き、その青い目でじっと私を見つめた。

「あれから全然顔を出せなくてごめんね、色々忙しくて……。あ、ぽちね、随分《ずいぶん》大きくなったんだよ。すごく私のこと助けてくれて、いつもとっても感謝してるんだ」

私は独り言のように、彼女へ語りかける。

返事がないのは分かっている。ぽちと違い、彼女と私は特別な関係を築いてはいないから、直接通じ合うことはできない。

でも、きっと聞いていてくれる、そんな気がするんだ。

だから私は、一生懸命に大きな銀色の狼に話しかける。

「こないだもね、私が攫《さら》われそうになったときに、助けてくれたの。あっという間に三人も倒しちゃって、格好よかったんだよ。流石《さすが》はお母さんの子だね」

彼女は前足に顎《あご》をのせた姿勢で、私の話を聞いている。ふわり、ふわりと尻尾が揺らめき、それが私の背を撫《な》でる。

「それからね……」

話すことは沢山あって、ありすぎて。

ぽちが私の話に飽きて、お母さんのお腹でうとうと眠ってしまうぐらい、私は長話をした。

村で男達の冷やかしや下世話な言葉にくじけそうになると、お母さんのあったかなお腹を思い出して頑張ったこと。

薬師《くすし》修業のときに、ドロドロの青汁みたいなポーションを見て驚いたこと。

魔力が不安定で、ポーションやハーブティーの品質が安定せず困ったこと。

お貴族様の後見を持ちかけられたこと。でもそれは上位者からの無理難題で、ぽちを取り上げられ、この森の全てを差し出すというひどいものになりそうだったこと――

そしてアレックスさんが助けてくれたことや、お友達ができたこと、貴族の知り合いができたことも。

そうやって沢山沢山話して……

私はやっと、ここに帰ってきたと思った。

深い緑の森に、生命の息遣い。

青い木々の匂いと、湿った豊かな土の匂い。

美しく澄んだ泉の側には、季節を無視した色とりどりのハーブが生えている。

ぽちと出会いお母さんのお腹で眠ったあの日が、私がこの世界に生まれた日だからこそ、ここが私の帰る場所なんだと思う。

「私ね、この森が好きだよ。この森にいるとほっとする……ここに、いてもいいんだって思える」

私を抱く大きな狼のお腹は、とても温かい。体を丸めた彼女は、私とぽちを全身で優しく抱きしめてくれる。

私もだんだん眠くなってきた。

「少し、だけ……寝てても、いいかな？」

私はそうして、その安心する温かな場所で目を瞑《つむ》った。

少しだけ、ほんの少しだけ……。仮眠のつもりが、起きたら朝だった。

あれ？　アレックスさんにご飯作る予定じゃなかったっけ？

「アレックスさん、約束を破ってごめんなさい!!」

大慌てでコテージへ行き、私は平謝りする。

「いや、親子で話すことも色々あったろ、気にするなって。それにベルが料理山盛り置いていってくれたから、食い物なら十分あったしな」

彼はからからと笑った。アレックスさん、相変わらずいい人すぎる。

「それより、ストーブは設置できたぞ」

「わあっ、ありがとうございます！　これで、森でも料理とかハーブの加工ができます」

そこには、ギルドの食事処《どころ》のキッチンストーブにも負けない、大きなオーブンを持つストーブがあった。

薪《まき》を入れる燃焼炉が下段に、オーブンが中段にあり、トップにはホットプレートと呼ばれる天板がある。

天板の脇にはウォーミングテーブルという保温用の板もあり、ここに調理済みのものを置いておくと温め直さずに済むのだ。

天板は一度に鍋を三つぐらい置いて調理ができる大きさで、これなら主菜と副菜、スープを一気に調理することだってできるだろう。できることが色々と増えて、わくわくする。

……でもこれ、お高いんでしょう？

浮かれ気分から一転、現実的な思考になった。おそるおそるアレックスさんに聞いてみたら、左腕の治療代にしては安いもの、だそうだ。

このキッチンストーブの値段は、金貨百枚。それって、そんなに安いものかなぁ。質素な暮らしをする村の人なら、平気で数年ぐらい暮らせるお値段じゃないかな。

「実際、あの強力な呪いの治療がそんなもんで済むなら、安すぎるって。しかも半額はマスターが払ってるしな」

実際、これまでにアレックスさんが王都の高名な薬師《くすし》などに払った莫大な治療費からすると、全く懐《ふところ》が痛まない額らしい。

え、金貨百枚で済まない治療代って、どんなぼったくり……

「これでもオレは、冒険者になってから長いからな。裕福な商人からも指名依頼が来るし、定期的に砂糖や岩塩とかの、金になる資源も売ってる。だから金には困ってないんだよ、変に気を回してくれるな。それに、これでオレの飯も作ってくれるんだろ」

そう言って、ぽんとキッチンストーブの天板を叩いて見せる彼。

ああ、そうでした。ご飯、ご飯の用意しないと。

「じゃあ、朝になっちゃいましたが、お料理頑張りますね！」

私はぱっと気持ちを切り替え、新しい魔法袋からエプロンを取り出してキッチンストーブの試運転を始めた。

薪《まき》を積んで、ナイフで木を削り、鉋屑《かんなくず》のようなものを火口にして、ぽちに火を点《つ》けてもらって、っと。

火が火口から薪《まき》に燃え移れば、とりあえず火起こし成功。

「火起こしよし、燃焼室の炎もよし。煙もきちんと外に排気できてる。あとは余熱して、癖を見ながら料理をしてみよう」

オーブン用の鉄皿もあるから、焼き物系はとりあえず問題ないね。

そういえば、キッチングッズは微妙に不足してるかも。木べらと、木の大匙《おおさじ》、それにフライパンというよりスキレット? と、暖炉《だんろ》に吊り下げられてた鉄のお鍋。あとはケトルしかない。これだと煮炊きが並行できないから、お鍋を買い足さないといけないなぁ。

今日は野生の鶏の卵があったのでスクランブルエッグと、ストーブのテストもかねてオーブン焼きした、チキンのハーブソース添えが朝のメインだ。

とりあえず丈夫な枝を削って、菜箸《さいばし》の代わりにしてしばらくしのごうかな……

朝摘みのバジルメインのハーブサラダに、籠《かご》に山盛りのパンの実を添えるのを忘れない。

……うーん、パンは正直、このもっちりパンの方が、村の標準のパンより美味《おい》しい気がする。まあ、私がアジア人ゆえの味覚かもしれないけど。

冒険者は身体が資本だから、しっかり食べてもらわないとね。

昨日狩ったばかりのイノシシ肉は、残念ながら今日は出せない。筋《すじ》ばったお肉だから、タマネギのすりおろしとかで柔らかくして、ハーブで臭みを取ってからでないと出せないのだ。

この世界にビニール袋なんて便利なものはないから、木の深皿を利用して、ひたひたにタマネギ汁に漬ける。そうして冷暗所に置くことになるんだけど。

大体、前準備に二日くらいはかかるかなぁ。まあ、アレックスさんには、森での依頼の品を取り終わった頃に寄ってもらうことにしよう。

「ふー、食った食った。帰る時期になったらまた来るから、コテージは自由に使ってくれ。まあ、ここは別にオレの持ち物でもないが。あ、菓子の試作品の残りがあるならくれ。一人で潜《もぐ》るときはいつも飯に悩んでなぁ。ベルの美味《うま》い菓子があるなら頑張れるわ」

「あ、はい。試作品ならまだあるので、好きなだけ持っていって下さい」

山盛りの試作品を魔法袋に詰めたアレックスさんは、軽快な足取りで去っていった。

それを見送った私は、火の始末をしてストーブの灰を片付ける。煤《すす》を払ってオーブンをぴかぴかにしたら、ついにまにましてしまう。

この大きなキッチンストーブで、次は何を作ろうかな。

まあ、それはあとにして、っと。

「やっぱり村の様子が気になるし、一度覗きに行かなきゃね」

計画だと、私の身代わりで、少年が村で喫茶店をやったり、出歩いたりしてるんだよね？

それってやっぱり、かなり気になるし。

その子は十歳だと聞く。そんな幼い子をあの乱暴者達の餌《えさ》にするなんて、気が引けるよ。

ギョブの配下に襲われたときの恐怖を思い出せば、どうしても放っておけないと思う。

よし、一度村に戻ろう。

そう思って、ぽちに声をかけて、肩下げ鞄を手に取った。そしてコテージを出て、森の入り口の方に歩き出すと……

「はあ、やっぱりな。ベルならそうすると思ったよ」

木陰から音もなく、アレックスさんが姿を現した。

「きゃあっ」

お、驚いた。アレックスさん、気配も何も感じなかったんですけど。あ、ぽちは分かってたの？　そう、流石《さすが》だね。

「な、なんのことですか？」

狩猟用の簡素な服に愛用の二本の剣を下げた彼は、落ち着いた深緑の服を着ているからか、とても森になじんでる。そんな彼はメタリックグリーンの髪に手をやって、思い切りかき乱した。

「こんな朝から、どこに行くつもりだ？　向かってるのは、村の方だよな。一体何をしに？」

私も村の偉い人達の集まりを盗み聞きしたことは、後ろめたく思っている。だから、
正直には答えづらいんだよね。
私は緑の梢《こずえ》を見上げながら、なんとか上手い返しを考える。
「え、ええと……忘れ物を取りに」
「ふうん、どれだ？　ベルより俺の方が足が早い。言えば取りに行くよ」
「そ、それは違ったかも。その、お店の方が気になって」
「店なら前に言った通りに、料理さえ作ってもらえば回るように手配してる」
ううう、どれも不発だ。アレックスさん、返しが早すぎるんだけど？　私はチュニック
の裾を弄《いじ》りながら、もじもじと身体を揺らす。
そんな私を見下ろして、彼は小さく息を吐いた。
「なあ、そろそろ誤魔化しは止《や》めにしないか。ベルがあの会合を覗いてたことは知って
いる。そして、おそらく身代わりの少年を気にかけているだろうことも予想がつく。だ
が、もうこの計画……ギョブを追い込む算段は進んでいて、多くの人々が計画に沿って
動いているんだ」
彼は噛んで含めるように私に言う。
「……小さな子を身代わりにとか、可哀想です」

「それはな。村で店を持てない旅商人の者達が、村で商売をする権利を得るためにと、自分から言い出したことだ。商人の方にも利益のあることだから、そう簡単に少年を囮《おとり》役から降ろすなんてできないぞ。それに、彼にはちゃんと腕利きの護衛がついてる」

それは、分かってる。今回は、さまざまな思惑でいろんな人がギョブを追い込もうとしてることを。

でも、それでも思うんだ。

「……けど、私は当事者なのに、こんなところで、何も分からないままだなんて……」

気づいたら村の悪者は皆に退治されてました、って、それでいいんだろうかって、どうしても思っちゃうんだ。

「うん?」

アレックスさんは俯《うつむ》きがちに呟いた私の声に、首を傾《かし》げた。

悔しい。なんで私は弱いんだろう? アレックスさんは私を守るために村から遠ざけた。それが分かるから、尚更に悔しい。

両手をぎゅっと握りしめる。私を心配したように、ぽちがふかふかの体で寄り添ってきた。ぽちをそっと撫《な》でる。

「……やっぱり、それじゃダメだと思うんです。だって、ギョブは私を狙ってるんです。

私はちゃんと、あの男の結末を知らないといけない。そうでないと、きっと後悔します」

顔を上げた私は、アレックスさんの緑の瞳をしっかり見つめて言った。

「後悔？」

「そうです。私は何もできなかった、あの男の暴力に負けた。そういう記憶が残ります。この前捕まったとき、怖かったし、痛かったです。でも……あの男に与えられた傷を克服しないでいたら、私はこの世界を嫌いになってしまう……」

「この、世界？」

今でも時折、夢に見る。

ギョブの配下に攫《さら》われそうになったときのことを。男に押さえつけられ、命を握られた、あの恐怖を。

「大好きなぽちに、お母さんに出会えて、アレックスさんや、ギルドの皆に助けられて……少しずつだけど、この世界にも慣れてきました。今は忙しい毎日が楽しいとも思えます。でも……やっぱり、あの日のことを思うと辛《つら》くて」

「ベル……だから俺が、あいつを倒すから」

アレックスさんは身を屈めて私に視線を合わせ、真剣にそう言ってくれる。けれど、私は首を振った。それじゃ、ダメなんだ。

「私も、ギョブの撃退に参加します」

恐怖に打ち克《か》つため、何よりも私がこの世界で生きていくために、この決断はきっと必要なんだ。傍《かたわ》らのぽちのふかふかの毛並みを感じれば、より明確にそう思う。

私は、女神様が与えてくれた人生を諦めたくない。この世界を、嫌いたくはないんだ。

そうきっぱりと言えば、彼は眉間に皺《しわ》を浮かべてひとしきり唸《うな》った。

「……反対してもこっそり村に向かいそうだな。分かった。なんとかベルも今回の件にかかわれるように、調整しよう」

彼は苦虫を噛み潰したような渋い表情で言う。

「あ、ありがとう、アレックスさん」

私が笑顔で返すと、彼は渋々というように頷いた。

「だが、条件がある」

「条件、って、なんですか？」

私が首を傾《かし》げると、自衛の方法を身につけろ、と彼は言った。

「オーラフに魔力の修練の仕方は教わったな？　魔力を全身に通わせ、それで覆えば、人は魔力膜《まく》という守りの力を得る。魔力膜《まく》は、外界と自己の領域を区切るものだ。……ベル、一瞬でもいい、誰かを拒《こば》める程度に強固な、守りの力を得ろ」

「えっ、それって……」

　難しいんじゃないですか、と返そうとしたら、にべもなく首を振り、参加の必須条件だと言った。

「オーラフから聞いた。筋《すじ》はいいと。真面目に修練すれば、オレが各所の調整で回ってる間にできるようになるはずだ。意地でも仕上げろ」

「ええっ……？」

　ここに来て、とんでもない条件が課されてしまったようです。

「うーん、大変なことになったね。守りの力を得ろ、かぁ」

　森からコテージへ引き返した私は、さっそく修業を始めた。これからは毎朝、魔力膜《まく》の練習をするつもりだ。

　朝に習慣付けた理由は、そうやって決まったときにやる癖をつけないと、日々の忙しさにかまけて修業を怠《おこた》ってしまう可能性があるから。

　疲れが出る夜よりはいいだろうから、少し早起きして、朝方にオーラフさんから教わった魔力コントロールの練習をすることに決めた。

　それ以来、なんとなく、床に古布を敷いて座りヨガっぽくやっている。魔力コントロールの修業って、なんだかヨガのチャクラの開眼法に似てるなって思ったのだ。チャクラは確か、人体にあるエネルギーの出入り口、と考えられてるものだったはず。ヨガでは、尾骨のあたりから、頭上へ向けて七つのチャクラを開くんだっけか。

ふう。まずは座禅。呼吸を整えて。

身体の中の温かいものを感じて、指先に温かいものを集めて、次に全身を巡らせる……。ここまではいい。

薄く全身に膜《まく》……これが本当に難しい。まだ均等に覆えてないいし、所々穴が空いてるなぁ。

もっとこう……そうだな、昔着た、着ぐるみパジャマで全身包まれたみたいに……。お、このイメージはよかったかも。いけてるいけてる。

で、これを維持する……っと。

うーん、よし、できるとこまで維持してみよう。まず目標は、オーラフさんの言ってた十分間継続からかなぁ。

あー、でも、これ集中力がいるから、ずっとやってはいられないな。まあ、気晴らしに新しいオーブンで作るものを考えたりしながら、地道に少しずつ仕上げていこうか。

◆◆◆

昨日は魔力膜《まく》を作る練習と、新しいオーブンで作るものを夢想して一日過ごしてしまった。インドア派はいけないね。どうにも外に出るっていう発想がなくって。

でもお陰で、お菓子や料理のメモは溜まったよ。ソーラー発電器付き充電器がある分、人目がないところではスマホのメモ帳が活躍するんだよね。

魔力のコントロール練習の息抜きにと、ダウンロードしておいた電子書籍や、PDFで保存しておいたハーブ事典などを見ながら、あれがやりたいこれがやりたいと、思いつくまま「やりたいことメモ」を書いてたら、すっかり日が暮れてしまったのだ。

「うーん、しかし。精油が手軽に手に入らないのは痛いなぁ……」

もしかしたら上流階級の女性なら持っているのかもしれないけど、そういう身分の人はシルケ様ぐらいしか知らない。彼女に聞けるかというと、早々気軽には聞けない。

……先日のことでお互い気まずくなっているから、以前のように気軽に話しかけられないんだよね。

「まあ、商人さんに聞いたり、オババ様に聞くのはありだよね。もし精油がなくっても、蒸留器をなんとか手に入れられれば、一気にフローラルウォーターと精油が手に入るはず。……いや、圧搾法《あっさく》ならあるいは……」

ああ、やめやめ、これでは夜まで考え込んでしまう。

今日は昨日のことを反省し、家の中にばかりいないで、外に出よう。修業の息抜き、森でなければできないこと――たとえば植物の採集などを頑張らねば。

「ぽち、おはよ」

「くうん」

ぽちにご飯をあげて、私もパンの実とハーブサラダで軽く朝食を済ませる。それが終わったら、朝から魔力コントロールの修業だ。

けれどまだまだ着ぐるみイメージの魔力膜《まく》は安定性を欠いていて、砂時計で計ると三分程度しか持たない。

とにかく何度も何度も練習するのみだ。これがしっくりきたら、ギョブの撃退にも参加できるし、喫茶店でハーブティーやハーブの料理も出せるんだから。

ああ、そうだ。村の作戦のためにって考えると気が乗らないから、ここは喫茶店のメニュー充実のためにと考えて、修業に励《はげ》もう。うん、そうしよう。

「……きゅうん」

ぽちが顔を舐《な》める湿った感触に、私は目を開いた。

気づけば陽はもう中天に……って、お、お昼!?

「ご、ごめんねぽち。すっかり集中してたみたいで……!!　お散歩がてら素材の採取に行こう」

ということで、大きな木の下まで行く。今日も大迫力な銀狼のお母さんを誘い、森の中に出掛けることにした。

いい加減素材についてはアレックスさんに頼りすぎだなぁという反省もあり、素材の採《と》り方をお母さんことシルバーウルフマザーに教えてもらうのだ。

久しぶりに安全靴にジーンズを穿き、厚手のチュニックに長袖のダンガリーシャツを羽織る。手には園芸グローブを着けてガーデンエプロンを腰に下げたら、山菜採《さんさいと》り用のナイフで枝を切り払いながら森を歩く。

人の手がほぼ入っていない森は、どこまでも自然のまま。獣道も細いものばかりだから大変だ。

……こういうとき、虫除《むしよ》けハーブスプレーがあってよかったなと思うよね！

緑の庇《ひさし》の下は昼でも暗く、先頭を歩くお母さんと横に並んだぽちがいなければ、私はすっかり道に迷っていたことだろう。

「ふう、これはなかなか難儀だなぁ……。でも、色々収穫がありそうだね」

森は本当に素材の宝庫で、目にするもの全てが生き生きしている。その息吹《いぶき》を感じているだけで、元気になれるようだった。

湿った地に生える、淡く光を灯《とも》すヒカリゴケやキノコは幻想的。傘にできそうなほど大きいキノコは極彩色で、触るのは怖いかな。繊細《せんさい》なレースのような光を投げる木漏れ日に、それを受けて輝く、名もなき小花。

ああ、やっぱり私はこの森が好きだ。

「きゅうん」

「……ああ、そうね。ここはもう私の森だったんだっけ？」

そんなことを確かに女神様に言われたけど、いまいち実感がないのよね。ぽちやお母さんがいるこの森は、森の皆のものって気がするんだけど。

「フウ……」

そんなことをぽちに言ってたら、お母さんが嘆かわしいとばかりにため息を吐《つ》いたよ。

だって、森を歩いたのなんて久しぶりなんだもの。

ふかふかの腐葉土《ふようど》を踏みしめて歩けば、それだけで胸が弾んだ。

まるで天然のトランポリンみたいに、足元は柔らかく私の足を受け止め弾む。踏み出す一歩が、いつもよりも遠くへと向かえる気がした。

「この素敵な森が、私のものなんて……。女神様も洒落《しゃれ》た贈りものをしてくれるものだわ」

くすりと笑う私に、前を行くお母さんは「ちゃんと周りを見なさい」とばかりに小さく唸《うな》ってみせる。

「ごめんごめん。この森も、怖いものが一杯いるんだったかしら」

「ぐるる」

そうよ、とばかりに肯定の声を返すお母さんに、私は周囲への警戒を強める。

そう、だよね。

森に戻ってきたときも、少なからず襲撃があったではないか。油断は禁物だ。ここは最低Bランクの魔物がいる、とても危険な場所なのだ。

……とはいえ、S寄りのAAランク、まあつまりほぼSのシルバーウルフマザーがいるので、危険なことはある訳もなかった。

ビッグボアが出れば、お母さんが前足のひと払いでその突進を退け。

トライコーンなる三本の角《つの》を持つ馬も、お母さんが注意を引きつけぽちが横腹から突っ込んだら、立ち上がれないまま二匹に美味《おい》しくいただかれてしまうし。

大きな鹿なんて、二匹を見ただけで怯《おび》えて逃げていったよ。

そんな調子だから、私も数時間もすると慣れてしまった。

「ふむふむ。これは食べられるのね」

「ぐるぅ……」

「この実は苦いけど、お腹が痛いときに食べるといいの？　ふーん、生活の知恵だねぇ」

「きゅうん」

お母さんは、次々にいい感じの木の実や食用の草、キノコ類などを見つけて、その場所をぽちに教え込む。あ、はい。私はへたに教えたら率先して森に出て道に迷いそうだからダメ、と。当然だね……

お母さんの言ってることはぽちが通訳してくれるので、会話はまあまあ成り立っているのです。

◆◆◆

今日も今日とて朝から軽くハーブサラダとパンの実で朝食を済ませ、私は魔力修業。

薬品の呪いを八割成功させてようやく一人前の薬師《くすし》を名乗れるというのだから、少しでもその域に近づきたいものだ。

魔力膜《まく》の修業の成果は出てる。ならば今日は、もっと高いところに目標を掲げましょう。持続時間を延ばすこと、だね。

それが済んだら、薬師《くすし》見習いの自習。オババ様に言われているポーション作りだ。自習が終われば自由時間。身内用に湿布とかハーブティーとか、あとはスキンケア用品なんかも作ったりして。

このあたりは、ルーチンになってきている。

「あと、コテージにいる間にドライハーブも量産しておこうっと」

基本のハーブだけでなく、応用の効くハーブも幾《いく》つか持っておけば、とっさのときの役に立つだろう。

「マッサージ用の浸出油も、幾《いく》つか作った方がいいよね。使えるようになるまでに、時間がそこそこかかるし」

浸出液の作り方は簡単だ。ハーブを浸《つ》けた瓶を一日に数回、中身を混ぜるように振ること約二週間。それを清潔な布で漉《こ》す。帰るときに魔法袋で持っていくにしたって、早めに作っておけばその分早く利用できるからね。

「あ、化粧水と軟膏《なんこう》も、レシピを見直そうかな」

前から化粧品については色々考えるところがあったので、折角だから時間がある今、問題を片付けてしまおう。

アロエ化粧水にしても、ハンガリアンウォーター——ローズマリーをアルコールに漬けたやつ——にしても、とにかく作るのに時間がかかる。作業は基本お酒に浸《つ》けておくだけなんで全然難しくないんだけど。

「簡単なのはアロエ化粧水かなぁ。ウォッカベースで三ヶ月……うーん、ハンガリアンウォーターでも一ヶ月かぁ……。それができるまでは、精製水で簡単化粧品を作っておくしかないなぁ、って」

私は頭を抱える。

「精製水……普通に売ってはいないよね。やっぱり蒸留器が必要なのか……」

どうしたって今後のことを考えると、蒸留器は必要だ。蒸留器があれば、精製水だけでなく精油も作れる。

「うーん、まあ、蒸留器があるかどうかマスターに聞くしかないかぁ。もしかしたら、王都の薬師《くすし》さんあたりは持ってるかもしれないし。それまでは今まで通り、ハーブティーで代用しとこ」

この世界に来て以降、私は化粧水用に作ったハーブティーを、基礎化粧水代わりに利用しているのだ。お肌にハーブティーをぱたぱたパッティングしたら、そこにオリーブオイルでふたをする。うん、簡単なスキンケアしかやってませんよ。

黙々と作業をすれば、あっという間に時間が経つ。

これだけで午後を過ごしてしまうのもなんだし、と途中でぽちの散歩がてら周囲を歩くのも、もはや日課だ。

いつもぽちにもアレックスさんにもお荷物気味なんだから、体力はそれなりにつけておきたいよね。

綺麗な泉に着いたら、ドライハーブ用のハーブをごっそりと収穫。これは、魔法袋があるからできることだね。

あとは、帰りにお母さんのところへ寄って、お腹にダイブ。

「うーん、やっぱりお母さんのお腹は最高だよ」

十分ぽちと共にお母さんに甘えたら、コテージに帰って身体を拭いて、寝室でおやすみ。お母さんのお腹もいいんだけど、毎日だと風邪引いちゃいそうなんで、ちゃんとベッドでも寝てますよ。

明日はいよいよ、ストックのなくなったお菓子を作ろう。隙間にオババ様の課題もこなして、お店の新作も色々考えないとだしね。

ふと思う。

森に来ても私って、結構忙しくない？　まあ、楽しいからいいけど。

クスリと笑いつつ、小さく呟く。

「……さて、そろそろ例の件も進んでる頃かなぁ。アレックスさん、各所に調整かけるって言ってたけど、上手くいってるのかな……」

第八章　プロロッカの捕物帳《とりものちょう》

ここは、冒険者ギルドの会議室。

忙しい間を縫って、ギルドマスター、ヴィボさん、アレックスさんという、ギルド三人衆（？）が話し合っている。プラス、ハーブティーを淹《い》れるお茶汲《く》み役として、私もこっそり参加してます。

ギルドマスターは、どうもまだ、私の参加を嫌がってるっぽい。すっごい渋面《じゅうめん》を浮かべてるので、私はおとなしく口を噤《つぐ》んでいるのだ。

ちなみに、どうやって村に戻ったかというと……

色々と各所に調整が終わったらしく、ほどなくしてアレックスさんが森に戻ってきた。

そして、私の修練の成果である魔力膜《まく》を実演して見せたところ「まあ、これなら一応合格かな」と、オッケーがもらえたのだ。

じゃあどうやって村に戻るか、という話になったときに、地味なフードにすっぽりマント、な格好をしたら、低ランクの冒険者に見えると言ってくれて……。そうして私は一人、こっそり乗合馬車で村に戻ったのだ。え？　入り口のチェック？　忙しい門番さんは、ろくに確認せずにあっさり通してくれたよ。ぽちはぽちで、私の言いつけを守ってこっそり歩いて無事通過。

まあそんな感じで、目立たないように帰ってきて、ギョブをどうやって倒すかの会議に参加してる訳です。

あ、今日のハーブティーは精神疲労を回復するというローズマリーベースで、すっとした清涼感のあるミントとレモンの香りのレモンバーベナを入れて、爽《さわ》やかな感じにしたもの。

連日の会議や各所との調整に頑張ってる三人に、少しでも気分を解《ほぐ》してほしいなぁって思って淹《い》れてみたよ。

三人はしばし香りを楽しむ様子を見せ、それからのんびりとカップの半分ぐらいまで飲むと、リラックスしたトーンで話し始めた。

「アレの周りの人間は剥《は》がれつつある。あと数日ほどで実行に移れるだろう」

「そうだな。ベルの代役はよく頑張ってくれている」

ベルの代役こと私の身代わりの少年は、私が森へ退避してから、喫茶スペースを切り盛りしているそう。

といっても、ケーキは私が作ったものをアレックスさんが運んでいたから、彼は主に接客をしてる感じだけど。

女装をすることに最初は少し抵抗を示したらしいけど、すぐに慣れたようだ。

もともと冒険者に憧れを持っていたらしく、今では元Aランクのヴィボさんに懐《なつ》き、商人をやめてこのまま冒険者ギルドで働くのもいいかもなどと浮気心を出しているとか。

小さな子を巻き込んじゃって申し訳ないなぁと思ってたけど、案外身代わり生活を楽しんでくれてるのかな？　それなら、ホッとするかも。

「当人もやる気のようだしな。……まあ、現在のお茶係がどうにも怖いが、おおむね喫茶スペースは上手くいってると思っていい」

かの少年はまだお茶を上手に淹《い》れられないので、高名な水魔術師であり貴族令嬢シルケの侍従《じじゅう》であるロヴィー様が、臨時のお茶係として、喫茶スペースを手伝っているとか。

え、えぇー……それはお客様が気まずいってものじゃなさそう。

実際皆、恐縮しきりといった感じらしいのだけど、先日のゴタゴタのお詫《わ》びでもあるようで、当人はやる気で毎回きちんとお茶を淹《い》れているらしい。

で、主人のシルケ様はというと、毎週二回、きっちり時間になると喫茶スペースを訪れ、ハーフサイズのケーキセットを完食しているそう。

彼女が来ることにより、喫茶スペースには魔力のあるごく一部の冒険者と商人しか足を踏み入れないという、こちらに都合のいい効果も生まれている。

ただですら目立つ、真紅《しんく》の魔術師兼伯爵令嬢という存在が、私の代役の存在を覆い隠してくれているのだ。だから私の不在の事情を、殆《ほとん》どの冒険者は知らないままらしい。

喫茶スペースの常連は流石《さすが》に気づいているけれど、詳細を言わずとも、彼らは私がいないことに関して口を噤《つぐ》んだままでいてくれているらしい。そういうわけで、ギョブに私の不在はバレていない。

「まあ、いい具合に騙《だま》されてくれてる。主要な冒険者の中でも、口の固い奴には捕物《とりもの》の話は通しているから、事情は知られているし。……あとは、奴が動くのを待つだけだな」

いつもと変わらない冒険者ギルド。

それを演出するために、ギルドマスターと食事処《どころ》の主人、並びにSランク冒険者は三日と空けずに相談し、私の不在を周りに知られないよう注意を払ってくれている。

「少年をオババのところへ一人で通わせたら、あっという間に三人釣れた」

「それはまた、早いな」

実際は少年には護衛がついていて、裏道に少年が引き込まれたところで護衛の人がさくっとギョブの配下を無力化する。そうしてじわじわと戦力を削っているらしい。

そんなことをしてギョブにバレないかって？

それがね、冒険者同士のトラブルが多く、また冒険者達の行き来が激しいこの村では、一人二人冒険者が消息を絶ったところで、話にもならないんだって。特に、問題の多いギョブの舎弟達はそんなことは日常茶飯事らしい。

「ああ。奴《やっこ》さんも、オレのもとに後見の認可が来るのを警戒してるんだろう。まあ……すでにオレの手にはそれがあるんだが」

知らないなら都合がいい、そうアレックスさんは笑った。

「オレが後見するギルド職員を拐《かどわ》かすんだ。当然死刑も覚悟の上だろうさ」

Sランク冒険者、つまり貴族相当の人間が庇護した者を攫《さら》う。

その意味を、ギョブは余りにも軽く考えすぎている、と彼は言う。

「おお、怖い怖い」

隻眼《せきがん》のマスターは大して怖くもなさそうに肩を竦《すく》め、またハーブティーを啜《すす》る。うーん、お茶請けも出した方がいいかなぁ……

私が魔法袋を漁《あさ》っている間に、三人の話は佳境に移っていた。

「散発的に襲撃はあるが、あいつの人望のなさか、構成員の質は悪い。どいつもこいつも大した腕はないから、協力者のCメジャー達でも余裕で捕まえられてるな。とはいえ、怖気《おじけ》づいた下っ端は酒飲み《ドランカー》の方に保護を求めつつあるから、あいつの舎弟は幹部とされる者を除いてすでにいないようなもんだ。そいつらを釣れば……」

酒飲み《ドランカー》さん、というのは、いつぞやの、喫茶スペースの件で揉めたことのある人だ。ギョブと同ランクの上位冒険者で、若手の世話役なども務める面倒見のいい人物だとか。

「舎弟は全て剥《は》がせる。そこに隙を作れば、あいつは来るさ」

ギョブは、妙なプライドを持った男なんだそう。己《おのれ》の剛腕一つで全てを解決できると妄信し、実際に行動に移すそうだ。

Sランカーがこの村にいること。それがどうしても許せない奴だから、どんな危険を冒しても私を攫《さら》い、アレックスさんに言うことを聞かせようとするだろうと、マスター達は考えている。

そして、そんな風に自分に都合のいい考え方をするギョブが、アレックスさんは癇《かん》に障《さわ》って仕方がないみたいだ。

「オレの恩人を襲うなど、どうしてオレが許すと思うのか。……絶対にこの村から、いやこの地上から消してやるさ」

「アレックスを怒らせるとは……。あいつは本当に愚《おろ》かだな」

うんざりした顔のヴィボさんに、マスターがうんうんと何度も頷く。

「全くだ。当日は血の雨が降るぞ……」

そうして、決戦の準備は静かに進行していくのだった。

◆◆◆

「ギョブが来た」

「では、作戦開始だな」

隻眼《せきがん》のマスターとヴィボさんは頷き合う。受付嬢のヒセラさんは受付カウンターを一時離席し、ギルドの三階から、細い色付きの煙を上げる。

それが、作戦開始の合図だった。

私はというと、しっかりフードを被《かぶ》って、酒場の依頼が貼り付けられた板の前で仕事を探すふりをしている。物陰には、息を潜めてぽちが隠れている。

「ヴィボはアレックスのサポートに向かってくれるか。ギョブはあれでも、ボスクラスのモンスターと身体強化なしで打ち合えるイカれた奴だ。純粋に戦士としては強い」

そう言って、ヴィボさんに古びた魔法鞄を放って寄越すマスター。そこには、現役時代のヴィボさんの装備が入っていた。

ヴィボさんが現役から退《しりぞ》いて、早十年。通常ならそれだけ現場を離れれば、冒険者時代ほどの力はないはずだけど、人知れず自室でストイックに修練を続けていたという彼の筋肉に衰《おとろ》えはない。

ヴィボさんは、要所に金属が貼り付けられた革鎧《かわよろい》を素早く纏《まと》い、バトルアックスを背負うと、静かにマスターへと頷き返した。

「ああ、言われずとも分かっている。真っ向からの殴り合いなら、自分の方が向いていると」

ヴィボさん曰《いわ》く、この日のために、残り少ないギョブの配下達にはご退場願ったのだそうだ。

そのために、私――の偽物の彼を、何度も一人で、薬師《くすし》のオババ様のところへ向かわせたらしい。

実際は彼は一人ではなく、当然のようにアレックスさんをはじめとした人達が守っている訳で。

ほぼ三日に一度のペースで、誰にも気づかれぬ内に無力化されていくギョブの配下。

彼らは予《あらかじ》め用意されていた商人の倉庫へと引きずられていき、尋問《じんもん》と相成ったとか。

うーん、流石《さすが》としか言いようがないね。

配下らの尋問《じんもん》には、ぽちのやり口を覚えた水の魔術師ロヴィー様が活躍したらしい。

彼は涼しげな笑顔で、拘束した舎弟の頭を水で覆い、溺死寸前まで追い込む非情さを見せ、ギョブの計画を吐かせたそうな。

って、ロヴィー様も何やってるの……

なんて、今までのことを思い出してると、アレックスさん達が裏口の扉から静かに出ていくのが見えた。慌ててぽちに視線で「行くよ」と合図して、私は二人を追った。


繁華街を歩くことしばし。

問題のギョブは、あっさりとベルの前に姿を現した。

それはとても悪目立ちした、珍妙な男だった。魔物の皮でできた立派な鎧《よろい》は、ぴかぴかに磨き上げられている。耳や首には、大きな宝石のついた宝飾品をじゃらじゃらと。

それがまた、どうしようもなく似合わないのだ。なんていうか……悪趣味が過ぎて、品のなさばかり目立つ。

そんな不良の広告塔のような男が、大通りを歩いてくる。あれがアレックスさん曰《いわ》く

「当人の一番気合の入った見せ装備」らしい。

あ、冒険者も人気稼業だから、ご贔屓《ひいき》さんや新規のお客様向けに仕立てた立派な衣装、じゃない装備があるそうなんだ。ええと、感想？　冒険者も色々と大変だなって……。

余談だけど、アレックスさんの見せ装備は魔法騎士時代のものらしいので、多分格好いいはず。今度見せてもらおうかな。

まあそれは置いといて。

現在進行形で、のんびりと町を冷やかしながら歩く黒髪の少女――の格好をした少年。その背後から、それはニヤリと笑って近づいてくる。幼い少女を追いかける歩く広告塔……ちょっとシュールだ。だが、残念ながらそんな場面に、私は遭遇《そうぐう》してしまっている。うーんこれは、さっさと捕物《とりもの》に移らないと。

周りをキョロキョロ見回してみるけど、アレックスさんやヴィボさんは見当たらない。

おや、もしかして？

ぽちにギョブの臭いを追わせたら、私達の方が先に現場に着いちゃったみたいだよ……。うーん、参ったな。私じゃ荒事は無理だし、なんとか間に合ってくれないだろうか。

しかしこの少年が、私の代わりをやってくれてるっていう商人見習いの子か。なんて言うか、東洋の雰囲気があるっていうか、親近感を覚える容姿だね。黒髪だし、身長もそう変わらない。十歳ぐらいだと、まだ女の子と見分けがつかない子もいるしねぇ。確かに、代役には丁度よかったのかも。

彼は今ものんびり、通りにある雑貨屋の軒先を眺めたりしながら歩いている。店の人達とも打ち解けてるようで、買い物するとたまにおまけなんてもらってたりして。なかなかのお買い物上手だ。

なんて感心してると、少年にふらふらとした酔っ払い風な足取りのギョブが忍び寄ってきて……

慌てて深くフードを被《かぶ》り直しながら、私は焦る。えぇっと、これ、どうしようかな。

◆◆◆

「よくも俺様に手間をかけさせたなぁ……」

「痛っ」

手首を掴み、暗がりに引き込んだギョブ。

ギリリと食い込むグローブのような手に、手首が潰されそうだ。ギョブは散々とその手を痛めつけながら、己《おのれ》の境遇を嘆き始めた。

「畜生。貴族女は折角の付け届けを無視しやがるし、ギルドの隻眼《せきがん》野郎は相変わらずガキに対して過保護だ。本当は今頃、乳臭いガキを攫《さら》い、アレックスを俺様の言いなりにしていたはずなのに……どこで流れが狂った？」

ギョブは言う。この流れはおかしい、と。

泥酔する男は、今捕まえている存在を忘れたかのように、ふらふらした足取りのままひたすら悪態をつき続けている。

曰《いわ》く、彼は長い間ダンジョンの巣と呼ばれる南の僻地《へきち》で、王様として君臨していたと。

彼が睨《にら》めば誰もがぺこぺこと頭を下げ、言いなりに金品を渡していた。

それなのに、ここにきて急に、己《おのれ》の思うままにならない状況になっている。その現実が理解できない。彼はそう嘆く。

その怒りにか、ギョブの手に力が入った。

「痛い、やめてっ……」

「うるせえっ、痛い目にあいてえか。だまりやがれ」

「ひっ」

泥酔した男の焦点の定らぬ瞳が、ギョロリと睨《にら》む。

ギョブはフラフラとしながらもその手は離さず、引きずるようにして歩き始めた。

「Sランクになったって言っても、アレックスは脇の甘いただのガキだ。あいつは女なんかの言うことを聞いてやる軟弱者。だから、あの目にかけているガキを手に入れて、二目《ふため》と見られない姿にするぞと脅してやればいいはずなんだ」

いつだって、そうしてきたのだと男は言う。

気にくわない同業者は、家族を攫《さら》い言うことを聞かせる。あるいは、数で囲んで殴りつけ、素材を掠め取る。そうやってきたのだと。

犯罪行為をさも功績のように語る男の目はどろりと濁《にご》り、大凡《おおよそ》まともでない狂気を示していた。

「まあ、俺様はなぁ、この国以外にも客がいるからな。いざとなればこの国なんて捨ててやる。新天地でまた好きに暴れりゃあいいんだ。俺様には幾《いく》らでも人がついてくらぁ。そうやって、もう十年もやってきたんだ、俺様は。お前を売れば、テイマーなんて物珍しさから、少しは懐《ふところ》の足しになるだろうさ」

ギョブは人身売買にまで手を染めていたんだ……。この男のどうしようもない性根に、絶望を覚える。

この国では三十年前から奴隷《どれい》売買が禁じられていると聞いた。そのとき定められた法に、民《たみ》は国王の財産であって、勝手に他国に売り払ってはならぬとはっきり明示されている。それなのに、それが死罪相当の犯罪であると知りながらも、この男はただ欲得だけのために人を売っていたのだ。

絶対強者として長年この村で君臨してきたギョブは、そうしてもう十数年も暮らしてきたから、今更反省も何もないようだ。

「大体なぁ、俺様に勝てる奴なんざぁ、このプロロッカにゃいなかったんだ。なのにあの女に弱い軟弱野郎が、俺様のテリトリーを荒らしやがった。だからぁ、教えてやるんだよ！　誰が上か、誰に頭を下げるべきか、あいつにはとことん教え込むしかねぇんだぁ！　おいガキ、お前が片付いたら今度はぁ、あの軟弱野郎の妹を連れてくるぞぉ」

ギョブは、酒臭い息を吐きながらグダグダと呟く。

最盛期には三十人以上いた舎弟達が急速に減り、とうとう虎の子のCメジャーもいなくなってしまったと彼は言う。そしてそれは、アレックスのせいなのだと。

「お前はアレックスを俺のもとに呼びよせるための餌《えさ》だ。まあ砕くのは手首くらいで勘弁してやるよ。俺様は優しいだろう？」

泥酔した男はニタニタと、黄ばんだ歯を剥《む》き出して笑う。

「このあと、アレックスの妹も俺様のオンナにしてやる。乳臭いガキなんぞ興味はないが、お前も俺様のオンナになれるんだ。喜んで噎《むせ》び泣けよ」

薄い腰を撫《な》でるその手つきはおぞましく、その暴力的な言葉に吐き気すら覚える。

「た、助け……」

悲痛な声が響いたとき――

その断罪は始まった。

「プロロッカ冒険者ギルド長は、アレックスの後見を受けたギルド職員、ベル嬢を、プロロッカギルド所属のBランク冒険者、ギョブが誘拐する現場を確認しました。直ちに問題の冒険者を拘束し、かの者の処罰を問うため王都へ早馬を向かわせます」

男性の声は、頭上から聞こえる。希少なモンスター素材で作られた伝声魔道具「エコー」によって、その声は王都へ速やかに送られた。

この希少魔道具は、本来このような片田舎《かたいなか》に存在するものではない。王都でも侯爵家以上がかろうじて持つような貴重なそれを、マスターが伝手《つて》を辿ってわざわざ手配したのは、ギョブが買収した地方管理官などを使って、言い逃れすることを防ぐためだそうだ。

「よし、王都の冒険者ギルドマスターからも確認が取れた。『かの高名なる魔法騎士の後見を受け、赤の魔術師に目をかけられたモンスターテイマーを誘拐し、かつ魔法騎士を思い通りに操《あやつ》らんとする企《たくら》みなど看過《かんか》できぬ。此度《こたび》の件は、かの魔法騎士の復帰を待つ宮廷魔術師長、並びに宰相閣下らもお怒りである』とな。よかったな。王都へご招待だとよ」

「な、何い……」

呆気に取られるギョブ。

「うーん、そろそろかな。もうこの酒臭い暴力男、剥《は》がしちゃってもいいよね？」

ギョブの側に落ちる、ぽそりとした呟き。

「な、なんだ⁉　勝手に手が……？」

ギョブは握りしめていた手をぱっと離すような仕草をしたかと思えば、バランスを崩し、たたらを踏んだ。

彼は驚いたように、その手を見つめている。

掴まれていた手が急に離れた反動で、ぐらりと路地裏に倒れこもうとした小柄な体を、その場に現れたアレックスさんが滑り込んで支える。

「アレックスさん、ありがとう。もうあの馬鹿力ってば」

「ああ、ごめんな。よく頑張ってくれたな坊主……って、お前、ベルじゃないか！　どうしてここに⁉」

「あはは、まあ、なんというか流れで？」

痣《あざ》になりそうな腕を擦《さす》る私。ああ、手が痛かったし酒臭かったぁ。

身代わりの少年に迫るギョブのただならぬ様子に、思わずすり替わっちゃったんだよね。ただの商人の息子さんよりは魔力膜《まく》のある私の方が安全じゃないかなぁ、なんて思って。

だって十歳児だよ？　そんな小さな子にあんな乱暴者を押しつけるのは可哀想じゃない。実際、魔力膜《まく》でギョブを弾き飛ばすことができた訳だし。

「お前なぁ……。まあ、やってしまったことは仕方ないか」

アレックスさんは呆れた顔で私の頭を小突くと、あとで詳しく聞くと言って、近くで控えていたぽちに私を任せた。そして、ギョブの前に立つ。

物陰でなんとか怒りを抑えて隠れてくれていたぽちは、アレックスさんの合図で、私の側にすっ飛んできた。キュンキュンと鼻を鳴らして心配したと鳴く彼を一杯撫《な》でまくりつつ、内心で、あと数分遅かったら、ギョブはぽちに退治されてたんじゃないかなんて思う。

ぽちの怒りようったら、今までにないものだったからね。少し離れた位置にいても、すごく伝わってきていたよ。

いやあ、本当にアレックスさん達が間に合ってよかった。

「諦めるんだな、ギョブ。これまでは姑息《こそく》な手段で罪から逃れていたが、今回はもう無理だ。痛い目にあいたくないなら、おとなしく縄につけ」

「アレックス、てめえ……」

ギョブはアレックスさんを睨《にら》むが、そんなことで怯《ひる》む訳がない。アレックスさんは涼しげな顔で、筋肉男に相対している。なんていうか、格の違いを感じるね。

路地裏で対峙《たいじ》する、Sランク冒険者とBメジャー冒険者。

この時点で勝負はついた、そう見えたのだけど……

「捕まってたまるか！」

そう言い放つと、ギョブはアレックスさんに背を向けて、路地裏の奥へ遁走《とんそう》した。

「……ええっ」

この期《ご》に及んで逃げるの？　思わず呆気に取られる。だけど、アレックスさんは流石《さすが》だね。すぐに逃走する男を追跡し始めた。

二人が視界から消えて数分と経たずに、今度は繁華街の大通りから、悲鳴が聞こえてきた。え、一体何が？

すると、ちょっと前に現場に来て、それまで事態の流れを静観していたヴィボさんが、私の疑問に答えてくれる。

「逃げやすい裏道を捨てて大通りに出たな。ギョブも必死だ。絶対に捕まりたくないんだろう。もしや、アレックスの妹を人質に取るつもりかもしれない。妹は、アレックスの弱みだ。人質に取られ、そのまま連れてこの国を出られては不味《まず》い」

最悪の想定を考えたのか、渋い顔をするヴィボさん。眉間に刻まれた皺《しわ》が深くなっている。

ええとつまり、カロリーネさんがあいつに捕まる前に、なんとかしないと大変だってこと？

「ぽ、ぽちっ！　急いであいつを追って!!　見つけたら……どんなことしてもいいから、とにかくあいつの足を止めるよ！」

「わんっ」

元気なお返事をしたぽちと一緒に走り出す。絶対にあいつを捕まえないと！

……走り出してから、かれこれ二十分以上は経ったろうか？

インドア派の元女子大生の足は、そろそろ限界です。

ギョブは流石《さすが》にこの村を知り尽くしているようで、大通りだけでなく横道に出たり入ったりして、必死の遁走《とんそう》を続けている。

ぽちは私の足が止まりそうになるたびに待ってくれるんだけど、これってぽちを先に行かせた方が絶対よかったよね。今更ながら気づいた。

「わ、私はいいから先に、行って？」

「ぐるぅ」

ぽち曰《いわ》く、それだとまた私が捕まりそうで嫌だと。ああ、それは確かに。鈍臭い主人でごめんなさい。

それにしても、本当にギョブは往生際が悪い。

逃げながら、力に任せて買い物客を突き飛ばし、洗濯物や露店の売り物なんかを放り投げてる。追っ手の足止めを狙っているのだ。人々もそれが分かって、今はあいつの姿が見えた瞬間に、皆建物の中に逃げ込んでいる。

「はあ、はあ、そろそろ、追いつく、かな」

「わうん」

頑張れー、というぽちの励《はげ》ましに、私は萎《な》えそうな足にぐっと力を込める。最後のスパートをかけた。

すると、遠目に見えていたギョブの姿が突然視界から消えた。どこかの横道に入ったらしい。どこへ行ったのか、と立ち止まった私の数メートル先に……不意にギョブが現れた。彼と私の間を遮《さえぎ》るものは何もない。

「おっ、なんだガキがいるじゃねぇか」

うわあ、やばいっ。追っていたとはいえ、これはダメだ。私は慌てて横道に入った。それを追いかけてくるギョブと、その後ろにアレックスさん。

と、そこで、突然横合いから現れた巨人に、ギョブは足を掬《すく》われる。

ゴロゴロと派手に吹っ飛ぶギョブ。二回三回と転がったあと、彼は裏路地の壁にぶつかって、ようやく止まった。うわあ、痛そう。

「なっ、ヴィボ、この木偶《でく》の坊《ぼう》……！」

「木偶《でく》の坊《ぼう》でも、足止めぐらいはできるのでな」

ここ、どこ？　私は近くを見回す。あの看板があって、隣がオババ様のお使いで見慣れた雑貨屋さん、と。……ああ、ここって冒険者ギルドに近い繁華街の奥の方の道だね。だからヴィボさん、私達が近づいてきたのが分かって先回りしてくれてたのかな。

「ヴィボさん、助かりました」

「ああ」

「このっ！　俺様を無視するとはいい根性だ！」

私の言葉に静かに頷く優しい巨人。その側で尻餅を突いたギョブが、ヴィボさんに汚い言葉を吐きかけてる。

「……よくもまあ、オレの恩人兼妹分に手を出してくれたものだ。無事で済むと思うなよ」

そこに、静かな、しかし深い憤《いきどお》りを込めた声が聞こえてきた。

見ると、アレックスさんが両の腰に差した剣を引き抜くところだった。

右手には防御用の短い剣、左手には片手半剣。

かつて王都で活躍した魔法騎士の姿が、今ここで復活したのだ。

「あれが魔法騎士だ」

「なんと、いいものを見た」

いつの間にか、周囲に人が集まってきている。

彼らは興奮気味の大きな声で、アレックスさんの勇姿を口にした。

確かに、手入れのいい剣は素人目《しろうとめ》からも業物《わざもの》そうだ。しかもそれがふた振りも。長身のアレックスさんがそれらを握ると、すごい迫力がある。

なんていうか……有名人を見てはしゃいでる感じ？　まあその気持ちは分かるけど、ここにはギョブっていう猛獣がいるんだから、あんまり近寄らない方がいいよ？

なんて、上がった息を整えつつ、状況を確認する。側のぽちを撫《な》でるのは忘れません。

そのとき、目の前で動きがあった。

「ぎゃあっ！」

野太い悲鳴が上がる。

ヴィボさんに悪態をつくのに忙しかったギョブが、尻餅を突いたまま、アレックスさんの攻撃を受けたのだ。

慌てて体勢を整えようとするギョブ。しかし試合じゃないんだから、わざわざ相手が攻撃するのを待つ訳もない。続けてアレックスさんの両手が閃《ひらめ》いた。

上段から下段に、そこで剣を返し切り上げて、また打ち下ろし。

剣先がギョブに触れてはいないのに、アレックスさんの斬線が空に刻まれるたび、ギョブの体には鋭利な傷跡が増えていく。

「な、な、市街地で攻撃魔法を使っていいと思ってんのか！」

ギョブは鉄の棍棒《こんぼう》を支えによろよろと立ち上がりながら、アレックスさんに叫ぶ。

あっという間にモンスター皮の立派な鎧《よろい》は傷だらけになった。頬や手の甲といった露出してるところからは、血が滲《にじ》んでいる。

「これは攻撃魔法じゃねぇよ。魔力を乗せた剣技の一つだ。冒険者街で剣を抜いたところで、お咎《とが》めなんて今までなかったろ」

「う、嘘だ、嘘つけええっ」

金に飽《あ》かせて作った高級な鎧《よろい》をものともしない、アレックスさんの攻撃。その隔絶し

た技量に、ギョブは再びへたり込む。

「な、なんだよう、なんなんだよう」

どうやらこれまでギョブは、本気で魔法を向けられたことがないようだ。

その甚大《じんだい》な攻撃力に立ち向かったことがなかったゆえ、彼は魔法という出鱈目《でたらめ》な力を軽視していたという。それが、ギョブの命取りになったのだ。

「お、おかしい、おかしいんだよぉっ！　どうしてお前らは俺様に従わない！」

ギョブが半ば錯乱したように、鉄の棍棒《こんぼう》を振り回す。しかし、その巨大な鈍器の先にアレックスさんはいない。

「何っ」

と、ギョブがあたりを見回したその瞬間、大男の体は吹っ飛んでいた。

アレックスさんが身体強化と風魔法で、ギョブの脇腹を蹴りつけたらしい。

魔力を纏《まと》った蹴りによって、ゴロゴロと転がる巨体。観客らは大盛り上がりである。

それがまた、ギョブの心を逆撫《な》でした。

「どうしてだ？　い、今頃……お、俺様がアレックスを言いなりにしてる、はずが……」

怒りでわなわなと震える巨体。その頬はぱっくりと切れ、血を滲《にじ》ませている。もう負けは見えているというのに、立ち上がろうとする根性だけは、流石《さすが》は上位冒険者……

かな。

「ぽち、アレックスさんすごいね」

「くぅん」

え、ぽちも参加したい？　でも今あそこに入ったら危ないと思うよ？　アレックスさんもかなり怒ってるっぽいし。

「オレを言いなりにしてどうする？　お前は犯罪者として、刑に服すことしか許されない立場だというのに」

私の予想通り、アレックスさんはそのときとてつもなく怒っていた。

後から聞いたら、王都で呪いにより利き手を失ったときと同じぐらいに、ギョブの一連の卑劣《ひれつ》な行いに怒り狂っていたという。わあ、それは確かにすごい怒りだね。

実の妹と妹分。大事な存在を傷つけられたことで、いかに冷静な彼といえども、怒りのリミッターを振り切っていたそうな。

ギョブの全身をズタズタにしてもまだ止まらない、そんな様子のアレックスさんに、流石《さすが》にやりすぎと思ったのか、ヴィボさんが肩を叩いた。

「首を切ったら流石《さすが》にオババでもくっつけられない。手首程度なら折ってもいいが、首はやめとけ。それと、捕獲は自分にやらせろ。アレの純粋な力は並みの戦士を凌駕《りょうが》する」

なんだかんだとヴィボさんも、年若い少年を何度も攫《さら》いに来たり、職場の部下である私を傷つけたことを怒っているらしく、ズタボロのギョブを前にして容赦《ようしゃ》ないことを言う。

「クソッ……分かった」

アレックスさんは忌々《いまいま》しげに舌打ちしつつも、ヴィボさんに場所を譲る。

そして、私の側に戻ってくると、ずっとギョブを睨《にら》んで唸《うな》っているぽちの頭に手を置いた。

「よしよし、お前もご主人様が傷つけられて腹を立ててるんだな。ベルのことは俺が見ているから、ぽちも憂《う》さ晴らししてこい」

「わんっ」

ぽちはアレックスさんにお礼を言って尻尾を振ると、勇んでギョブの方へと走っていった。

「……わあ、ぽちってば一直線。余程鬱憤《うっぷん》が溜まってたのね」

そうしてぽちが駆けつけたところでは、ヴィボさんが悪漢を睨《にら》み据えていた。

「ギョブ、お前も怒らせる相手を間違えたな。自分が踏み込まねば、お前の首はとうに胴体から切り離されていた」

元Aランクだという戦士のバトルアックスの刃が、ひたりとギョブの前に当てられる。奴は、もはや逃げることができないみたい。

「ヴィボ、お前まで俺様を邪魔するのかよぉ！」

破れかぶれとばかりに、ギョブはその刃を裏拳で打ち払い、ヴィボさんの右膝を蹴りつけた。けれどヴィボさんはビクともしない。

「……うーん、弱点狙いのつもりだったようだけど、ヴィボさんの右膝って、最近かなりよくなってるよね。そこ狙っても大したダメージないんじゃないかな」

ヴィボさんってほら、真面目でしょう？　私が辛《つら》いときにって渡したハーブの湿布《しっぷ》とかお茶とかを、ちゃんと塗布したり飲んだりしてくれてるんだよね。そうして膝を大事にしてたら、最近あんまり痛まなくなったんですって。

私の呟きに、アレックスさんが隣で笑っている。

そんな間も、ギョブは駄々っ子のようにヴィボさんに抗《あらが》ってる。鉄の棍棒《こんぼう》を振るってはバトルアックスの柄で受け流され、転がって距離を取ればほんの数歩で詰められと、赤子のように全く相手にならないけれど。

久しぶりの実戦の割に、ヴィボさんたら余裕だなぁ。

ギョブはなんとかならないかと、周りを見回す。

でも、その視線の先には、先回りしたぽちがいる訳で。

「グルル……」

ぽちは普段は可愛《かわい》くて賢いのだけど、今は尖ったナイフのような歯を剥《む》き出して唸《うな》っているから、野生動物感満載だ。子供とはいえ銀狼だし、迫力満点なんだよねぇ。

八方塞がりって、こういうことを言うんじゃないかしら。

「あ、あ……」

ギロリと元Aランクの巨体に睨《にら》みつけられ、AAランクのシルバーウルフに喉元《のど》を狙われ。絶体絶命の窮地《きゅうち》に、ギョブはようやく己《おのれ》の不利を理解したらしい。そのいかつい顔を、恐怖に染めた。

「なんなんだよ、おかしいだろ⁉」

しかしギョブは、それでもみっともなく喚《わめ》き立てた。

「ヴィボは何故《なぜ》、両足で力強く立っている？　目を悪くしていたはずのギルドマスターも、遠くからこちらを眺め、俺様のすることを克明に話していた」

ギョブはまるで指折り数えるかのように、矢継《やつ》ぎ早《ばや》に疑問を口に出す。

「アレックスもだ。動きもしない左手を強がりで動かしているのかと思えば、一流戦士の動きそのものの滑《なめ》らかさで、呪われた左手で剣を振った！」

おかしい、おかしい、一体、どんな奇跡があればこの無能三人が一流の仕事ができるようになるのか？

私はうーんと首を傾《かし》げる。

「何言ってるんだろう。みんな体調がよくなかっただけで、元はギョブよりも高ランクの冒険者なのでしょう？　治れば強いのは当たり前じゃない」

呟く私の隣で、アレックスさんが思い切り爆笑してる。え？　私何かおかしなこと言ったかしら。

「い、いや。全くそうだよな。オレやヴィボも、ベルのお陰で無事に現役復帰した訳だし。そりゃあいつの天下なんて続く訳がないんだよな」

もう、さっきからアレックスさん笑いすぎ。笑い上戸なアレックスさんは放っておいて、ギョブの方はというと。

ヴィボさんのよく手入れされて切れ味よさそうなバトルアックスは、ギョブの肌から関節一つぶんを残す距離で狙っている。

その刃の鋭さも恐ろしいけど、ぽちもまた容赦《ようしゃ》なくギョブの動きを制しているんだ。

ギョブの筋肉の動きを敏感に察知して、その青い目でじっと睨《にら》みつけている。

二人の圧力に身動きできないギョブは、筋肉太りの巨体を震わせるのみだ。

誰もが終わりを感じた、その瞬間。ほんの僅《わず》かの隙を突き、あいつはゴロゴロと転がって私との距離を詰めた。ギラギラした目で、私に手を伸ばす。

「嫌っ！」

ぞわりとした嫌悪感にぶるりと震えた私は、咄嗟《とっさ》に魔力膜《まく》を張り巡らせる。

ばしっ！

伸ばした手をそのままに、あっけなく吹っ飛ぶギョブ。彼は再び、裏路地の地面に倒れ伏した。

ぽちが動いたのはほぼ同時。弾丸のような勢いで、ギョブに走り寄ると、彼を、遠くへ跳ねとばした。

アレックスさんがかばうように私の前へ出て、ヴィボさんが男の背を踏みつける。

「畜生……！　なんでお前ら無能がっ！　この村の支配者の俺様に逆らうなんて許されないんだっ!!　絶対に殺してやる、全員後悔させてやるぞっ……！」

ああ、やっぱりギョブは反省していない。私はアレックスさんの背中越しにその言葉を聞きながら、苦いものを感じて唇を噛んだ。

「散々、お前も誰かを殴りつけてきたのだ。お前も痛みを知るべきなのだろうな」

眉間に皺《しわ》を刻んだまま一つ頭を振ったヴィボさんは、ひらりと刃を返し、バトルアックスの石突きをギョブの腹にめり込ませ、その意識を刈り取った。

「……ヒルベルト、見ているんだろう。この通り、ギョブは無力化した。後処理はお前に任せる」

ヴィボさんの言葉に、頭上から聞き慣れた声が降ってきた。見上げれば、二階の窓から冒険者ギルドのマスターがひらひらと手を振っている。

一応、ギョブが逃げることもあるだろうと、高いところから監視していたらしい。窓から顔を出したマスターに、思わず手を振り返す。

「なんとも、往生際の悪い男だったな。通りなんかメチャクチャだ。全く、あとで長老達に何を言われるか……今から胃が痛いぞ。それはそれとして、回収はうちの若い衆がやるから、そこらへんに両手足を縛って転がしといてくれ」

「ああ」

「そうだな、今日明日中にも領主様から兵士を借りて、とりあえずウェッヒまで連れてっちまうか。村の中だと誰かが逃しちまうかもしれないからな。まあ……ウェッヒでも本来は怪しいとこだが、あの御仁《ごじん》は偉い人には弱いから、宰相あたりから重罪人を逃すなと命令してもらえば黙って通すだろ」

あの御仁《ごじん》？　誰のことだろうかと首を傾《かし》げるも、こんなシリアスな場面で口を挟める度胸はないので、ギョブに袖の下でももらってた誰かかなと、推測するに留める。

マスターは窓枠に寄りかかるようにして、階下にいる私達にニヤリと笑ってみせた。

「金に汚いあの御仁《ごじん》も、己《おのれ》の首がかかるとなればおとなしく王都まで通すはずだ」

「違いない。あの御仁《ごじん》は小狡《こずる》いがそのあたりのことは弁《わきま》えている。では、自分はギルドに戻るか。……で、アレックスはどうするんだ？」

アレックスさんにヴィボさんが声をかけると、彼は裏路地から大通りへ向かって歩き出しながら言った。

「妹の顔を見てから、反省会かな。流石《さすが》にここまで村を荒らしちまったら、謝りに回るしかないだろ」

流石《さすが》はシスコンお兄さん。安全が確保されたら妹の顔を見たくなったのか。そういうことで、彼は一日自宅に帰るらしい。私はどうしようかな……と思ったところで、ふかっとした感触が寄り添うのを感じた。あ、ぽち、ご苦労様。今日はよく頑張ったね。思いっきりよしよしする。

そうしてぽちを撫《な》で回す私に、アレックスさんが言った。

「……まあ、なんだかんだと感謝してるさ。こうして無事……と言うには少々被害がでかいが……まあ、捕物《とりもの》が終わったのは、オレの手が動いているからこそだ。ベルがいなければ、オレは二度と左手で剣を握ることもなかった。ありがとうな」

そう言って笑って見せる彼に、私もようやく平和を覚えて笑顔を返したんだ。

そうして、時間をかけて取り組まれた冒険者街の捕物《とりもの》は、大騒動のあとに終わりを告げた。

エピローグ

騒動が終わって数日。繁華街には活気が戻っていた。

私も、フードを脱いで大手を振って歩けるようになり、随分《ずいぶん》と開放的な気分で、店先を覗いて歩く。

ぽちの足取りも軽やかだ。尻尾のリズムも元気よく、私の横を歩いている。賑《にぎ》やかな通りを抜けていけば、やっと全てが終わったのだなと実感できた。

道行く人達の顔にも、晴れやかな笑みが浮かんでいる。

十年間という長い間、村を裏から支配していた恐怖の象徴が消えたのだ。皆の心に、余裕ができたみたい。

なんて、あれこれ考えながら歩いていると、年若い少年がぽちに声をかけてきた。一瞬かまえてしまったけど、例の件でのぽちの勇姿を、きらきらした目で褒《ほ》めてくれた。

少年はぽちに、にこにこ話しかける。すると、周りから次々とぽちの健闘《けんとう》を讃《たた》える声が飛んできた。なんというか、ぽちが受け入れられた感じがして嬉しい。

私はぽちの飼い主ということでそれなりに……有名になった、かな？　まあ、元々ギルドでも働いてるし、それなりにいろんな人と接してきたから、大して変わりはないかも。

ぽちのファンサービスも終えて、また歩き出す。こうして見ると、ギョブが壊した露店の修理も大体は済んだみたいだ。まあ、簡素な作りなのが逆によかったのかな。

あれから、冒険者ギルドの面々は、被害にあった人や壊された露店などに謝罪行脚《あんぎゃ》に回ったらしい。まあ、あの活劇を見た人達が、興奮気味にアレックスさんやヴィボさんの活躍を触れ回ったらしく、次の日には村の皆が事情を知るところとなっていた。なので、見舞金を支払うことで、皆納得してくれたみたいだ。

ああ、そういえば、活躍の場を奪ってしまった私の身代わりの少年には、ちゃんと謝っておいたよ。私が最後に手出ししちゃっただけで、彼は基本的には仕事をきっちりやってくれたのだから、旅商人さん達の取引枠拡大はお約束通りに行われることになったそうだ。

うん、ちょっと心配してたからそこはホッとしたかな。

今私が向かっているのは、繁華街の半ばを折れて宿泊区域に入った先にある、アレックス邸だ。

色々とばたついていたこの数日の間に、意外な人からお茶のお誘いがあったのよね。

アレックスさんの妹、カロリーネさんからのお誘いだ。約束のお茶会は、ギョブの捕《とり》物《もの》の後始末が終わってからすぐに設定された。

ちょっと久しぶりに訪れたアレックス邸は、相変わらずこぢんまりとしているけれど、兄妹が住むには丁度いいぐらいのお家だと思う。

部屋の中はカロリーネさんの心づくしか綺麗に整えられており、居心地がいい。

そういえば、Sランクになって貴族相当の身分になったんだから、権威づけや身の回りの守りを固めるために、もっと豪邸に住めと周りには勧められてると聞いたなぁ。どうするんだろう……。

「でね……もう、本当に格好よかったのよ！」

彼女はすごく興奮して、冒険者街の捕物《とりもの》のことを話している。どうも彼女、捕物《とりもの》の現場に見物に来ていたらしい。

それを聞いて、私は肝を冷やした。だってギョブからしたら、彼女もアレックスさんを操《あやつ》る人質になり得る訳で。

よかった、彼女が捕まらなくて。

私は、リビングのテーブルに試作品のお菓子を出しながら、それを聞いていた。

「もうね、お兄ちゃんが剣を振るだけで、筋肉男の鎧《よろい》がボロボロ剥《は》がれていくんだから！　お兄ちゃんったらすごいのよ！」

すごくお兄ちゃんが格好よかった！　と語る彼女の瞳はきらきらしている。

ついでに言えば、その場にはヴィボさんやマスター、それにぽちとおまけの私もいたはずなんだけどなぁ……。相変わらずアレックスさんしか目に入っていないという。筋金入りのブラコンぶりだ。

アレックスさんの活劇シーンが五割増しぐらいにキラキラしてたあたり、なんていうか重度な病《やまい》を感じる。いや、まあ確かに、カマイタチのようなものを飛ばして攻撃する姿は、なるほど魔法騎士、と納得する姿で格好よかったけどね。

そんな風に私達は長話を続けた。ぽちは暇そうなので、最近お気に入りの野生生物の骨を出して、玩具《おもちゃ》代わりに囓《かじ》らせてます。

「それにしても、やっと平和になったね」

ナッツ入りのザクザククッキーを木のお皿に盛りながら私が言えば、彼女はこくこくと大きく頷いた。

「そうね。確かにこの数日、あのケダモノの仲間も見ないし。あたしもこれで、朝市に行くときに奴らにビクビクしなくて済むわ」

うん？　なんだか気になる話だね。

まあそれはあとで聞くとして、そろそろ気分を変えるべくお茶を淹《い》れよう。

数週間にわたる集中特訓により、魔力コントロールもだいぶ自信がついた。そういう訳で、今日のお茶はハーブティーを出すことにする。ポットはアレックスさんのお家にあるものを使うよ。

「上手くいきますように」

いつものお祈りのときにほんの少し、気持ちを添える。

その程度でも、十分に女神様からいただいた力が働くと分かったんだ。調整は確かにまだ難しいけど、今なら上手くいく気がする。

カロリーネさんでちょっとお試しさせてもらって、大丈夫そうならお店でもハーブティーを出そうと思う……実験体じゃないよ、念のため。

私の目標は、前世のお師匠《ししょう》、ハーブ園のあるあの喫茶店のハーバリストさんなんだもの。喫茶店にハーブティーがないのは、私的にはありえないんだよね。

私はことりと、彼女の前にハーブティーの入ったカップを置く。

「今日は、女性の美肌に効くというローズヒップを淹《い》れてみました。ええと、酸っぱいのが苦手なら、シュガンを入れてみるといいかも」

「へえ、綺麗な赤ねえ！　……って、すごく酸っぱい！　あ、でもシュガンを入れると甘酸っぱくて美味《おい》しいわ」

「ふふ、気に入ってもらえたならよかった」

自分でも飲んでみたけど、うん、特に何かおかしなことにはなってないようだ。ごく普通のハーブティー。私はそれにほっとしつつ、話の続きを促す。

「ところで、朝市に行くときにって……どういうことです？」

ミントの葉をあしらったシトラス系フルーツのタルトを切り出しながら話を聞くと、なんというか、それはまたろくでもない話だった。

「ああ、あいつらったらね。朝市は女性が家から出るって分かっているからか、女性に性的いたずらをするためだけに朝市に来ることがあるの。だから奴らが姿を現したら、近所の奥様達も悲鳴を上げて、すぐ側の店に立てこもったりして。大変なんだから」

この村の一般家庭には、冷蔵庫なんてものはないから、基本的に生鮮食品は朝一で買いに行くものらしい。

氷系魔法を使える人材も少ないので、仕方のないことなのだろうけど。

食材も豊富にダンジョンから取れるため、この村の市は近隣からも人が買い付けに来る盛況さなのだというけれど……そんなところに、あの禿頭《はげあたま》筋肉男の部下達が女性を害する目的で来るというのだ。

「最低な人達ですね……」

まあつまり、ギョブの配下達は、先日の暴行の小型版みたいなことをいつもやってたってことだよね？

「ええ、本当。あいつらが消えてさっぱりしたわ。これまでは、あたしの姿を見ると、びっくりするぐらい素早く近寄ってきて嫌がらせしてきたんだから」

ともかく、あいつらがいなくなったなら安心して外出できるね……なんて語り合い、クッキーとハーブティーをのんびりと食べながら、私達は事態の解決に安堵《あんど》の笑顔を交わす。

そこに、軽いドアの開閉の音が響いた。

「お、何かいい匂いがするな」

アレックスさんが帰ってきたようだ。彼はドアの前で足を止めると、甘い匂いとハーブティーの香りを胸一杯に吸い込むように深く息を吸う。

そこに、作業台兼ダイニングテーブルから立ち上がったカロリーネさんが飛びついていった。

「お兄ちゃん、お帰りなさい！　今ね、こないだのお兄ちゃんの活躍の話をしてたのよ」

「なんだそれ、恥ずかしいな。それより、菓子の匂いがするが……お、ベルも来てたのか」

相変わらずの兄妹の仲良しぶりだ。二人のじゃれつきに少し恥ずかしくなりつつも、私はぺこりと頭を下げる。

「こんにちは、お邪魔してます」

「わん」

「ああ、ぽちもよく来たな。俺もお茶と菓子をもらえるか？　ぽち、今日もおとなしくしてて偉いな。よし、そんなぽちにはイノシシ肉をやろう」

「わんっ」

アレックスさんは腰のポーチからイノシシ肉を包んだ油紙を取り出すと、包みを開いて床に置いた。

「あら、ぽちに好物をありがとうございます。お菓子ならまだまだ沢山ありますから、是非食べて下さい。ええと、今日も挨拶《あいさつ》回りですか？」

彼はぽちの頭を撫《な》でてからこちらを向き、頷いた。

「ああ。例の件では結構な人数が巻き込まれたからなあ。まあ、それでも手分けしてやってるから、あと数日ってとこだろう」

アレックスさんが座るのは、当たり前のようにカロリーネさんの隣。いやまあ、いつものアレックスさんの位置には、私が座ってますしね。

「お疲れ様です。アレックスさんには……リラックス用にカモミールティーでも出しましょうか」

「そうだな、お願いできるか？」

私は笑顔で頷くと、お茶の用意をする。

「上手くいきますように」

部屋にふんわりと漂《ただよ》うのは、ただただ優しい、お菓子とハーブの香り。

そっと祈りを込めてポットに魔力を注げば、その一杯は誰かの特別な癒《い》やしになる。

「ああ、いい香りだ」

「ふふ、お兄ちゃんはベルのお茶が好きね」

「そういうカロリーネだって好きだろう？」

「嫌いじゃないけど……」

アレックスさんがそう言って微笑むと、カロリーネさんがそっぽを向いてお菓子を齧《かじ》った。でも、その甘さに、すぐにふわりと頬が緩《ゆる》んだ。

私の足元では、ふわふわの体を寄せるようにして座ったぽちが、好物を食べたあとの余韻を楽しんでる。

また一つ、アレックスさんがカロリーネさんをからかって、彼女が拗《す》ねて。それを見た私がくすりと笑えば、テーブルには笑い声が満ちる。

——ああ、きっと私はこういう時間が欲しくって、今日もハーブティーを淹《い》れるんだ。

私の生まれ直したこの世界は怖い。けれど同時に、とても魅力的なのだと思う。

暴力的な人がいれば、優しい人もいて、皆毎日を忙しくも生き生きと暮らしている。

そんな中で、誰かを温める一杯を、安らぐ香りと共に差し出すのが私の望みなんだ。

そう気づいたら、私の頬もふんわり緩《ゆる》む。

ああ、女神様。

私はきっと、この世界で楽しく暮らしていけるでしょう。この想いを、忘れなければ。

私がそう祈るようにそっと胸中で呟けば……

あたりにキンモクセイの香りが漂《ただよ》って、優しい誰かの腕が私を包み込んだような気がした。

書き下ろし番外編

幼獣ぽちの大冒険

それはまだ、ぽちがベルと出会う前のこと……

よく晴れた日のことだ。幼いぽち（まだ名はない）は兄弟からはぐれて、森の中を歩き回っている。

ぽちの群れは特別で、この森の中でも格別に強いとされている「シルバーウルフ」という、人間には地上最強とも言われている狼の一種であった。と、言ってもぽちはまだ幼い狼。その強大な力を発揮するのはまだ先のことであるのだが……

その日はとてもうららかな陽射しで、ぽかぽか陽気に誘われ、ちょっと規格外の大きさの蝶などが、ひらふわとその羽根を大きく広げて羽ばたいているものだから、好奇心旺盛な子供の狼であるぽちは、その動きにつられて群れの中から大きく離れてしまった。

ひらふわと優雅に舞うその蝶は、実は毒の鱗粉《りんぷん》持ちで、人間からするとかなり手強い種類であることなど、幼いぽちには分からない。

ただ光に輝く羽根の模様の綺麗さと、ふわふわとしたその動きに魅了されるばかりだ。

そこは人間らに「女神の森」と称される、大陸南部に広がる豊かな森。

女神の森は、不思議なほどに豊かな森だ。木々は萌え、花は可憐に咲き誇り、動物達もまた活動的。

季節問わずの豊かさは、大抵のダンジョン……魔力を持つ土地特有の生態ではあるが、女神の森に関してはその特徴が露骨なほどに顕著であった。

であるから、蝶を追うのに夢中で、群れからはぐれたことなど気づいていない幼い獣《けもの》などは……

格好のエサであることに、彼は気づいていない。

それを証明するように、魔力に育まれた規格外に大きな獣《けもの》がのそり、無邪気な子供の後ろに現れた。

それは、この魔力が通うダンジョンと言われる特殊な場所で育った、格別に大きなイノシシだ。

イノシシの姿に、まだぽちは気づかない。

それをいいことに、腹を空かせたイノシシはのそりと近づき、その大きな顎門《あぎと》でぽちを丸呑み……しようとしたところで。

「オオーン」

ダメではないの、とでも言うように、母狼の呼ぶ声がする。ぽちはそれに「きゃうーん」と、子狼特有の可愛《かわい》い声で応え、駆け出した。

哀れ、大きなイノシシは、獲物を捕らえる寸前で逃げられ、その大きな口をパクパクと開閉し、またのそのそと別の獲物を探しに出掛けることになったのである。

そんなこともつゆ知らず、ぽちは母親の元へと一直線。

茂みに突っ込み、ふかふかな緑の苔に覆われた大樹の根っこを飛び越えて。

大胆なショートカットには、むしろ小柄で小回りの利く身体が役立った。

いつもは、群れの中でも最小で、その小ささゆえに兄弟姉妹達にお乳を奪われることも多い彼。

だが、元気さや好奇心もまた、きょうだい達の中で飛び抜けているのも、ぽちなのだ。

——あるいは、多くのきょうだいの中で育ちが遅く、親元にひとり残されたと言うことも、ベルと出会う運命の導きであったのか——

彼は弾むように、転がるように母親の元へと急ぐ。

ぽちのような小さな獣《けもの》には、この森は危険なものだらけだ。

豊かな分だけ、野生の獣《けもの》はのんきになると思えば、巨大化した分だけ、群れが膨らんだだけ食料が必要となる。

それは現代の日本と同じよう、豊かさゆえの繁殖問題。

この世界で、冒険者という職業が生まれた理由もそこにある。

獣《けもの》達がダンジョンの豊かさで増え、その群れがダンジョン領域を超えて、人の集落に近づく――このことは、今も昔も、最も重要視される生死にかかわる大きな問題であった。

この世界のダンジョンと人の付き合いは、モンスターと人との生存圏の奪い合いの歴史でもあるのだ。

閑話休題。そのような訳で、森の獣《けもの》達も攻撃性が高くなっている。

ほらまた、隣の藪から狙いすました大きなキツネが飛びかかってきた。

ひょいと身を屈めたぽちは、ころりと前転。空ぶるキツネを置き去りに、ぽちはまた走り出す。

「わふーん」

次は左から……あ、ウサギ。でもぽちよりも大きなウサギは、ひとりでは狩れないので無視。

更には右からシカ。ああっ、そのツノ危険だから頭下げないで！

多くの生き物が暮らす森は、そんなふうにあちこちからいろんな生物が顔を出す。

急がなきゃ、お母さんが待ってると、小さな狼は前へ前へ。

きらきら陽光を跳ね返す小川を石を蹴って踏み越え、森を突き進んだ先には大きな人間の建物があった。それをぐるりと回り込み、更に先へ。

けれど、その小さな身で豊かな森を駆け抜けるのは、なかなかに厄介だ。

ふわひら蝶に誘われて、随分《ずいぶん》群れから離れてしまっていたことを、その体で思い知る。

「くーん」

群れの臭いを頼りに、必死に足を動かすも、なかなか森は手ごわくて。

「きゅうん」

次第に足も疲れ、お腹はぐうぐう。しまいには泣き言まで入ってくる。

それでもぽちは前へ前へ。だってお母さんが待っているから。

あの石の祠《ほこら》は、見たことがある。きっと群れは近い。

けれどもうその頃には、足の裏の肉球に、ひりひりとした痛みを感じていた。

あと少し。

もう少しなのに。

ぽちは気力を振り絞り、ふらふらと前へ進む。

「ワオーン」

私はここよと、時折に母の声が聞こえる。

残念ながら、森の動物達は厳しい。いつだって明日をも知れない野生の掟《おきて》の中で、彼らはその生を謳歌している。ぽちの母もそうで、群れの長である彼女は、ぽちのみを優遇したりしない。群れの秩序を守るためには、はぐれた子を捨てることも覚悟しているのだ。

それでもこうして声を届けてくれるから。

優しい声で、ぽちを呼ぶ。

ぽちは母を求めて走る。彼女もまた待っていてくれると、信じているから。

足がちぎれそうでも、息が上がっても、力の限りに彼は走る。

母の下へと。

◆◆◆

そして、時は流れ……


「わふん」

そんなことがあったんだよと、ぽちは大好きなベルの膝に顎《あご》を乗せて話す。

当時はとんでもなく大変だったし、怖い思いもしたけど、今では笑い話だ。

ご機嫌な様子でベルに甘え、ぱたぱたと尻尾を振るぽちは、そんな過酷な森の話をしながらも、いつも通りののんびりした態度を崩さない。

ここは冒険者ギルドの裏手にある、職員宿舎のベルの部屋。

ぽちは、ベルの寝る前のリラックスタイムに昔の話をしていたらしい。

「そうなんだ、本当にあの森って危険だね」

「わふん」

「私だけでなく、ぽちもそんな危ない目にあっていたなんて。お母さんも、我が子がそんな危険な目にあってるのに探しにも来てくれなかったんだ？　仕方ないんだろうけど、野生の掟《おきて》って厳しいねえ」

ベッドを椅子代わりにして座っているベルは、野生の獣達《けものたち》の厳しい現実にめげつつも、ぽちの頭を撫《な》でる。少し硬い狼の毛を梳《す》くようにするその優しい手を、ぽちは心地よく受け止めていた。

「本当に、ぽちがこうして無事でよかったよ。私はぽちが元気でいてくれるだけで嬉しいんだから、無理しないでね。近頃、色々物騒ではあるけれど……」

「くうん」

ぼくも、ベルに会えてよかった。

「ああもう、本当にぽちは可愛《かわい》いんだから……！」

こうしてぎゅうっと抱きしめられるとき、ぽちは母を思い出す。

あったかいあの大きな身体で全身を覆われたときの絶大な安心感は何ものにも代えがたい。ベルの腕の中も、同じぐらいに幸せな心地を覚える。

思えば、旅立ちのときにベルも大きなイノシシに食べられそうになっていたんだっけと、ぽちはふとベルとの共通点に気づいた。

あの頃はまだ幼く、自分の身を守ることすら難しくて、森をさまようときも逃げることしかできなくて……。だから、鋭い牙も爪も持たないベルが弱いのは、仕方のないことなんだろうとぽちは思う。そして、なおのこと守らねばと。

幼い獣《けもの》とかよわい娘が連れ立って森を歩いたあの日、あのとき。ベルを助けたのはまだ幼いぽちではなく、アレックスだった。

彼は気のいい奴で、ぽちを侮《あなど》り無理に触ろうとしたり、変に怖がり距離を置いたりもしない。大変によい隣人で、ぽちも大好きな人間だ。

それにアレックスは、身寄りのないベルの後見役として彼女を助けてくれる。

不思議な縁だ。森に現れたばかりのベルとアレックスがあんな風に出会えたのは、やはり不思議な力が働いたのではないか。

……なんて小難しいことを、ぽちが考えるはずもなく、ただただベルが無事でよかった、いい人に出会えてよかったと思うばかりである。

思えば、ぽちもプロロッカに来て、随分《ずいぶん》と知り合いが増えた。

荒くれ者の相手をするからか、色々と曲者《くせもの》っぽい冒険者ギルドのマスター。

大きな身体と寡黙な性格ながら、優しくベルやぽちを見守ってくれる上司のヴィボ。

薬師《くすし》の師匠《ししょう》であるオババは厳しいようだけれど、彼女の下に通うベルはいつも楽しそうだ。

一生、あの豊かな森にいるつもりでいたぽちは、まさかこんな短期間に、こんなにたくさんの知り合いができるなんて思ってもいなかった。

それは、新天地でのベルの頑張りが繋いだ縁なんだろうことを、なんとなくぽちも分かっている。

頑張り屋のベル。毎日忙しい中ぽちを構う優しいベル。

そんな彼女が、また辛《つら》いめにあわないといいな……と、ぽちは素朴に思う。

「女神様、私ばかりでなく、小さなぽちをお守り下さり、ありがとうございます」

女神に感謝を捧《ささ》げつつ、ぎゅうっと抱きしめてくれるベルに、今度はぼくがベルを助けるからねと、ぽちは伸び上がってその頬を舐《な》めた。

RC
Regina
COMICS
1
緑の魔法と香りの使い手
原作◉ Megu Toki
兎希メグ
漫画◉ Mamezo
まめぞう
大好評
発売中!

緑の魔法と香りの使い手
1
兎希メグ
まめぞう
アルファポリス
転生薬師、大活躍!!
女神様にもらった最強スキルで世界中を癒やします

大好評発売中！

アルファポリスWebサイトにて
好評連載中！

待望のコミカライズ！

〝聖女〟と呼ばれるほどの魔力を持つ治癒師のリーナは、ある日突然、勇者パーティを追放されてしまった！理不尽な追放にショックを受けるが、彼らのことはきっぱり忘れて、憧れのスローライフを送ろう！……と思った矢先、幼馴染で今は貴族となったアンリが現れる。再会の喜びも束の間、勇者パーティに不審な動きがあると知らされて——！？

アルファポリス 漫画　検索

B6判／定価：本体680円+税／
ISBN 978-4-434-27796-2

新感覚ファンタジー
RB レジーナ文庫

助けてくれたのは、野獣な団長様!

レジーナブックス Regina

私は言祝の神子らしい 1～2

矢島汐　イラスト：和虎

価格：本体 640 円＋税

異世界トリップして何故か身についた、願いを叶えるという“言祝《ことほぎ》の力”狙いの悪者に監禁されている巴《ともえ》。「お願い、助けて」そう切に祈っていたら、超絶男前の騎士団長が助けに来てくれた！　しかも「惚れた」とプロポーズまでされてしまう!! 驚きつつも、喜んでその申し出を受けることにして……

詳しくは公式サイトにてご確認ください

https://www.regina-books.com/

携帯サイトはこちらから！

本書は、2018年3月当社より単行本として刊行されたものに書き下ろしを加えて文庫化したものです。


この作品に対する皆様のご意見・ご感想をお待ちしております。

おハガキ・お手紙は以下の宛先にお送りください。

【宛先】

〒150-6008 東京都渋谷区恵比寿4-20-3 恵比寿ｶﾞｰﾃﾞﾝﾌﾟﾚｲｽﾀﾜｰ 8F
（株）アルファポリス　書籍感想係

メールフォームでのご意見・ご感想は右のＱＲコードから、
あるいは以下のワードで検索をかけてください。

アルファポリス　書籍の感想　検索

ご感想はこちらから

RB

レジーナ文庫

緑《みどり》の魔法《まほう》と香《かお》りの使《つか》い手《て》1

兎《と》希《き》メグ

2020年10月20日初版発行

文庫編集－斧木悠子・宮田可南子
編集長－太田鉄平
発行者－梶本雄介
発行所－株式会社アルファポリス
〒150-6008 東京都渋谷区恵比寿4-20-3 恵比寿ｶﾞｰﾃﾞﾝﾌﾟﾚｲｽﾀﾜｰ8階
TEL 03-6277-1601（営業）　03-6277-1602（編集）
URL https://www.alphapolis.co.jp/
発売元－株式会社星雲社（共同出版社・流通責任出版社）
〒112-0005 東京都文京区水道1-3-30
TEL 03-3868-3275
装丁・本文イラスト－縹ヨツバ
装丁デザイン－ansyyqdesign
印刷－株式会社暁印刷

価格はカバーに表示されてあります。

落丁乱丁の場合はアルファポリスまでご連絡ください。

送料は小社負担でお取り替えします。


ISBN978-4-434-27982-9 C0193